惠风·文学汇

温馨原来是这么富有

"惠风·文学汇"编委会　编

海峡出版发行集团 | 海峡文艺出版社

图书在版编目(CIP)数据

温馨原来是这么富有/"惠风·文学汇"编委会编.
－福州:海峡文艺出版社,2022.7
（惠风·文学汇）
ISBN 978-7-5550-3015-7

Ⅰ.①温…　Ⅱ.①惠…　Ⅲ.①中国文学－当代文
学－作品综合集　Ⅳ.①I217.1

中国版本图书馆 CIP 数据核字(2022)第 097023 号

温馨原来是这么富有

"惠风·文学汇"编委会　编

出 版 人　林　滨
责 任 编 辑　朱墨山　林　颖
出版发行　海峡文艺出版社
经　　销　福建新华发行(集团)有限责任公司
社　　址　福州市东水路 76 号 14 层
发 行 部　0591－87536797
印　　刷　福州印团网印刷有限公司
厂　　址　福州市仓山区十字亭路 4 号金山街道燎原村厂房 4 号楼
开　　本　720 毫米×1010 毫米　1/16
字　　数　190 千字
印　　张　18
版　　次　2022 年 7 月第 1 版
印　　次　2022 年 7 月第 1 次印刷
书　　号　ISBN 978-7-5550-3015-7
定　　价　79.00 元

如发现印装质量问题,请寄承印厂调换

目录

小欢喜，大时代

◎ 张淑珍

改革开放改变了中国，改变了平潭，也改变了许多普通人的命运。这是一个最好的时代，每个人在改革的浪潮中都拥有自己的小"确幸"，体味生活中的小欢喜。

也许你听过游客在美丽的海边发出爽朗的笑声，也许你见过高三学子收到心仪大学寄来的通知书时眼中闪过的惊喜，也许你见过台湾同胞在平潭创业而成功签下第一份合同时眼中涌出的泪水。可是，我见到普通人那一幕幕的小欢喜却是发生在公交车上。公交车不仅是一种交通工具，而且是文明的一扇窗，是普通人生活的缩影。

平潭可期，我愿等

我坐在公交车上，遥望窗外：蓝天白云与我的眼眸相遇，绿树红花从车窗飘过，一幢幢大楼从我头上漾过。眼前的景让我心潮涌动，感慨万千。

思绪回到 8 年前……

我是新一代平潭人。2011年大学毕业后选择到平潭工作，不仅仅是被"一天一个亿搞建设""比香港还香港、比澳门还澳门"的民间流传广告所吸引，更是因为这座梦幻、浪漫的岛屿——碧海蓝天、石头城堡、晨雾夕阳、沙滩风车，人间最美景色无非如此。所以我从踏上这片土地那刻起，知道自己已爱上岚岛，余下光年，我愿在这里看山、看海、看石厝。如今，平潭是我的第二故乡。我见证了她的点滴成长，看着她崛起，目睹着她走向繁荣昌盛。这里有我温馨的小家，有我喜欢的事业。伴随着改革大浪潮，美丽的平潭款款而至。平潭可期，余生可待。

从关注"饭碗"到关注"发展"

我的视线从窗外移到了车内。

我的注意力被隔壁的农民工大哥吸引住了。他身穿工作服，脚下放着粉刷工具，衣服、鞋上也粘些许白灰。他一手拿着手机看视频，一手抓住栏杆。他不是在看娱乐新闻，也不是在看抖音等各种八卦节目。他居然在看"樊登读书会"的讲书视频，脸上始终挂着微笑，偶尔还不停地点头。中国经济的腾飞少不了千千万万农民工的辛勤劳作，而平潭是一座刚兴起的城市，平潭的大地上更少不了农民工的身影。近几年来我也见证了南来北往的打工潮，也看到了千千万万农民工生活的酸甜苦辣。很多时候我们在公交车上看到他们是一身疲惫，一脸茫然。

这位大哥告诉我说："过去我吃了没文化的亏，工作不好找，好不容易找到的工作也不懂得为自己争取更大权益。找工作只懂得找当下工资高一点的，不会判断是否有发展前景，更没有意识到去学一门技术的重要性。现在，只要有技术就能得到更好的工作机会，工资待遇也更高了。所以我只要一有空就会看一些有用的视频，重视提升自己的能力。"

他还告诉我，他报过写作班，把自己工作生活中遇到有趣的事写成文字，在《简书》等平台上发表，还有读者阅读他的文章哩。他说完时发出爽朗的笑声。这让我想起了"大国顶梁柱·阔步新时代"中央企业优秀形象宣传片展播系列活动之我是央企人——刘金路。他曾说："对今天的工人来说，知识更是力量。"曾是"农家娃"的他，从"农民工"到"工匠"再到"创客"，他走南闯北用了13年，参与全国最大的"千吨重百米高"海伟石化丙烷脱氢装置、彩虹光电全国最大单体动力站、恒力石化全球最大混合脱氢装置等20多个项目。我身边的这位大哥不正是成长中的刘金路吗？千千万万的刘金路正茁壮成长。

劳者有其得，政者有其为。一项项政策法规的出台落实，让农民工的生活境遇越来越好，不用担心讨薪难，不用担心生活没有保障。这些悄然改变了农民工的生活，开拓了农民工的视野，如今他们从关注"饭碗"到关注"发展"，从关注"柴米油盐"到关注"文化需求"。农民工的生活也变得越来越有质感。

小欢喜，大时代

老吾老，以及人之老

快到站点了，一位老奶奶用平潭方言问司机到下一站能否多停一两分钟，因为她带的东西多且不好拿下车。司机是外地人，听不懂老奶奶的话。坐在她边上的老爷爷马上帮忙用普通话复述一遍，并叫老奶奶先坐稳扶紧，看老奶奶还没站稳，他着急地催促说："你先坐下。"

到了墓屿站，我发现司机以极其缓慢的速度停下来，并比在其他站停留时间长多了。一个小伙子连忙站起来，叫老奶奶先下车，他帮她把两个桶、两个空油瓶、一块木板递下车。老奶奶不停地对大家表示感谢。车再次缓缓开动了，人们聊着天。刚才的小伙说："在我们眼里那些东西是没用，可在老人家眼里却是宝，我奶奶也常常如此。我们不要去打击老人家，能搭把手就搭把手。这可能也是一种孝顺。"我听了小伙子说的话，心里一颤，是啊！何为孝顺？应该是不以我们的价值观去评判老人家所作所为，尊重他的生活方式，让他心情舒畅。我们举手之劳帮他们，不要让人家有所负担就好。将心比心，就像心疼自己家的老人那样就好。

夕阳无限好，人间重晚晴

你们印象中两个 80 多岁的老人来乘坐公交车会是什么样的

情景呢？我告诉你，他们这般精致地出现恰是这座城市最好的名片。

两个闺蜜相互搀扶着上了公交车，找到位置坐下，一边喝水吃甜点，一边聊天。这还没让我觉得惊讶，我的目光还停留在她们的打扮上，用一个词形容——精致。一个老奶奶身穿一条黑色的裙子，脚穿一双暗红色的皮鞋，尤其是那精致的妆容更加吸引人，单是那一口红唇就惊艳到了不少年轻人。另一个则身穿墨绿色连衣裙，头上架着一副银丝眼镜。脸上也化了淡妆，一双柳叶眉惹人注意。她俩自顾自地聊天，但音量控制得刚刚好，不曾打扰到他人。

我细细打量着她们，虽风霜满面，满头银发，沟壑似的皱纹也爬满她们的脸颊。可我从她们的精神面容中看出了七彩斑斓的日子。

夕阳无限好，人间重晚晴！这部公交车每天运载着不同的乘客，在车上演绎着不同人的精彩生活，这每一个片段构成了我们每个人的精彩人生。每个普通人的精彩人生汇聚成了这座城市的独特魅力。每座城市的繁荣富强，叠加出了一个出彩的中国。

张淑珍，平潭第二实验小学教师。

听说爱情巷

◎ 朵　拉

旅人特别喜欢爱情巷。

我的漳州朋友摄影师 L，第一次来槟城，让我帮他订了爱情巷附近的酒店，之后来过多次，他哪里都不去，坚持住在第一次来的那个区域，靠近爱情巷。在他拍摄的照片里，无论日与夜，爱情巷都见万种风情。

槟城老城区乔治市中心的爱情巷，是一条被称为唐人街的牛干冬街（福建话 Gu-kan-tang，英语 Chulia Street）的支路，你从槟岛市区最主要的街道槟榔路转下来，见到小小的 7-11 便利店，向左一瞥，就遇到旅人最爱形容的"每一个抬头都给你一个惊喜"的爱情巷。

乍一看，你很难说这条巷子的建筑物属于哪个国家、地区和民族的风格。从 1790 年开始发展的槟城，由于这港口城市地理位置的优势，带来的不只国际贸易，还有战争，与此同时也涌进来了不同国家、不同地区、不同民族的人：中国人、印度人、马来人、阿拉伯人、泰国（当时称暹罗）人、缅甸人和欧洲人，这让槟城不只商业繁荣昌盛，也让我们今天边走边看见各种各样风格迥异的历史建筑。根据研究，单是乔治市市区，游客可以发现多达1700多种不同风格的建筑。这部分就保留给研究学者去观察和报告吧。

不到一公里长的小街道，除了少数几间前面有庭院的洋楼，其他都是建有五脚基的两层楼。五脚基在马来文是KAKI LIMA，意思就是五个脚步的距离。这距离说的是房子大门和外头大路的距离。房子外观的样式，和中国南方的福建、广东等城市的骑楼相似，不管下雨天或晴天，走路的人无须带伞，也不用发愁。小雨时照样可漫步慢行，大雨的话正好站在骑楼下看热带雨倾盆而下。总是阵雨，就一阵哗啦哗啦地五分钟十分钟，绝对不会超过二十分钟，热情的太阳便毫不客气出来把雨驱走。窄窄的巷子在一片蓝天白云映照下，热气腾腾的阳光穿过高高的房子射下绰绰多姿的纷呈光影，叫旅人的脚步情不自禁缓下来，手上的相机摆出来。

听说当年到爱情巷的旅人都是水手。在海上行走多时的疲惫轮船停靠在东方花园的小岛槟城歇息时，局促在船上寂寞无聊了好几个月的水手一下船，一双脚刚踩上陆地便疾步快行到爱情巷寻觅爱情。情人相会的快乐像巷子里飞翔的鸟儿，挥着自由的翅膀，唱着愉悦的旋律。也有来寻花问柳获一夜风流的短暂情爱慰藉的，在上船后期盼良久而终于获得肉体相拥的温馨，松懈的心情叫水手眉飞色舞，大口大口饮着冰冻啤酒高声呐喊："我爱爱情巷！"

有人制作"水手的爱情升华版"如下："一生中至少应该

有一次为了某人而忘记自己，不求陪伴，不求有结果，不求曾经拥有，甚至不求你爱我。只求在我最美丽的年华遇见你。"

听说这是爱情巷名字的由来。

我的中学同学就住在这条小街，家里开咖啡店（兼售啤酒），她平日有空便在店里帮忙。对浪迹天涯的海员生活充满好奇和憧憬的一群完全没有社会经验的女中学生，对自己所不了解的事物都觉得新奇而感到有兴趣，放学后便到同学的咖啡店来进行调研。全体女生坐下来不叫茶不叫咖啡，围成一桌便开始低声叽叽喳喳探听。左边喝咖啡的那个身形壮硕的大眼高鼻子海员来自哪个国家？半倚在躺椅抽烟的单眼皮金头发修长精瘦的那个又是从哪儿来的？前面抬头看着天空的光头洋人，下巴上的胡子茂盛生长得一副乱草样，是哪个欧洲小国的人呢？……她家店里有洋人，有日本人，也有台湾人，凡有轮船靠岸时，店里便满满是人。有些一喝酒便唱歌，听不出是什么国家的语言，沙哑的歌声里回荡的旋律浮游着深深的哀伤。为何悲伤呢？年轻女生并没有细细思量。天真无邪的思想像牛奶样的白，不透明却异常单纯的白颜色。一心向往要去过流浪的漂泊游荡日子，居无定所本来应该值得同情才是，可是脑海里的流浪却是红酒的颜色和味道，看看绚丽，品着香醇，明知会醉也要拼命追求。所以，女生们羡慕地找机会仰望他们，想从他们嘴里认识外面的世界有多逍遥、多自在。

在没有多少人有机会搭乘飞机的年代，世界无限无限大。

至于海员到底是干什么的？同学没人知道。只晓得他们长年到处去，漂泊旅寄是美丽的梦，在一个又一个陌生的码头留下他们浅浅的足迹，有的地方只去一次，从此不再踏足。但有什么关系呢？起码去过了呀！当时，他们的自由和宽阔眼界都是我们想要拥有的。没有书刊，缺乏资讯，所有的国家都在非常遥远的地方，只能靠想象。好几个水手和年轻的我们聊天时，却都说走过那么多城市，"最喜欢槟城，最喜欢爱情巷"。

就这样短短几百米的小巷子，不长的街道两边的房子像在主办文创比赛。眼前一家文艺范儿的民宿客栈，后面是一间看着更似住家的艺术画廊，右边出现了香气四溢的咖啡馆，左边来间弥漫着悠闲自在气氛的酒吧。西餐厅多不胜数，旅人来到，只是经过，但在经过的时候，忍不住在街边坐下，唤一杯黑咖啡，叫一壶西洋红茶加蜜糖，再来一套鸡蛋熏肉起司三明治，或饮咖啡，或啜红茶，嚼一口三明治，一边和旁边桌的其他游客说几句话，再看一下周边的风景。

这条街本来全是残旧破损荒无人烟的老屋，繁茂的绿树在断瓦的屋顶和残垣的门窗找到小小的位子便发奋精进、拼命生长，鸟儿纷纷在树上结窠。2008年槟城乔治市申遗成功之后，失修的空置百年老屋突然火红起来，眼光独到的商人抢着收购之后，重新装修，化腐朽为神奇，逐渐恢复原貌。有的装修师傅还刻意保留部分斑驳陆离的墙面，让人看见岁月是肆意涂抹的画家，画着历史更迭的千疮百孔图样。

寻幽探秘的旅人见到饱经风霜的沧桑景物便充满惊喜，把既古旧又富有新意的背景拍照带回去。来的人总是要走的，既然人无法留住，那就把美好的记忆和你留恋不舍的心留在这里吧。

留在这里的还有一间鲁班庙。公元前507年出生的鲁班，是孔子门人子夏的学生端木的学生。他跟端木老师学成后，便学祖师爷孔子周游列国，希望王侯们放弃纷争，尊重周天子，然而他的命运也和孔子一样，跑来跑去的没有一个王侯接受他的意见。失望的鲁班归隐到泰山南麓十三年后，遇到雕镂刻画专家鲍老师。鲍把自己的看家本领倾筐倒庋传授鲁班，使鲁班终于成为古代最卓越的"土木工程师"，也成为建筑行业的祖师爷。相信鲁班先师做梦也想不到，距离数千年时间，距离中国千山万水的小小槟岛，居然有一间供奉他的"鲁班行"。

很多走进爱情巷的旅人并没有注意"鲁班行"，因为和爱情无关。然而原籍福建泉州惠安的父亲从事的，正是和许多南来惠安人同样的建筑行业。父亲称巧圣先师鲁班为"鲁班公"，每年都有一天到鲁班行拜拜，为鲁班公庆祝生日，可惜当时年龄太小，至今仍不知道是落在哪一天。

鲁班的故事毫不浪漫，跟爱情巷似乎对不上号，在爱情巷尾端右转，便见一路牌名"色兰乳巷"，听说当年富有的中国商人，把情妇隐匿在爱情巷的支巷，所以那分支的小巷便叫"色兰乳巷"。这"所以"应该是中国人看着字面的传说。槟城人一看就明白什么叫"色兰乳"。Sek-lan-ni-hang是闽南语，"色兰乳"是"SERANI"的音译，是指欧洲人（当年来殖民马六甲的葡萄牙人）和本地土著（通常是马来人）结婚后生下的混血儿。和华人同本地土著结婚后生下的孩子，女的叫娘惹（nyonya），男的叫峇峇（baba）一样，"SERANI"也是一个独特的族群。这条"色兰乳巷"与"色"和"乳"无关，只因为是色兰乳人当年聚居的地方。

我爸的老朋友，曾任槟城水务局局长的拿督斯里李尧庆博士告诉我，这巷子有一间老房子，是当年伍连德医生行医的诊所。谁是伍连德？福建教育出版社在2011年出版了《国士无双伍连德》（获第二届中华优秀出版物奖）。搜索网络，记载如下："在中国近代史上，曾有一位科学家获得诺贝尔生理学或医学奖提名，他就是被誉为'鼠疫专家'的中国检疫和防疫事业先驱伍连德。"这个首位最靠近诺贝尔奖的华人，祖籍广东台山，1879年3月10日出生在槟城，是著名华侨领袖福州人黄乃裳的女婿。1903年获得剑桥大学医学博士学位后，回到槟城办诊所。1910年12月，东北爆发大鼠疫，清朝任命伍连德为东三省防疫全权总医官，赴哈尔滨调查及开展防治工作。他在4个月内控制疫情，过后成立中国第一个鼠疫研究所，他的功勋获中国政府赏医科进士。后来他一直留在中国医学界服务，1946年回到马来亚。1960年1月21日，享年82岁的伍连德逝世。英国《泰晤士报》发表评论："他是一位伟大的人道主义斗士，没有比他留给世人的一切更值得我们引以为豪的了……"《英国医学周刊》的悼词称："伍连德的逝世使医学界失去了一位传奇式的人物，他的毕生为我们所做的一切，我

们无以回报，我们永远感激他。"（两份报纸的资讯均来自网络）

伍连德的爱情比任何人都伟大，他对全人类的爱足以让爱情巷闻名全球。但是没有多少人知道，当伍连德为人类付出的时候，他应该也没有在意要人们对他表示感激。资料记录："1990年，中国微生物学会接到国际微生物学会联盟来信，查询其创始人之一伍连德的资料。时任中国微生物学会代秘书长的程光胜对伍连德一无所知，他查阅资料后发现伍连德已经很少在中文出版物中出现。"一直到2003年，"中国爆发'非典'，公众关注烈性传染病。程光胜应《中国教育报》的邀请，撰写了介绍伍连德及其在东北防治鼠疫的文章。这是半个世纪来伍连德首次在大众媒体上出现。此后，中国各界对伍连德的关注升温，伍连德的知名度逐渐上升。对伍连德的纪念也在各地出现"。

很多槟城人也没听过伍连德，但这无损于伍连德的丰功伟绩。可是，知道的人却感谢伍连德让槟城人脸上有光。

爱情巷的故事还有很多很多，如果你想听，那就走进爱情巷去看一看吧。

槟城乔治市爱情巷成为世界著名景点，成为所有旅人都想要走一走的地方，应该不只是想把自己变成风景的一部分，大家更想要的是不断在心中浮游回荡的梦想：到爱情巷遇到爱情。

朵拉，作家、画家。槟城出生。祖籍福建惠安。出版个人集共51部，曾获国内外文学奖60多个。文学作品译成日文、

温馨原来是这么富有

德文、马来文等。作品收入中国、美国、新加坡、马来西亚等国家的大学及中学教材。现为中国多家刊物签约作家。受聘为华侨大学、广东外语外贸大学、莆田学院、泉州师院等高校客座教授。

格桑花的眼睛

◎ 林朝晖

战斗班二期士官班长黄天明退伍离队的前一天，接替他的新任班长刘一山端来一盆热腾腾的洗脚水。

"班长，明天你就要离开部队了，我想为你洗一次脚。"刘一山不管黄天明愿意不愿意，硬是把他的脚往热水盆里拖。

黄天明的脚尖刚触及热水，就觉得有股暖流从脚底一寸一寸地漫向心扉。

"班长，还记得你给我洗脚的情景吗？"刘一山的手紧紧地攥着黄天明的脚。

刘一山的话把黄天明的思绪拖回到一个雪花飘飘的日子，那天，刘一山训练把脚扭了，班长黄天明知道后，给卧床的他端来一盆洗脚水。

听说班长要给自己洗脚，刘一山慌了手脚，他想推辞，但班长有力的手已牢牢地抓住了他受伤的脚。

班长说："医学典籍有记载，人之有脚，犹似树之有根，树枯根先竭，人老脚先衰。所以洗脚有益于身体健康，在高原当兵，更不能亏待了自己这双脚。"

班长边说，边把刘一山的脚轻轻地放进热水盆里。

热水盆就像一块磁铁，把刘一山的脚深深地吸引住了，他能感受到黄天明长满茧子的手在自己扭伤部位轻轻地揉。

黄天明边给刘一山做按摩，边打开话闸："新兵蛋子，我们哨所风雪大，你们这些南方人，走路可要悠着点儿，千万要小心，以免滑倒滚下山崖。"

新兵刘一山是南方人，怀着一腔热血到西藏当兵，他所在的哨所面积仅40多平方米，哨所高悬在十分陡峭的山顶上，悬空的地方用水泥柱和木料支撑着，官兵们称其为"雪山高脚屋"。

听完班长的唠叨，刘一山眼里顿时涌动着晶莹的泪水。

"想家了吗？"黄天明轻声问了一句。

刘一山点了点头，蓄在眼里的泪水悄悄地滑落了下来。

"雪山高脚屋"哨所位于高山上，那里冬天的含氧量只有内地的50%，夜间最低气温可达零下30多度，经常是里外皮衣皮裤，晚上下哨回来，钻到被窝里个把小时暖不过身子，作为一名从和风细雨中走来的南方兵，刘一山实在受不了这样的苦，夜静更深时，想家的念头就像决堤的海水，朝他汹涌扑来。

看到刘一山一脸的泪水，黄天明不再说话了，他的手慢慢地加大了劲，尤其是他的大拇指，就像一根针刺进刘一山疼痛的穴位，使他产生痛并快乐的感觉。

"我也来自南方，刚来的时候也想家，时间长了，便慢慢习惯了。"

格桑花的眼睛

黄天明看似无意的一句话拉近了两人之间的距离，刘一山把心里话毫无保留地告诉给了黄天明，黄天明像大哥一样耐心细致地替刘一山解开心头疙瘩。

"你是块璞玉，经过雕琢一定会放出光芒。"洗完脚，黄天明意味深长地撂下一句话。

那天晚上，刘一山躺在床上，细细品嚼班长的话，只觉得有股暖流从脚底通遍全身……

刘一山开始为黄天明洗脚了。黄天明的脚背、脚底长着厚厚的老茧，刘一山的手从老茧面上滑过时，觉得老茧像枪膛里的子弹，饱满且有刚性，他抬起头，再次打量朝夕相处的班长。

黄天明大块头，挂一张黑黑的糙脸，操一副野性十足的野嗓子，刘一山刚到中队时，见到他，还以为撞上了黑猩猩，看到刘一山惊慌失措的模样，黄天明禁不住咧嘴一笑，露出一口的白牙，黑白在那一刻，显得如此分明。

今天，刘一山给黄天明洗脚的时候，他重新仔细打量着班长，发现班长其实长得很阳光，他的脸虽然黑，但黑得健康，脸上的皱纹，纹路清晰棱角分明，富有男子汉的阳刚之气。

在中队，黄天明军事素质最好，他的擒敌拳出手又狠又快，跑起步来，就像一阵风，把其他的战友远远甩在身后。黄天明还有个绝活儿，在单杠上做练习，能一口气做60个大回环，而且动作轻松自然，如行云流水，看得新兵眼花缭乱大呼过瘾。

平日，黄天明是所有班长中最严厉的。他带的兵比其他班早出操、晚收操，而且对队列的动作要求特别严格，以至于手

温馨原来是这么富有

下的兵给他起了个"日本鬼子"的绰号。在黄天明带的兵中，他对刘一山的要求比其他战士更严，刘一山如果做错了队列动作，或者想偷懒，挨黄天明一顿训肯定少不了，训完之后，黄天明还要给刘一山开"小灶"，让他一遍又一遍地重复练正步走，操场上刘一山摆动着双臂，腿肚子的肌肉一会儿就又酸又痛，随着正步的节奏，刘一山能听到自己浑身的关节都在叭叭地响动，收操的时候，他时常瘫倒在操场上，大口大口地喘着粗气。

其实，冰层的下面也有暖流。每次黄天明训完手下的兵，都背着手扬长而去，可走到拐弯处，他总要回过头，定定地望着被他训过的战士，目光里流淌着温情，如果被训的战士痛哭流涕，黄天明会走上前，轻轻地拍拍他的肩膀说："没关系，下次改正了，还是个好战士。"

这种关怀就像润物细无声的春雨，滋润着战士的心扉。战士们都把黄天明当作自己的贴心人，刘一山也不例外，尽管他挨训最多，但每次训练结束，他总是嬉皮笑脸地靠上前去，与黄天明套近乎。

"刘一山，你真的不恨我？"黄天明问。

刘一山摇摇头。

"为什么？"

"班长，现在社会上流传这么一句顺口溜：'打是疼，骂是爱，不打不骂不相爱。'你这么骂我，其实是希望我成才呀！"

"你这兔崽子，贼得很。"黄天明抬起脚，轻轻地踢了一下刘一山的屁股。

刘一山说得不假，黄天明确实最心疼刘一山这个棱角分明的兵，他认定刘一山是块璞玉，只要好好雕琢，一定会发出亮丽的光芒。黄天明确实很有眼光，他复员后，领导经过反复斟酌，最终决定由刘一山接替他出任战斗班士官班长。

刘一山洗脚的手逐渐从脚底移向了脚背，他手上的力气开始加大，手法虽不够专业，但专注认真，把浓浓的战友情全部凝聚在一揉一按之中，黄天明的心顿时变得温暖湿润，他的嘴轻轻地哼起了家乡歌谣，目光悠悠地飘出窗外，落在中队操场边的那株格桑花身上，此时，虽不是格桑花盛开的季节，但傲然挺立在风雪中的它如同瘦瘦的剑刺向天空，一朵朵漫天飞舞的晶莹雪花环绕着它，似乎在诉说着什么……

黄天明刚到高原当兵时，和其他新兵都倍感孤独，白天，在他眼里什么都是白的，白色的天、白色的雪、白色的山，那时的他多么希望见到绿，哪怕是一抹淡淡的绿色，也能点燃心中的火苗。为了实现这个小小的愿望，好多战士都会利用休假的机会，不远千里从内地带来各种花木的种子，虽然满怀希望地种下去，但收获的却都是失望。记得有位老兵曾把家乡见土就扎根的槐树籽带来种下，然后每天精心培土浇水，待到几十天过后，却发现依然全无动静。性急的他径直翻开土壤，却发现种子一个个全瘪了，气得他拿拳头直往硬土里砸……

去年冬天的一个早晨，正在用雪洗脸的黄天明，突然发现对面山上似乎有一株格桑花在风中飘摇，欣喜若狂的他悄悄穿上笨重的大头鞋、皮大衣，携着战备锹向雪山出发，当时他只

温馨原来是这么富有

有一个想法，无论如何都要把那株格桑花移植到中队哨所来。

为了实现美好愿望，刘一山整整一个上午都在雪地里走着，摔倒了爬起来，再倒了再爬起来，总算走近了那株格桑花，那是开在雪山悬崖上的格桑花，它那瘦瘦的腰杆上挺着一朵坚实的花儿，花儿在凄厉的北风中、在飘荡的白雪中傲然绽放。

黄天明用铁锹小心翼翼地把格桑花连根挖走，带回中队，并在花盆里种下了那株格桑花……

刘一山的双手在黄天明脚背按、揉、扯、压，黄天明的身心随之彻底放松。他闭上双眼，一副心醉神迷的模样儿。

"班长，想心事了？"刘一山问。

黄天明"嗯"了一声，不再说话。

"你能不能给我再讲一次你的爱情故事？"

"你不是听过了吗？"

"我还想听。"

黄天明睁开双眼，点上一根烟，爱情故事随着烟雾轻飘飘地漾出。

中队操场边那株格桑花盛开的时候，黄天明的女朋友晓雪来部队探望他，晓雪来时并没有和他通个气，她只是到了所在部队的山脚下，才给黄天明打电话，黄天明和战友们兴冲冲地把她接到军营里，晓雪在中队转了一圈后，脸色灰暗了下来。

原来，两人谈情说爱的时候，黄天明为了能拴住晓雪的心，编了许多美丽的谎言，比方说他所在的部队环境如何的优美，条件如何的好，他的待遇如何的高。现在，当她看到中队条件如此艰苦时，她有一种被欺骗的感觉，愤怒的她决定下山。

晓雪下山的时候，黄天明为她送行，晓雪在前面默默地走着，她不愿意开口说一句话，黄天明知道晓雪是个聪明的姑娘，她之所以不责备黄天明，那是因为她不愿在黄天明流血的伤口上再撒一把盐。

走到半山腰的时候，天上忽然布满了阴云，气温骤然下降，并刮起了大风，凭直觉，黄天明知道暴风雪要来了。果然没过多久，大雪飘飘扬扬地落了下来，风越来越大，天气一下子冷了下来。作为一个出生在南方的姑娘，晓雪从来就没经历过这么大的雪，她行进的速度慢了下来，看到她晃晃悠悠的样子，黄天明想上前扶她，却被她拒绝了。

雪越下越大，天越来越冷。当厚厚的雪压在晓雪脆弱的肩膀上，她晃了晃身子，"扑通"一声倒下了，黄天明急忙扶起她，冻得嘴唇发抖的晓雪用赌气的口吻说："你别管我。"

此时，黄天明如果抛下晓雪，就意味着她的死亡，这是他无论如何都不能接受的。紧要关头，黄天明不管晓雪愿意还是不愿意，硬是把她扶上自己宽厚的肩膀。

现在，黄天明每行进一步都感到吃力，雪厚路滑，加之寒风劲吹，气温陡然下降，黄天明的双手变得有点儿僵硬，脚开始麻木，但他还是一边走，一边攒足劲儿给背上的晓雪讲故事。

路上的雪越积越厚，有的地方没过了膝盖，黄天明好几次摔倒在地，每次摔倒，他都咬咬牙，硬是站了起来。

白皑皑的雪地上留下一行弯弯曲曲一深一浅的脚印。

暴风雪还在下着，空中飘荡着干燥的雪花，伏在黄天明背上的晓雪呼吸越来越细，心跳也越来越弱。

黄天明顿时急红了眼，他知道晓雪一旦睡去，就有可能永远离开这个世界，为了让她保持清醒状态，黄天明忽然大声喊道："晓雪，你看前方有一株八瓣格桑花！"

晓雪睁开惺忪睡眼，循着黄天明所指方向望去，前方果真有一株八瓣格桑花挺立在风雪中。

"看到了吗？"黄天明大声问道。

"看到了。"晓雪轻声应答道。

"晓雪，你知道在西藏流传着八瓣格桑花的传说吗？"

"没听过，说出来听听。"

"在西藏，流传着这样一个美丽的传说，不管是谁，只要找到了八瓣格桑花，就找到了幸福。"

"真有此事？"

"真的。"黄天明大声应答道。

晓雪不再说话了，把脸轻轻地靠在黄天明的脖子上。

继续走了一段路后，黄天明又听到背上的晓雪在打哈欠，他便再找一个话题："晓雪，你在中队转了一圈，有没有什么东西吸引你的目光？"

"放在操场边的那株盛开的格桑花格外扎眼，我喜欢。"

"晓雪，你知道那株格桑花里藏着秘密吗？"

"什么秘密？"

"格桑花里藏着眼睛。"

"眼睛？"晓雪瞪起双眼。

"对，中队战士一双双眼睛都藏在格桑花里，他们现在正注视着你，相信我们的爱情一定能结出果实！"

"真的？"

"真的！"黄天明的声音如同滚雷。

雪仍在下。

"晓雪，你爱我吗？"黄天明继续问道。

晓雪不语。

"晓雪，你爱我吗？"黄天明提高了嗓门儿。

晓雪轻轻地拧了一下黄天明耳朵，轻声道："刚才不爱，现在又爱了。"

"为什么？"

"因为你是个有担当的军人！"

这一刻，两人又恢复了谈恋爱时的甜蜜，你一言我一语地说起了情话。

雪终于停了。

来到安全地带后，当黄天明将晓雪从背上释下，晓雪忽然抬起头，深情地眺望高山顶上的哨所。

"你在看什么？"黄天明问。

"我在看格桑花。"

"小傻瓜，哨所离我们那么远，怎么看得到格桑花？"

"我看不到格桑花，但我可以看到藏在格桑花里的眼睛。"

晓雪眼里的泪水悄悄地流了下来……

温馨原来是这么富有

"后来呢？"刘一山问。

"后来，晓雪嫁给了我，这个结局你不是早就知道了吗？"黄天明的脸上漾出幸福灿烂的微笑。

"可我还是想听。"刘一山一边使劲按摩着黄天明足部的穴位，一边抬起头望着黄天明，他发现黄天明的眼睛里静静地卧着一株格桑花。

刘一山的手指揉到了黄天明脚部的老茧，黄天明感到有一股暖流透过老茧厚厚的皮肤润进脚底的毛细血管，继而顺着血管慢慢地向上移，最后润进他的心扉，黄天明深深地吸了口气，全身放松，尽情享受美妙的感觉。

班长这副如痴如醉的表情让刘一山很受用，他的手继续有力地按摩，不知不觉之中，黄天明脚上所有穴位刘一山都按过了，此时，盆里的水已没了先前的温度，黄天明明白，刘一山已替他洗好脚了，这一刻，黄天明的心头忽然涌起淡淡的酸楚，他用忧伤的口吻说："铁打的营盘流水的兵，我走后，真不知什么时候才能再见到你们。"

黄天明的话一下戳到刘一山的痛处，他默默地替黄天明擦完脚，尔后掀起自己的军装上衣，用自己的胸脯捂住黄天明的脚。

黄天明惊讶地瞪大双眼望着刘一山，他不知道刘一山的葫芦里究竟装着什么药。

"班长，还记得你为我捂脚的情景吗？"刘一山的眼角滑出了泪水。

黄天明点了点头。他想起了一个寒冬的深夜,刘一山下哨时,天空忽然下起了大雪,在回营房的路上,不小心摔了一跤,全身湿漉漉的他回到营房后,赶紧把军装脱下钻进被窝,当他在被窝里冷得直哆嗦时,忽然有一股暖流顺着脚底缓缓地涌向心扉,抬起头,只见黄天明敞开衣服,将自己温暖的胸脯紧紧地贴在刘一山冰冷的双脚丫上……

"班长,我也要让你体会一下胸膛的温度。"刘一山抽搐道,"我们中队的官兵都舍不得你走,你走后,一定不要忘了我们,格桑花盛开的季节,你要回中队来看我们,看看那株盛开的格桑花,感受一下我们胸膛的温度。"

黄天明眼里涌动着泪水,他硬是咬着牙,不让泪水流出。

黄天明走了,没过多久,他给刘一山写了一封信,信就寥寥几句:我已到地方工作,闲着的时候,我时常站在高处往中队所处的地方眺望,虽看不到格桑花,但却能看到藏在格桑花里的眼睛,以后,我找个时间,带嫂子去看你们。

刘一山给黄天明的回信很简洁:班长,你虽然走了,但你却把注视我们的眼睛搁在格桑花里了,无论你和嫂子什么季节来到哨所,格桑花都会为你绽放出最美的花朵!

林朝晖,中国作家协会会员,发表军旅题材作品100多篇,曾有中篇小说被《小说选刊》《小说月报》转载,出版小说集《英雄的走向》,长篇小说《心结》《飞翔的白鸽》《我的兄弟我的兵》《寻找红军爸爸》等,现供职于福州市文联。

温馨原来是这么富有

小院子的春华秋实

◎ 南　帆

　　林那北突然开始迷恋种植，这是好事。出一身汗，巴掌上结出一枚老茧，改造知识分子懒惰的灵魂，体察农民的辛劳，"谁念盘中餐，粒粒皆辛苦"，如此等等。小院子与露台陆续摆满了各种型号的花盆，爬藤植物栖身的架子搭起来了，几丛绿色植物不慌不忙地漫过篱笆。一阵风吹过，大大小小的叶子哗啦啦地响成一片；阳光落下来的时候，地面上影子斑斑驳驳地晃动。

　　她每日的工作菜单因此添加了不少内容：开始关心天气，天边那一圈乌云的动向决定傍晚是否浇水；周末奔赴郊区购买菜籽和树苗，或者利用网络向各地高人请教如何施肥。收获的季节到了，花盆里收割的豆荚、芥菜或者秋葵堂而皇之地登上家里的餐桌。吃下这些菜肴之前常常会听到一些广告说辞，例如纯粹天然无公害绿色产品等等。茄子和苦瓜似乎有障碍，大多仅拇指粗就开始枯萎，林那北把它们摘下来，仍然宠爱有加，如同一个母亲絮絮地为瘦弱的儿子辩解。出差的时候，她吩咐我应及时摘下树上的无花果，否则会被路过的飞鸟啄烂。有必要和那些可怜的小鸟争食吗？我有些犯懒，企求免除劳役。但她铿锵的口气没有商量余地：

不行，这是劳动的果实。

观念的确改变了。

种植似乎使生活有了新气氛。那些绿色的植物不动声色地挤进来了。嫩绿的新芽，汁液饱满的根茎，丝瓜藤上棉絮一般的黄花和被虫子咬出密密麻麻小洞的叶子，还有泥土的气息。几只花瓢虫在叶子之间忙碌，偶尔会有一两只蜜蜂或者蝴蝶造访。这些景象已经久违，仿佛是从遥远的记忆之中突然召回。现在的生活边缘清晰，线条整饬，没有那么多拖泥带水的角落。我常常觉得，我们的日子如同一个设计周密的工程。午餐或者晚餐可以叫外卖，肯德基、麦当劳把机器切割好的鸡块、汉堡包装在标准的塑料盒里送来；出门旅行可以设定各种交通工具，飞机、轮船、火车、汽车按照不同的管线将每个人精确地送到指定地点；那些手执小旗的导游率领我们排队巡视众多的人造风景。闲常的时光，我们的日子交给三块屏幕管理：手机屏幕、电脑屏幕、电视屏幕。大部分时间，我们的身体端坐在一把靠背椅子上，眼观六路耳听八方，知道联合国大会的辩论内容或者某一个敏感地区发射了一枚导弹，也知道太平洋上一个热带风暴的动态或者一种新型病毒正在地球的某个角落肆虐。我们还听说了无数的消息——事实上，堆积如山的消息就是我们的世界。

这个世界正在转型。所有的知识必须重新评估。某一条山路的拐弯处有一棵桃树，山坳里的两丘水田水冷蚂蟥多，向阳的一块红土坡地盛产地瓜，龙眼树的林子里有两个巨大的马蜂窝——这些知识又有什么用？一个农民乡居生活的琐碎经验罢了。我曾经向许多人询问，如果没有意外的山火、雷电、干旱或者砍伐，一棵树拥有的正常寿命有多长？迄今为止，没有听到可信的答案，甚至那些面孔黝黑的农业教授也语焉不详。似乎没有人还会对这种问题表示兴趣。相当长的时间，只有满腹经纶的文化大师令人景仰，他们蛰居于学院的深处，擅长背诵许多圣贤的经典名言，而且记得住某一句话印刷在书本的哪一页上。这些渊博的大师年迈体衰之后，年轻的工程师成群结队地到来了。他们群策群力，蒸汽机、生物工程和互联网开始一次又一次地重组知识体系。航天飞机喷着火焰驶入太空，化肥的分子式处理所有的田地，基因图谱即将解释众多的疾病来源，总之，技术决定诸多事务。当人们周围所有的情节都被计算机转换为数据之后，"大数据"或者"云计算"终于魔术般地将整个世界贮存于小小的硬盘之上。从国际原油价格、导弹发射的轨道到私人社交生活，从某个疑似恐怖分子的行踪监控、各个社会阶层的收入分配到如何拍摄一张落日余晖的照片，计算机利用数据安排一切。这时，计算机屏幕演示的结论已经与一个农民的想象离得很远了。一年之计在于春。一个老农坐在茅舍门前的台阶上吸烟，默默地盘算当年的农活。风吹日晒，春种秋收，种瓜得瓜，种豆得豆，这是乡村生活的天经地义。然而，一个年轻的白领坐在计算机对面，屏幕上的数据正在上演惊天剧情，也许是股票的逆势飙升，也许是明星的绯闻八卦——这时，还有多少人愿意脱下脚上的皮鞋，重新踩到冰凉的泥土之中？

林那北无疑是手机与互联网的积极分子，从微博微信、查询航班、购买火车票、买卖股票到网购日常用品与各种书籍，她总是兴高采烈地奔走于两块屏幕之间。对于那些时常在各种软件之间迷路的笨伯，她免不了暗中讥笑。这样的人突然如此坚定地将我们家的小院落和露台改造成农业社会，这多少让我感到了意外。她添置了锄头、铲子等一套农具，大大小小的陶瓷盆子陆续抵达待命。然而，某一天早晨她意外发现，家里缺乏农业文明的必备条件：泥土。到处都是水泥、人工合成板和塑料管道，泥土哪去了？去年我写了一篇散文《泥土哪去了》，事实上这是林那北的苦恼。她开着汽车满城市转悠：泥土！泥土！泥土！偶尔发现路边或者立交桥下有一个废弃的土堆，她会立即取出藏在汽车里的铲子和塑料桶贪婪地扑上去，有时甚至唆使我和她成为共犯。回家的时候从后备厢拎出一麻袋的泥土，快乐的神情不亚于拎出一麻袋的钞票。当然，泥土问题的最终解决还是依赖钞票。如此之多的盆子张开大嘴嗷嗷待哺，塑料桶的搬运不过九牛一毛。于是她决定花销几百元订购。一个电话之后，一辆拖拉机轰隆隆地运来了整整一个拖斗的泥土。

　　我对于她的狂热渐渐有了微词。我在乡村插队若干年，熟悉大部分农活，苦累都刻骨铭心。哪一个农民是这么种田的？成本太高了。汽油、种子、树苗、有机肥，耗费大量的时间和精力，居然还得购买泥土，就是为了餐桌上的那几根丝瓜、茄子或者一把芥菜？田园风味无非是一种点缀，锄草浇水无非是修身养性，怎么能真刀真枪地锄禾日当午？竹篱圈起一个小院落，一架葡萄，两盆三角梅，若干竹子在微风中摇曳，这就是情趣和格调。这些植物耐旱，三五天忘了浇水也撑得住。日子已经如此忙碌，没有必要增添多余的负担。适可而止吧，如何？然而，尽管我的忠告情辞恳切，林那北却不以为然，她脑子里并不存在成本与收益概念，盆子里的收成从未和家庭经济的账本联系起来。她口头上好好好地应付，一边照样种下新一批苗子。

我对于林那北的固执无计可施。作为一种补偿，她殷勤地向我报告小院子那些植物的动静，长叶了、开花了、结果了。有次她惊奇地问我，为什么植物拒绝向人们的眼睛展示它们的生长——害羞吗？她坚信那几茎爬藤片刻之间延长了一截，可是肉眼却无法观测到。我哈哈一笑，想不出如何回答。她还认为山茶花、扶桑以及无花果树之间存在某种发育竞赛，因此做出一个重大决策：哪一株植物表现出众，她就会提供一勺有机肥作为奖赏。有时，我觉得她的表述使用了一些奇怪的形容，譬如那个毛茸茸的西葫芦瓜有点儿可怕，如同一只毛茸茸的胳膊；另一天她竟然发现了一根狡猾的丝瓜：它巧妙地隐藏在爬藤的叶子深处，避开了人们的采摘，终于依赖自己的智商熬成了遗世独立的老瓜。这些信口的玩笑屡屡触动了我，一个主题在意识之中若隐若现。某一天傍晚我偶然看到，几十个信封大小的网袋悬挂在芭乐树上，罩住青涩的芭乐果犹如襁褓裹住婴儿，一问才知是防止果蝇的侵害。我突然领悟，林那北与这些植物已经存在某种秘密对话。这是一种生命与另一种生命的交流。她自诩为这些植物的领袖，兴致勃勃地将一把菜籽埋入泥土，却无法像老农那样一眼认出丝瓜还是秋葵。她的理想是，某一天这些菜籽听得懂她的点名，例如喊一声"丝瓜"或者"秋葵"，某些菜籽就会向前跨一步，雄壮地回答"到！"数十天过去了，这些菜籽始终没有出苗，她蹲在泥土前怔忡了许久：它们沿着地下一条秘密古道逃走了吗？

我开始接受林那北的快乐，慢慢也向那些植物竖起了耳朵。对话首先是倾听——倾听植物的拔节、开花，倾听果子从树上落到地上啪的一声，倾听春雨滴滴答答地敲打树叶，倾听干燥的泥土吸收水分时发出吱吱的声响。这种倾听往往不知不觉地融入自然的拍子，风生水起，花开花落。有一天我遵命提一根塑料管浇水，水流汩汩地穿过手心漫入泥土，突然感到生活慢了下来。透过丝瓜藤蔓的间隙，我看到了天空中悠然的白云和飞鸟。一阵风习习地拂过，空气隐含着另一种芬芳。

栖息于大自然的节奏，生活简单而透明。日出而作，日入而息，所有的辛苦和乐趣无不一目了然。手机、互联网、电视机操纵的世界喜怒无常，瞬息万变，危机时常装扮成诱惑令人痴迷。那一天股市一泻千里，无数人双眼盯住屏幕之上跳跃的数据唉声叹气，这时，林那北却向我炫耀另一种全然不同的心得：站在树下吃无花果真是美妙啊。一个下肚翻开叶子又摘下一个，十几个果实如同一串珠宝鱼贯而入，她甚至把嘴唇都吃破了。

从小院子回到屋里，林那北开始看书写作或者画画。这与我预料的没有太大距离。她的理想并非一个真正的农妇，放下锄头扁担之后转身养鸡喂鸭，烧柴煮饭，祈求风调雨顺之后秋

温馨原来是这么富有

季的丰盛收成。世事纷扰，人心不古，林那北情愿腾出时间与花草树木喁喁私语。如同几个朝夕相伴的友人，谁又在乎它们能有多少收益呢？

这是林那北的桃花源吗？小院子的空间显然太小了，她把这个空间延伸到画板之上。与植物的秘密对话中获得某种洞悟，她要把花草树木的语言翻译出来。画板是发表这种语言的好地方。林那北画的是漆画，大多是姿态各异的树木。大漆从树木的躯体之中流淌出来，通晓树木躯体内部的复杂纹理，凝固的画面上遒劲的枝杈如同一片有力的胳膊托住天空。一阵大风从窗户刮进来，仿佛听得到画板上这些枝杈发出长长的呼啸。这时候她开始了另一种种植。

现在她要把种植体验与漆画集合成一本书，我觉得应该支持，于是写个序。

（本文为林那北作品集《屋角的农事》序言）

南帆，著名学者，散文家。福建社会科学院院长、研究员，福建师范大学特聘教授，博士生导师，福建省文联主席，中国作家协会全委会委员。已出版学术著作多种。《关于我父母的一切》获第三届华语文学传媒大奖散文家奖，散文集《辛亥年的枪声》获第四届鲁迅文学奖散文奖，学术著作《五种形象》获第五届鲁迅文学奖理论批评奖。

那个岛　那个人

◎ 林　焱

这个月初，我去了那个岛。哪个岛？日本四岛，我去了最北边的岛，北海道。日本地名称为"道"的，只有一个北海道。挺北的，咱们福州热到三十七八度的天气，我到那儿，朋友们提前吩咐我，要带保暖的衣服，比如羽绒衣。吓人的样子。

好吧，就去了。比福州去平潭麻烦一些。得乘飞机，三趟。长乐飞虹口，虹口飞钏路，钏路飞阿寒。虹口机场登机排队，两个半小时。这都不说了。

反正就到了那地方。阿寒湖，太有特点了。每天一早，我起来就到湖边的林子里散个步。一小时来回。有一个词叫"醉氧"，氧气太多，使人有点昏昏然。这不是故意说些有趣的话。昏昏然了两天，又昏昏然半个下午。自然景观等等，写得再多也没什么意思，读者才不要看散文游记类的文章。以前爱看，刘白羽、杨朔，那是中学生的干活，还有文学青年的干活。现在谁还要看散文游记？白痴了吧。拍的照片在微博上晒几张，或有一两个朋友点个赞就完了。现在，旅游是全民性业余活动，该去的地儿，大家都去了；不该去的，也有人去过了。

上一回带了些研究生到平潭玩，好开心的样子。一些学生在那儿做天真状自拍或非自拍。完了还应平潭时报之约写了一组文章，讲石头屋、讲海滩、讲坑道等等。那个岛，那些景。其实最该写的是一个人，给同学带路导游的。同学们对她的印象太深了，太生动了，所以写不出来。

我这篇游记要写的也是一个人——姓野竿，名阳平，野竿阳平。

那天我们几个朋友一起在阿寒湖畔的日本国立国家公园喝下午茶。整个国家公园就我们四个人，占了草地上的一张大桌子，喝下午茶，特别摆谱的样子。阿寒湖国家公园大草地上就这四个人。草地边上是博物馆。喝够了下午茶，我们到博物馆里转一圈，就见到野竿阳平。阿寒湖边上的这个乡，人非常少，住户非常少。游客一没来，就满街见不到一个人。博物馆里自然也没几个人。我们一行人中有一个会日语，有一个半会日语。会与半会的跟野竿打招呼。她们和他都见过的。而且野竿跟我们这位半会日语的还有点开玩笑的样子表示相互爱意。

就约好了，第二天他带我们游览湖边的森林。他做讲解。野竿阳平是某大学的毕业生，生物学专业的，热爱大自然，自己选择到这里的博物馆工作。

第二天，野竿阳平就带着四个小朋友出发了。在这之前，跟他互表爱意的那位就介绍说，有一次见到野竿带着一队小学生浏览森林，讲解得手舞足蹈、声色俱丽。他这回也把我们当小朋友了，那讲话的语调、那表情神态，整个一个幼儿园男阿姨的做派。

好吧，我们就服从这位男阿姨了。他穿着长筒雨靴，背着一个够装一只中猪的筒包。包里装的不是猪，是道具。一会儿，他掏出一大筒包里的一个圆圆的小坚果问我们（会日语的朋友做现场口译）："这是什么咬的？"我们已经知道，这林子里有很多松鼠，我还拍到几张松鼠的很有款的照片。他像对付幼儿园小孩一样，我们也只得做出幼儿的款，半知半不知的样子。然后他示意让我们咬咬那个小坚果。当然咬不动。他从大筒包里掏出另一个道具，一把钳子，让我们用钳子钳破坚果。有一个钳破了，我试了一个，使劲钳还钳不动。这位男阿姨的讲解目的达到了——松鼠咬东西的功夫，非常了得，比钳子力气更大。

不都是此等幼儿园的启智知识。这片森林中有大学问。我们朋友中有在这附近住下来的，也全不知道那些学问。他问我们，哪一种植物是一百年才开一次花的？咱们经常说千年铁树开了花，其实铁树开花并不罕见，不用等千年。一百年才开花的植物，是不是一百年，就不追究了，反正就是很多年才开花的。他指给我们看，但让我们小心，不要去触摸那花，有毒。还有一种草本植物，更毒、剧毒。根部最毒，爱努人把根挖出来，把毒涂在箭头上，用来射大动物，比如大熊，会把熊射死。好吧，阿寒这附近，有些爱努族人。日本也不光只有一个大和族。爱努族，怎么看都觉得有点像因纽特人。一些国家靠近北极圈的地域，都有因纽特人。我们东北的鄂温春族也有点像。

一个晚上我们去看了爱努人的歌舞表演，很原始的样子。演出前，字幕上介绍，爱努村自古就有，现在还有 36 个，一共有大人儿童 130 个在这里居住。36 个村子住 130 人，这怎么住。字幕是汉语的，都看得懂。在日本，到处都有中文的标识。日本的商店里，也能用咱们的支付宝买东西。标的是日元，一扫支付宝，就换算成人民币了。畅通无阻。现在人民币打遍天下全无敌。演出间，字幕上还写明，爱努人的古式舞蹈，也是属于联合国认定的非物质文化遗产。当天我们所看的那场爱努人的演出，好大的大剧场，观众一共五人，演员当然不只五个。所以到最后的群舞节目，全体观众都被请到台上，跟演员们一起跳舞。我们也当了一回世界级非物质文化遗产。

还是说野竿阳平带我们逛森林的事吧。阿寒湖边，有些火山口。靠近旁边，探身伸手差不多就能够得着岩浆在冒泡。所以森林里的一些地表还是很热的。野竿阳平从大筒包里掏出一个专业的温度计，插到地上一测，98.7℃。这一带的植物，品种相当奇特。动物也有点奇特，乌鸦好大个，叫得特别响。从头上飞过，以为是老鹰。鹿能经常遇到。我们没遇到熊。"熊出没小心"，原来是这一带的经常可见的警示标语。

野竿阳平继续用各种游戏吸引小朋友们认识森林里的珍奇。刚好看到一枝折断的花，很巨大的，连着枝干和叶子，有一米多长。野竿介绍说，这种花要七年才开一次，开的时候就很顽强——这枝折断的花，还一定会开的——不管断了的枝干和叶子怎么枯干或烂掉，带花的那一节还会朝上昂立着，还会完成开花的过程。这真有点奇特，闻所未闻。一路上，野竿带领这几个"小朋友"，一会儿学射击小弓箭，一会儿辨认植物大叶子上被动物咬过的齿印。背着的大圆筒里的道具，一一发挥作用。我们这伙小朋友也尽力扮好天真的角色。其实，天真不是扮的，是当时的一种内心情感的被唤醒。在各种奇特的自然造化面前，人的本色应该是天真的。

天真得差不多了，我们每个人都掏钱。事先已经明确的，导游费每人1000日元，大约折合60元人民币。我们四个，4000日元，240元，再加10元就能凑个二百五。费用支付完毕，双方举行告别仪式。有点情意绵绵，确实很感谢。要不是野竿这一番哄小孩式的把戏，我们对这片森林真的知道得太少了。一路上我使劲地拍照片，同行的几个人拼命记笔记。完了，照片跟笔记还没有对过。照片中的很多场面、很多物种，我已经忘了是什么了。其实拍得很多也没用。记不了那么多。我们又不是搞这个专业的。最后的一张照片是，野竿阳平向我们道别，日本式的深深的鞠躬以及把两边手平举，姿势端正，脸上久久地挂着笑。还说着吱哩咕努一串话，反正我没听懂。

林焱，1946年生，福建福州人。著有《掌握语言的赢家》《百年风流——20世纪中国文学与国民性变迁》等。文学创作、评论多次获国家级、省级奖项。

温馨原来是这么富有

机场上的行走

◎ 戴冠青

　　机场是一个生命的驿站。近几年外出多了，难免在机场行走，虽是匆匆过客，但所有过往都会在我生命中留下或深或浅的履痕，如今回想起来，居然连成了一片片让人回味的风景。

　　出发时，送机只能送到出发口，不管是国内出发还是国际出发，推着行李走进去，剩下的只能你自己去面对。在气派辉煌、窗明几净的宏大机场上，在往来如梭匆匆赶路的陌生人流中，迷蒙和困惑，甚至惶惶然不知所措，都在所难免。因为前方常常是未知的，有惊喜，也会遭遇尴尬；也会很兴奋很激动，毕竟即将面对的也许是一片全新的风景，神奇莫测，会为我们的生命丰富一份体验，增添一段精彩。

　　是的，出门旅行，兴奋总是伴随着对未知的焦虑。行走在机场上，最让人焦虑的莫过于飞机晚点，要是还得转机，转机的间隔又很短，那更是烦躁无比。如今乘飞机出行似乎已经习惯了航班晚点，要是正常起飞反倒觉得出人意料。航班晚点最能考验一个旅客的心理素质了。当机场上空的喇叭第一次广播通知因空中管制要延误几十分钟起飞时，人们似乎还能接受，候机室只是躁动了一下，又恢复了平静，该做什么还做什么，只期待延误到点后马上能起飞。然而，第二遍广播通知还得再延误时，许多人的耐心已经渐渐消失，有人焦躁地走来走去，有人挤在登机口的桌子前询问原因，议论声此起彼伏。这时要是再响起第三遍延误的通知时，有人马上就开始骂娘了，更多的人挤在登机口的桌子前，可怜巴巴的机场服务小姐那苍白无力的回答已经挡不住七嘴八舌甚至气势汹汹的责问，候机室孩子哭大人叫，有人开始与工作人员争吵，机场上一片喧嚣与愤怒。但也有人例外，不管几遍通知，他们都镇静自如，只是抬头看看，然后又埋头于书本、笔记本或手机中，就像他们是来机场工作的而不是出行的。我当然也属于例外之中，但远不如他们那么淡定，表面不动声色，其实内心焦虑无比，巴不得快快起飞。但想想其实焦虑有什么用呢，因为不管是喧嚣还是愤怒都无法改变晚点的事实，还不如安之若素，说不定还成全你看完一本书呢！

还有一种焦虑是航班正点，可是同行的伙伴却晚点了！一次去马来西亚开会，为了寻求同行者，我特地从上海走。国际航班规定得提前两个小时以上到机场，所以出发那天我一早就到了机场，然后就苦盼上海的伙伴到来。然而等我办完了值机，她还没来，说是民航大巴被堵在了马路上。眼看时间分分钟钟过去，值机已经停止办理了，她还没到，那个急啊，电话都快打爆了！听得出她在路上也是急不可耐又无可奈何。我只好先安检入关。过关后马上就听到在喊登机，临关机时最后一次通话，说是刚到机场但已来不及登机，改签下午的航班。后来，她还是没有到会，听说那天下午她准备登机时接到家中电话，外公病危，她最终放弃了参会，急急赶回家中，见了外公一面。虽然这次错过让我的旅行成了一个人的旅行，但当我知道了原因后，不禁为她感到庆幸，也许这正是上苍冥冥之中的一种安排吧，不然为何那么巧让她得以回家为外公尽孝送终？

最懊恼的是候机候到了饭点还没有登机，饥肠辘辘只得自行解决。大多机场餐馆的饭又贵又难吃。一次叫了一碗牛肉拉面，五十块，碗倒挺大，牛肉两三块，面一小团，全是汤水。拍了发到朋友圈，朋友居然纷纷点赞，也不想想那点面够不够填肚子？前年九月去美国，回程时在韩国首尔转机，五个多小时的等待无聊至极，吃饭时找遍首尔机场都没见到什么好吃的。无奈之下花七美元要了碗韩国鱼饼粗面条，可以说这是我吃过的最难吃的面条了！什么鱼饼呀，根本没有鱼，只是一串豆腐干之类的东西，而且，连一片青菜叶也没有，不禁怀疑，难道韩国人只吃泡菜，不吃青菜？

出入国际机场只要有时间难免要逛免税店，尤其是女同胞。这一逛就发现不少物品比国内便宜，禁不住诱惑便大肆采购，常常在不知不觉中把旅行中结余下来的一点外币用得一干二净，也难免会出现一些尴尬。五月底和一女伴去布拉格开会回程途经维也纳机场，三个多小时的中转候机时间足够我们好好逛店，其实只逛了没几家我们就被一款化妆品所吸引，虽然已说好再也不能买什么东西了，因为身上的欧元已经所剩无几，所带的银联卡也刷不了，但还是各自买了一两套。买单时发现钱不够了，根本买不成，两人面面相觑后有点无可奈何。都已经想放弃了，突然灵机一动，想起同行的男老师身上一定还有钱，借去！赶紧跑去候机室找他，一问，果然有钱！虽然所剩不多，但已足够我们付款，于是打劫般刮走，高高兴兴买了化妆品，剩余些许零钱，买了三盒饼干三瓶水，权作三人途中的能量补充。没钱了，心安了，乖乖候机，再也不做非分之想。

但是，别以为逛免税店可以买到便宜货，其实也是有风险的。有一次，一对朋友夫妇在泰国机场为了买手表，差点误了飞机。那天他们在免税店左挑右挑，好容易相中两只名表。朋友打电话来了，快点，登机了！要知道那家店离登机口很远，两人忙不迭地付款买单，连精美的表盒、保修单、发票都顾不上拿，抓了表就出来，一路狂奔，气喘吁吁，总算闯进闸门！好险啊，一步之差就可能被拦在门外了！

类似的遭遇我也亲身经历过。去年五月去巴塞罗那开会从巴黎回程，逛逛巴黎机场的免税店那是必须的。在雅思兰黛专柜前看了下，发现正在做优惠活动确实便宜很多，便毫不犹豫出手和女伴各自买了两套。买单时那巴黎胖妞怎么都算不清楚优费后该付多少，叫了一个华人老店员过来，说了半天才打出账单。这么一折腾时间就到点了，机场上空的广播已经不断地在呼叫登机，于是付了款收了账单就匆匆登机。飞机起飞后打开账单一看，发现多收了十多欧元，唉，说好的优惠算是打了水漂了！

温馨原来是这么富有

还有一次风险更加惊心动魄。那天和两个年轻学者同去一东南亚国家开会，在机场过关时，一个女学者的护照没盖章就被放行了。那位女学者诧异中还有些兴奋，怎么这么松啊，不用盖章居然可以过关！可惜她没看出来这其实是一个陷阱。果然回程出关时遇到麻烦了，海关验证员拿着她的护照左看右看，满脸狐疑，问为什么没有盖章，似乎她是偷渡进来的。这下那女学者和已出关等在外面的我俩都紧张了，虽然她极力分辨，可是人家根本不听她的，在关口力争半天都无法放行。眼看小伙伴被生生地扣在关内，那边航班时间又分分钟迅速飞过，我们都心急如焚。正在这时，关口又有两个穿黄色制服有着茶叶蛋肤色的人凑过来了，其中一人诡谲地看着我们笑，伸出食指和拇指迅速搓了几下，做出数钱的动作，我们一看就明白了，好像乌云密布中突然射进一缕阳光，顿时豁然开朗。一男学者问，多少钱？那"茶叶蛋"伸出两个指头，两百？ OK。那男学者迅即对女学者说，赶紧给他，别跟他废话，能用钱解决的问题根本不是问题！收钱后那茶叶蛋满脸坏笑地用中文说，瞧，你方便我也方便啊！我们随之报以侧目。但出关后，大家还是松了一口气，我说，权当花钱买教训了！那女学者说，总算明白了入关时他为什么不给盖章了？

　　台湾作家刘墉在《昙花》中说，美若没有几分遗憾，如何能有那千般的滋味？其实，在机场遇见更多的还是惊喜，许多想不到的快乐甚至可以让我回味再三，久久难忘。去年5月8日，我带上行囊上了泉州晋江机场，准备飞广州再飞西班牙巴塞罗那参加第十一届欧华文学国际研讨会。一进候机厅就有一个穿制服的美女给我送上了一支康乃馨、一张贺卡和一瓶水，然后说，母亲节快乐！哦，今天是母亲节，我都忘记了，这真是一个意外的惊喜！这才发现，候机厅的入口处布置得温馨浪漫：粉色的背景墙，粉色的桌布，桌布上一叠粉色的贺卡，还有一束束五颜六色的康乃馨。所有经过的女旅客都可以得到和我同样的礼物和问候，许多旅客还纷纷到背景墙前留影。我的心一热，顿时感到一种别样的温暖。这种温暖伴随了我整个航程，以至于多次转机，我都舍不得扔掉那枝康乃馨。

更大的惊喜是在一个陌生的机场突然碰上久违的朋友，要是这个朋友恰好是同行者，那真的是欣喜若狂呀！正像歌手宇桐非在《与你同飞》歌中唱的："我要与你同飞，自由地翱翔，世界再大有我有你，一起去分享。"可是国内外学术会议通常只通知到个人，不知道同行者还有谁，出远门难免觉得孤单。当你办好登机牌，孤零零地走向登机口时，突然听到有人在叫你的名字，原来是一个好久不见的同行学者，也是乘同一航班去参加这个会的，哇，那真是太高兴了！如果碰巧在同个机场遇见很多朋友，那就不啻狂欢般的惊喜了。去年十一月去泰国参加世界华文文学国际研讨会，出发前获悉来自厦门、郑州、南宁、上海，甚至澳大利亚的学者作家们都买了在广州转机的南航航班，于是赶紧也定了这个航班。中转时短短的五十分钟，却是不断遇到惊喜的五十分钟。一会儿就出现一个朋友，一会儿又出现一个朋友，于是，在众目睽睽之下，一阵又一阵的惊叫、握手、拥抱、拍照，那份他乡遇故知的惊喜真的难以言喻！

更巧的是，有时候还会在一个陌生国度的陌生机场的陌生人群中突然遇见暌违多年的熟人，那种突如其来的快乐还能凝结成一份长久的牵挂。前年到美国，在洛杉矶机场，我就这样遇见了。他说是我学生，十多年前就定居在台湾做生意，握着我的手不放，让老师去台湾时一定联系他。我也很兴奋，赶紧问他名字，他告诉我了，可是人声嘈杂，我没听清；再问，还是没听清，便没好意思再问。此刻值机队伍已经排到，只好与他匆匆告别，去办登机牌托运行李。一转身他已消失在茫茫人海中，再也寻不到。走向安检处时我一直在苦苦思索，搜肠刮肚也想不起他的名字。为此我懊恼了好久，更懊恼的是，至今我依然没有想起他的名字。唉，从此我就有了一份新的念想，多么希望再次机缘巧合，让我在某一个机场再遇见他，那时我一定不会再错过他的名字了！

曾经看过太多作品或影视里感伤的桥段，譬如车站或机场里的告别，男女主人公刚刚还紧紧拥抱耳鬓厮磨，转眼已渐行渐远，不再回头，总有一股悲凉袭上心头。不过，我依然相信萍水相逢也会一见钟情，不期而遇也会喷溅火花，哪怕是在短暂停留的机场。果不其然，多年前，我的一个纤丽的女助教背着大背包只身前往上海旅游，上扶梯时碰到一个助人为乐的男青年，主动帮她提行李，又那么巧与她邻座，登机后又恰巧晚点，飞机迟迟不飞，不知不觉给他们创造了许多交谈聊天的机会。聊着聊着就聊成一对了。没多久，那女助教就作别我的云彩，奔赴上海成家立业了！临行前，她告诉我他们相识的经过时，我突然有了一种莫名的感动，那不经意间的一次遇见，居然成就了一段良缘美眷，其中该蕴含着多少的机缘和浪漫啊！

最让人期待的是，经过数个小时乃至十几个小时的长途飞行后，飞机总算落地了，领了行李出关后，昏昏然中突然在出口处看到接机的牌子，欧华文学会、泰华文学会、棉兰文学节……顿时欣喜若狂，哪怕接机的是一个素昧平生的陌生人，都有一种想扑到亲人怀抱中的激动！五月到布拉格开会，接机的是捷华作家刘恒君，一个壮实憨厚的西北汉子，尽管大家都不认识，但循着"欧华高峰论坛"的牌看到大圆脸上满是笑意的他，一种他乡遇故知的亲切瞬间涌上心头。印象特别深刻的是去年十一月去清迈参加世界华文文学论坛暨文心作家笔会，落地时已是傍晚，一帮同行者刚走到机场出口，泰国文心分社的负责人梦凌带着几个义工马上迎上来，给每人套上了一条洁白的茉莉花串。给客人带花串是泰国的一种民俗，象征吉祥、尊敬和热情欢迎之意，让我们顿时有一种宾至如归的感觉，赶紧招呼合影留念，定格了美妙的一刻。其实回来也一样，不是自己回不了家，打个的其实也不难，但感觉完全不一样。也许女人比较脆弱，出机场后拖着大行李孤零零地去排队打的总有一种凄凉的悲怆，似乎被家人给抛弃了！但这时如果有亲人等在机场出口，当你还在茫然四顾的时候他已经在喊你的名字，很快，那熟悉的身影就奔上来接过你的行李带你去停车场坐车。哪怕什么都不说，你都会感觉很温馨，很暖人！哪怕路途还很远，你都会觉得自己已经到家了！

行走在路上，你会遇见很多风景，也有风雨也有晴，机场只不过是生命中的一个小小驿站，你只是一个匆匆过客，在这儿稍做停顿，马上又得出发，或者奔赴更远的前方，或者回到等待你归来的家中，但你在这个驿站中的所有遇见，都会让你的生命更加精彩，因为它丰富了你的行走，也丰富了你的心灵！

2017 年 7 月 19 日改于福州

戴冠青，1951 年生，福建莆田人，笔名寸月。1982 年毕业于福建师范大学中文系。曾任泉州人民广播电台副台长，泉州师范学院中文系主任、教授，泉州师范学院文艺学研究所所长，厦门大学文艺学硕士生导师，中国中外文艺理论学会理事，中国世界华文文学学会理事，福建省写作学会副会长，福建省台湾香港澳门暨海外华文文学研究会副会长，泉州市作家协会主席。中国作家协会会员。著有短篇小说集《梦幻咖啡屋》，学术专著《对象与自己》《文艺美学构想论》《文本创生与文学阐释》，主编文学评论集《诗海探骊》《积淀·融合·互动》，参著高等院校文科教材《文学写作教程》等。

生活之书

◎ 小　山

丈夫来信

丈夫已在南方工作，来了第一封信。

走进办公室，我就看见丈夫的信大大方方地等待在办公桌上。棕色信封，熟悉的丈夫的手写体，就像他在我身边时那样笑看我。那种一贯的坦率与明亮，我顿觉温暖。心里话，我很想他，但克制着。我怕他工作分心，几乎不打扰他，除了他来电话，我很少联络他，更别说写信了。两地生活，应该适应寂寞，不想自己待着就心里长草，我把时间安排给写作和阅读。但我们婚后没有分开一周过，在一起又是总伴着的夫妻，清早傍晚拉手散步，在厨房也一向你忙饭我便忙菜。平日里无所不谈，谁说哪种幽默，对方一般都心领神会，连坑笑也默契。忽然命运调转丈夫到几千里的外省，两人南北分隔，我怎么可能心里不空呢？好在两个孩子在我身边。

丈夫信上说："望妻多自珍重，家中绳麻之事，可托佣工去做，莫过吝于用钱。"

我不是家务上能干的妇女。从小到大做家里女孩时，母亲把家务都包揽了，"剥夺"了我的学习机会；做人家媳妇后，又以写作为由，舍不得时间操练。丈夫远行离开家后，知我短处，才有此叮嘱。

近年来，我却越来越懂得生而为人责任的重要。因为自己好恶而殃及别人的事，我自觉不做了，渐渐勤于妇道修习，虽不能自称贤惠，家务这等事也不怎么让夫君劳神。丈夫常常外边忙，家是他的加油站、避风港，回家后夸我几句，我也就心甘情愿努力了。我谈不上百依百顺他，看法不同时，我倔着坚持自己意见，也曾惹他生气，害得他经常坐而论道，给我一番教导，这时的丈夫像个师爷。可当我被他说得心情不好时，他又来道歉，并疏散我的闷气，直到我云开雾散。不知道别人家丈夫是不是有这个耐心，我丈夫从不在我纠缠时就脱身而去，他说如果这样子会把我气坏的。我开心了，他在单位才放心工作。时间长了，我也收敛了我的任性。夫妻间争吵算不得是坏事，彼此冷漠、互不心疼，才是可笑又可恶的夫妻关系，日常见这样的夫妻貌合神离还形式主义在一起，我简直惊异。散步时我们经常交流看法谈人性人道，也以花草为榜样、鸟兽为参照，实在是我们愿做和谐的夫妻。

其实，丈夫也是我的老师。他在社会上历练多，专业上有才华，绘画和美术理论方面我能得到他不少的知识。甚至生活中我一些不切实际的思路，也能得到他及时纠正。恩爱不仅仅感情上相依为命，彼此灵魂的相互提携，更让我觉得相濡以沫而难解难分了。

丈夫信尾说："敬天可谓敬上帝和真理，爱人可用情爱只为于你，能懂吗？"

有什么可不懂的，丈夫每一个字，都体贴入心。读了丈夫的信，我心想，这第一封信也是最后一封吧？——我急于与他相会，从此相伴朝暮。

我很快也要飞赴南国了，跟随他的脚踪。

青铜鹿·小天鹅·布娃娃

青铜鹿是丈夫给我的第一个礼物。

1999 年元月的一个清晨，他出差北京回来，进门时候冻得手都僵了。他不大灵巧地打开提箱，从里面掏出一个不小的丝绸布面的大盒子。他的嘴巴一直不说话，只是又大又厚的两手忙碌着，急于把盒子上的丝带儿解开，盒子里的包装纸展开，一个金属艺术品绽露了！——我抢着把它拉出来，丈夫则退在一边笑着，明明知道我会喜欢，还是一个劲儿问："怎样？喜欢吧？你猜猜从哪里买的？"我顾不得回答他，而是把它立即放到窗台上，晨光中，想看清它到底是什么，好不好看。是一个青铜鹿。她卧姿，昂头，枝角高高的，那表情的温柔、纯洁，艺术家把一个灵性动物的美传神地表现了出来。

这个青铜鹿就摆在了我的书架上，每天开门进家里，我先看到它。

至今这样。

那个冬天，他还写了一首诗给我。丈夫是学美术科班出身的，眼下做建筑环境艺术行当，并没有写过诗歌，把这首诗递给我时，他拿不准的样子让我甚为高兴。阅读后，我由衷地笑了，不说什么，珍藏了起来。婚后，我一首首写些与他无关的诗时，一天，丈夫忽然对我说："你不好也给我写首诗吗？你也给我写一首诗吧！"他是认真的，我鼻子一酸。在不写诗的丈夫眼里，诗歌写给亲人，既是一种深情，也是一种荣耀。可我一向写诗表达那些莫名的哀伤，仿佛对天空要求飞翔。我在心里当即对他回答：会的。但那一刻我只是对他笑得弯了腰，特意笑话他这个渴望十分夸张。夫妻情亲密无间，无处不在，哪里还需要用文学表达啊？其实，自己的文字也该献给亲爱的丈夫。

我们曾经一起议论喜爱的动物时，我告诉丈夫，自己喜欢鹿、天鹅，原因是这两样动物在我看来是洁净的、灵性的。

我们搬迁到南方福州后，距离名瓷产地德化不算远。家里的瓷器已经不少了，大的小的都有。但家附近每每有瓷器展会，丈夫仍要拉着我去看一看，选一两件抱回来。冬天的一个深夜，丈夫和他的几个同事从厦门回来，进门后，我张罗给他做饭菜，他却拽住我，让我先欣赏他带回的东西。原来，之所以回家大半夜了，是他们开车半路上转到德化去了，为了买瓷器。他们绕了个很大的弯儿，才回福州。他买的瓷器只一件：一只小天鹅。天鹅体积不小，但却是个幼年天鹅，身上还有些花点儿斑斑，胖胖的，大额头，憨态可掬。我笑他怎么买了个天鹅雏儿，他说，这个样子很独特，而且——他打住话，看了我一眼，才继续说："这个样子笨笨的，像你！"幽默了我一把。

在丈夫眼睛里，我是一个过于不谙世事的书呆子，耽于静思与幻想。烦恼时批评我长不大，还像个小孩子。可也有高兴的时候，说我单纯——他是很喜欢这一点的。他在社会上闯荡久了，凡事都用务实的价值标准衡量一下，有时我们会产生冲突，甚至为此我生了一些闷气。这种有分歧、有差异的婚配，只有求同存异才能和谐。我们也确实磨合了一些时间才渐趋平静。但是，岁月越长，看着我读读写写物质的东西所需甚少，他也经常流露出欣赏的眼光。对一个素面朝天、不化妆也不喜欢首饰和名牌的妻子，他逐渐知道了有多少好处。

我过四十岁生日时，他问我要什么礼物，我说要布娃娃。丈夫给我这样的礼物，让两个孩子嘲笑一番。儿子说：等他将来工作了，知道圣诞礼物该给妈妈买啥了，寄个娃娃，最独特的那种。女儿说：她寄全世界各地的布娃娃给妈妈。好像这个四口之家是我最小了，要三个人给我送娃娃玩具。想来我是不是真的有点儿太过分了。

有我这么个擅长写童话的女人当妻子，家庭经济压力，当然得丈夫格外负重。

是的，我仍然保有一颗孩子心，以写童话为乐。有青铜鹿、小天鹅、布娃娃做伴，就非常知足生活的馈赠。但我要说，能够这么小女孩一样在童话的花园里面宁馨徜徉，我得感激上帝赐给我一个这样的丈夫，使我可以神游天外。

唯此幸福，愿我和丈夫如同天鹅彼此永不分离。

为女儿干杯

女儿，为你准备行装了，送你上大学。

祝贺你，亲爱的孩子，我的宝贝！祝贺你如愿考上北京电影学院，如愿学习动画专业，从此，北京电影学院就是你人生新里程的开端，希望你不辜负母校的培养，将来为中国的动漫行业增添光与热。

记得吗？第一个祝贺你的声音，是辽宁的叔叔阿姨舅舅们。在鲁院小小的房间里，立春阿姨为你买来生日蛋糕、红酒及一堆食品，辽宁的三位老乡围你而坐，为你举杯！记得胖叔叔吗？他还特意送你一个坤包，祝贺你的新旅程——你长大了，不再用背双肩包上学，而可以背上女士专用背包了，这个格子图案的女包多好看啊。记得刘东叔叔吗？他开启红酒时的高兴，仿佛是为他自己的事情。那是个炎热的中午，立春阿姨跑很远的超市置办你这顿祝贺盛宴，回来时一脸一身的汗液，都快中暑了……你要记住他们啊。

我的大学同学也在祝贺你！因为你是我们班级二代里第一个上大学的孩子，让大家格外开心。小伟阿姨、培良大舅在网上祝贺你，高辉阿姨子夜发来短信。我到达沈阳后，在大学同学的聚餐会上，我的班主任老师、我的同班同学们都为你祝贺。妈妈大学毕业整整二十年，今夏我们同学举办毕业纪念活动，而你正好上大学了，所以这个纪念活动在妈妈有着双重的喜悦……

还有你一帮子血缘亲人啊，爷爷奶奶姥爷姥姥叔叔姑姑三个舅舅舅妈表哥表妹们，自然，还有爸爸妈妈，你是一个有许多爱的幸运孩子。许多的爱，围绕着你，成为你的守护天使。我们为你的将来祝福。

还有没有血缘关系的我的恩师们、女友们，他们一经知晓你的好消息，都祝贺你。有的给你新书，有的请你吃饭，有的甚至给你红包，孩子，你沾光喽，他们是属于妈妈的宝贵情谊，如今他们也真诚地爱你！刘欣阿姨、欲晓阿姨可是从大洋彼岸回来的啊。这里我们也为你刘欣阿姨的儿子高兴祝贺吧，他考取了多伦多大学建筑系！你和他一起长大的，很小的时候，我和阿姨经常带你俩一起去游乐场、公园，你记得吧。

宝贝，我有些不安了，这，太隆重了，为你仅仅是考上了大学，有些铺张。你是一个普通家庭的孩子，从小到大，妈妈领你过普通的生活，从没有娇惯你、过于宠你，一下子有这么多人聚焦你的上学，此刻，我忽然觉得内心悸动，觉得我们不该惊动大家。

车票买好了。同事们问我亲自送你上学不？不了，你自己去，你可以自己坐火车的，19个小时的路程，不算很远，就当穿越亚热带和温带从南到北的美丽风光吧，我相信你会安全抵达北京。没什么，宝贝，有时候你不妨想一想火车就是一个大南瓜，你骑着她快乐地旅行，就像尼尔斯骑鹅翱翔在斯堪的纳维亚半岛……

我们不是一向都很自立吗？妈妈上大学从小镇到省城，也是自己坐火车的，到了沈阳，我才第一次见到有轨电车、公共汽车，根本不明白几路车是啥个意思，连香蕉都没有吃过，我不也顺利到达大学校园、并顺利完成大学学业吗？宝贝啊，尽量不连累别人、不麻烦别人，是妈妈叮嘱你的一句话，你要保持这个风格。能够对别人有益是幸福的事儿，我希望你学会照顾他人。上大学后，无论在宿舍，还是平常和同学在一起，万莫损害别人，仅仅为了自己，不可以。

再见，宝贝，再回到我的身边，你是妈妈的小客人。你的卧室我打算改成我的书房，你再回家度假，是住"我"的房间。但是，亲爱的，你的床铺还在，毛绒玩具还在，你的童书仍然在你的书架上，你的绘画作品妈妈装裱挂在墙上。你的衣服也还挂在你的衣柜里，和妈妈的混一起。有时，我会睡一睡你的床，看看你的童书听听你留给我的碟片……

长大了多不容易啊，你终于一下子长大了！前天傍晚我们一起坐在闽江边上，看着一江华灯，看着天上的月亮，我们闲聊，你已经有大人的见解了。可是，你忽然说，妈妈，我要学一个玩法，你教我。这是我童年在水边常玩的一个游戏，你看见过我当了妈妈还玩。我认真教了你，你学会了，宝贝。

多难忘的一起玩啊，我和我的宝贝，人家说像姐妹。有时，你过于理性时，我确实调皮地喊你"姐姐！"因为你比我一本正经，过马路我会偷着闯红灯，可你拽住我的胳膊不许，非要我等绿灯亮了。你比我能够记住路径，你比我冷静面对突发事情，你比我理性地识别他人，你比我不在乎穿着打扮，你比我认真地对待功课，你比我长时间坐得住工作的椅子。宝贝真行。

可是妈妈也行啊。你在幼儿园的时候病了，妈妈二话没有抱起你就跑向医院，并不连累别人；上小学需要转户口，那天大雨倾盆，为了赶时间开学，我冒雨去派出所办理，自行车半路栽倒一个轱辘掉入下水井，妈妈被甩出好远。妈妈一声不哼爬起来，雨帘迷蒙，我修理好掉链子的自行车，继续狂奔在满是大雨声的街路上。上中学要挑选个好学校，妈妈会不惜力气一个个学校巡视一遍，差不多孟母三迁的劲头了。哪个家长会妈妈再忙，也会前去听听老师介绍你的情况……尽管妈妈也打过你，可是妈妈非常爱你。妈妈是个柔弱的女人，唯有面对你的事情时，就不柔弱了。

不夸我们自己了。宝贝。

上路吧。妈妈的眼睛会望向你的路途，一路看着你前行……

我相信自己的女儿会稳重前进。

金色的大门为你打开了，宝贝，请进！

上帝保佑你。

小山，1964年生，原名贾秀莉。1987年毕业于辽宁大学历史系。现供职于《福建文学》杂志社。中国作家协会会员。著有诗集《逆光的孤儿》《那拉提诗篇》等。曾获辽宁省儿童文学奖、冰心儿童文学奖、福建省优秀文学作品奖。

温馨原来是这么富有

随笔三题

◎ 施晓宇

文学边缘化以后

当文学边缘化以后，有目共睹的事实是，原本"文学艺术"一体的"艺术"后来居上，排在了"文学"之前，至少客观存在如此。如若不信，请看现实生活里的实例。一个作家，茹苦含辛殚精竭虑耗时数年，创作出一本书，往往需要自己负责包销——亦即自费才能出版，还没有稿费。有，也是象征性的。就是说，当下沉湎微信之中的人们，懒得看小说、散文、诗歌了。即便看，也只在网上看，印刷出来的文学书籍弃之如敝屣。一个艺术家则不同，无论是画家还是书法家，大笔一挥，瞬间完成的作品，"润笔"动辄成千上万，名家的作品甚至数十万上百万元一幅。雕塑家的创作，费力要大一些，费时要长一些，但收入也远比作家的可观得多——作家几乎难望其项背。

因此，2016年3月由高晓松作词谱曲的新歌《生活不止眼前的苟且》一经西安籍歌手许巍演唱，立刻唱响大江南北："生活不止眼前的苟且，还有诗和远方的田野。"

人们用这样富有诗意的歌词自我安慰，怀念文学时代已逝的美好时光，追寻并借以慰藉寂寞的曾经灿烂的文学岁月。

文学的边缘化，还表现在今天的大学校园里。许多高校在不知不觉中，悄悄取消了中文系的设置，取消了汉语言文学专业的招生。这是因为，板上钉钉的事实是，越来越多的高中毕业生不屑于报考中文系，不屑于报考汉语言文学专业——尤其是男生。以我所在大学为例，中文系虽然尚未取消，但是从2015年夏季开始，招生名额大幅度压缩——从每年招收80个、90个新生，缩减到招收50个新生（女生占80%）。砍削去的三分之一以上招生名额划拨给理工科专业，继续扩大招生。谁让你第一志愿报考中文系汉语言文学专业的新生越来越少呢？于是"重理轻文"的畸形高等教育现象在中国愈演愈烈，导致文科教师的月薪与理工科教师相比，简直不可同日而语。

"重理轻文"的畸形高等教育之下，今天年轻人的汉语和文字水平日益滑坡，尤其古文水平滑坡严重。不懂秽乱秦国后宫、想谋害嬴政的嫪毐的读音，不懂诬陷民族英雄岳飞的奸臣万俟卨的读音也就罢了，居然连普通的词汇如斩获、戕害、粗粝也不懂，连大纛、彀中、蓬门荜户也不懂，甚至连蹇、謇、謷都分不清，更不知道现代作家蹇先艾、清光绪时期状元张謇。好不容易知道个出使西域的张骞，却读不准骞的发音，也不知道何谓"凿空"？成天就知道"酱紫""尼玛""卧槽""稀饭""小强"等别出心裁杜撰的低级浅薄的网络新词！以我教过的历届中文系汉语言文学专业大学生为例，其汉语和文字水

温馨原来是这么富有

平——包括古文水平，恰似鲁迅的短篇小说《风波》里"九斤老太"的感叹："六斤比伊的曾祖，少了三斤，比伊父亲七斤，又少了一斤，这真是一条颠扑不破的实例。所以伊又用劲说，'这真是一代不如一代！'"

"九斤老太"的感叹是有根据的，儿子出生八斤重，孙子出生七斤重，曾孙女儿出生只剩六斤重，不怪她天天感叹"一代不如一代"。而今天的大学生，包括研究生，电脑与手机操作水平个个惊人，一代比一代厉害，可认识的汉字却越来越少——会写的更少，写作的水平真是江河日下，越来越低。以至于我在开学之初，上第一堂课，都要抽查、测量新生的汉字听写能力，以便在教学中对症下药。听写汉字与词组，这本来是小学老师语文教学常用的方法，十分奏效，不料时至今日，我在大学教学中仍然需要使用，也是迫不得已，真是让人哭笑不得。甚至，从 2015 年期末考试起，我在试卷中特意出一道默写题，让学生以两点水或绞丝旁默写同一偏旁的汉字，多多益善，写多了加分，以此鼓励大学生重视汉字的掌握，不可提笔忘字，意在加强和巩固大学生的文字基础。这种等而求其次的教学方法，在大学生写字越来越少的今天，收效虽不能立竿见影，我的良苦用心可见一斑。我的用心是：对于中国浩如星海的汉字和博大精深的字义，至少希望中文系汉语言文学专业的大学生能够对老祖宗留下的文化遗产充分珍视，扎实掌握，认真传承。也许，我的教化之功——绵薄之力不能化作洪荒之力，但对可能再次到来的文学春天——虽不能至，心向往之。

这是不是央视举办的《中国汉字听写大会》和《中国诗词大会》近年受到全国观众认可、喜欢的原因呢？我看是。

行到水穷处　坐看云起时

唐朝诗人王维有一句诗传之久远："行到水穷处，坐看云起时。"这句诗出自王维的《终南别业》。全诗云：

中岁颇好道，晚家南山陲。

兴来每独往，胜事空自知。

行到水穷处，坐看云起时。

偶然值林叟，谈笑无还期。

王维是唐朝著名的山水诗人，很多人都知道，但很多人不知道王维由于信佛的母亲的缘故，崇佛甚深，身为高官的他甚至一度都想弃官出家去。所以王维字摩诘，晚年隐居原属唐朝另一诗人宋之问、后被王维购得的"辋川别业"（今西安40公里远的蓝田县境）30年，吃斋念佛，神游山水，著有《辋川集》，画有《辋川图》。《终南别业》就收在《辋川集》中。我曾在2009年夏天由刘炜评兄陪同造访过王维的"辋川别业"遗址，并在一千二百多年前传为王维手植的需三人才能合抱的高大银杏树下留影纪念。这间接反映王维写出佳句"行到水穷处，坐看云起时"的酝酿基础和生存环境。

倘若评价王维的这句诗"行到水穷处，坐看云起时"，从艺术欣赏角度看，俨然一幅山水画，是"诗中有画"，无可挑剔。

然而回到开头，这首诗的开头却不够精彩："中岁颇好道，晚家南山陲。"写得有些平铺直叙了。这样的开头隐藏一定危险，很容易使人丧失阅读的兴趣，折损欣赏的主动。须知，任何一首传世诗词，任何一部经典小说，无不在开头的第一句诗上下功夫——小说则在开篇的三到五句话——乃至第一句话就牢牢抓住读者的眼球——直至读者的心灵。下面我举三个英美女作家的小说开头为例。

请看英国女作家简·奥斯丁的长篇小说代表作《傲慢与偏见》的开篇第一句："凡是有钱的单身汉，总想娶位太太，这已经成了一条举世公认的真理。"

言简意赅之中，鞭辟入里地点明了人世间一种男性所具有的思维惯性和生活规律。

再请看美国女作家比彻·斯陀夫人的长篇小说代表作《汤姆叔叔的小屋》（又译为《黑奴吁天录》）的开篇第一句："二月里某日黄昏，寒气袭人，肯塔基州 P 城一间陈设精致的客厅里，有两位绅士对坐小酌。"

仅此一句，迅速展开了被卖黑奴汤姆一家悲惨的一生，也由此打响了林肯领导的解放黑奴运动的第一枪，成为美国南北战争的导火索——"一个小妇人的一部小书引起了一场战争。"《汤姆叔叔的小屋》因而成为美国历史上里程碑式的 32 本书之一。

最后请看美国女作家玛格丽特·米切尔的长篇小说代表作《飘》（又译为《乱世佳人》）的开篇第一句："那郝思嘉小

姐长得并不美，可是极富魅力，男人见了她，往往要着迷，就像汤家那一对双胞胎兄弟似的。"

仅凭这样一句描写，于无声处将男人的内在情感和表达方式淋漓尽致地大白天下，让读者心领神会，感同身受。

所以，作家理由说过：报告文学的开头一定要出奇，讲究悬念，强调"前三行"的重要性。如果前三行抓不住读者的眼睛，这篇作品就算是失败的。他说："我们有好多作品，往往因为这前三行被读者所淘汰，就是因为开头缺乏强烈的悬念。"

这说明好的报告文学务必要有好的开头，其实所有的文学作品开头都是很重要的，尤其讲求精炼的诗词开头更是要做到直奔主题，直入人心。好在王维的《终南别业》有足够摄人心魄的佳句，得以千古流传："行到水穷处，坐看云起时。"

与书为友

作为 2015 年首批福建省阅读推广大使的代表、作为福州大学的一名教师，在第 22 个"世界读书日"到来的今天，又在福建省高校教职工首届读书节上担任阅读推广大使，这是福州大学的光荣，也是我个人的光荣。

我记得早在 2008 年 4 月 25 日《福州大学报》就在第 13 个"世界读书日"到来之时发表记者郑雪婷、李楠对我的采访，我说过："阅读经典是一生一世不可荒废的事情。"而不要在每年的 4 月 23 日"世界读书日"这一天才记得读书。不可否认的事实是，今天人们读书的时间越来越多地让位给手机、微信和电脑——大学的校园里也是如此。虽说随着电子读物日益增多，改变了人们传统的阅读习惯，但是我个人认为经典的阅读还是要手捧纸质的书籍才更有效。至少，你可以在上面写下稍纵即逝的阅读体会、感受和不同见解。理学大师朱熹的代表作《四书章句集注》中，很多名言警句就是这么产生的。比如："有则改之，无则加勉。"比如："即以其人之道，还治其人之身。"又比如："国以民为车，社稷亦为民而立。"

下面讲两个关于书的我个人的亲身经历：

我小时候，喜欢读连环画，也叫"小人书"。东南电视台副台长孙原是我的发小，他一直记得在我家看过一本《后羿射日》的连环画。故事情节大家都知道：远古时期，天空中曾经有十个太阳，那是十只金色的乌鸦——它们都是天帝的儿子，栖息在东海一棵叫扶桑的大树上。它们每天轮流，其中一只金乌飞上天空值班，照耀大地。有一天，它们恶作剧，一齐飞上天空，给人类带来灾难，万木枯焦，五谷欠收，饿殍遍野。有一个名叫后羿的青年射手为了拯救百姓，弯弓搭箭，一连射下九只金色的乌鸦。吓得最后一只赶紧飞回扶桑树上藏起来，从此它老老实实白天升上天空照耀万物，晚上飞回扶桑休息养神，大地气候适宜，四季恢复正常。有一个名叫嫦娥的美女因此爱上英雄后羿并嫁给他。至于嫦娥偷吃后羿的长生不老药，自己成仙飞上月宫，属于另外一个神话故事了。孙原说，《后羿射日》的神话从此深深刻在脑海里，长大以后也忘不掉，可见中国神话的魅力有多大。

我家原来有一个巨大的书橱，是属于父亲的。上小学一年级起，我就趁父亲上班不在家时，偷偷搬一张凳子，在大书橱上下翻找自己能看得懂的书，"就像一只快乐的松鼠寻找食物"。为此我写过散文《快乐的松鼠》发表。记得书橱里绝大多数的书我都看不懂，好比《唐诗三百首》《宋词一百首》，印刷的都是繁体字，好像"天书"一样。只有一本《红旗歌谣》能勉强看懂，还有一套人民文学出版社在 1958 年出版的 10 本《鲁迅全集》，其中的《呐喊》《朝花夕拾》《故事新编》等故事情节，年幼的我囫囵吞枣，也能连蒙带猜大致读懂。

另一个与书有关的经历是：1969 年 12 月，我才 13 岁，跟随干部下放的父亲到闽北泰宁县儒坊公社（今开善乡）小学读戴帽初中班，我的初中是在泰宁县儒坊公社毕业的。1972 年 2 月回福州过年后，我进入福州一中读高中，毕业后又去闽北顺昌县洋墩公社蔡坑大队插队劳动当知青。这是后话。

在泰宁县儒坊公社，父亲布置给我一个任务——在高高的用木头架起的晒谷坪上晒书，不让鸡鸭上来踩踏拉屎，弄脏了书籍。家里的大书橱运不下来，"文革"中大多数的书籍上交作为"毒草"烧掉了，剩下少数"合格"的书籍运到大山深处这个巴掌大的地方晒出来，还是引起了全公社上下的轰动。我得意地说，父亲让我晒的书，只是藏书的冰山一角。那时候文化被破坏殆尽，书籍自然所剩无几，我父亲带来的几箱书籍就成了宝贝。只要一晒书，只要冰山一角露出来，就把我在当地结交的小伙伴都汇拢过来了。

其中，小伙伴们能看得懂的，也是数《红旗歌谣》最抢手，

温馨原来是这么富有

这本书由中宣部副部长周扬和大文豪郭沫若主编，红旗杂志社于1959年9月初版。《红旗歌谣》是一本民歌选集，收入新民歌300首。我至今会背诵开篇第一首，就是动人心魄的《我来了》：

　　天上没有玉皇，

　　地上没有龙王。

　　我就是玉皇，

　　我就是龙王。

　　喝令三山五岳，

　　我来了！

　　我个人还喜爱另一首诗——当然也是我可以理解内容含义的诗，是农民兄弟庆祝粮食大丰收的一首诗：

　　稻堆堆得圆又圆，

　　社员堆稻上了天；

　　撕片白云揩揩汗，

　　凑上太阳吸袋烟。

　　诗句具有何等的冲天气概，何等的雄心壮志啊，一下子就把小伙伴们镇住了。当然，这种充满想象的写作手法，文学的熏陶作用对我后来的文学创作帮助极大。最起码的，课外阅读帮助我在初中阶段写出的作文，就常被语文老师作为范文在全班朗读，号召全班同学学习。我生肖属猴，在闽北的大山深处，在初中阶段，沾了课外阅读的光，我真的是："山中无老虎，猴子称大王！"

最后，请允许我讲一个外国寓言《捕鼠器》。如今就连捕捉老鼠都用上电子捕鼠器了，科技时代闻所未闻、见所未见的新产品层出不穷，日新月异。

有一天傍晚，一只老鼠透过墙角的洞，看见农夫和他的妻子正在摆弄一个电子捕鼠器。农夫对妻子说，今晚老鼠的末日来到了，只要夹住老鼠，捕鼠器就会发出警报声。吓得老鼠急忙跑到农场的院子里对鸡说："不好了，大祸临头了，农夫买回了电子捕鼠器。"鸡说："这跟我有什么关系？"老鼠又跑去告诉猪。猪比鸡善良，听完了说："如果你死了，我会难过的。"老鼠又跑去告诉牛。牛比猪更善良，安慰老鼠说："如果你死了，我会去参加你的葬礼。"总之是鸡、猪、牛都认为这件事与自己无关。

当天晚上，老鼠惊恐万状，不敢睡觉。突然电子捕鼠器的警报声响起：一条毒蛇路过被夹住了。农夫的妻子起床查看时不小心被毒蛇咬伤了。为了给受伤的妻子滋补身子，农夫把鸡杀了，熬汤给妻子喝。邻居们听说了，纷纷上门，帮助照顾农夫的妻子。为了款待邻居们，农夫又把猪杀了。后来，农夫的妻子还是被毒死了，更多的亲戚朋友赶来参加死者的葬礼，于是农夫又把牛杀了款待大家。结果，一个小小的捕鼠器没有杀死老鼠，却连累鸡、猪、牛等送了命。

这个寓言的寓意不言自明，我的用心和意思大家也明白了。当今之世，人与人的关系是普遍存在的，任何事物都与其他事物相关联，整个地球村就是一个普遍联系的有机整体。就好像

温馨原来是这么富有

我们读书一样，不要认为眼前的这本书读了没有意义，不要认为纸质的书籍已经过时，早年的经典开始落伍。不，开卷有益，书籍永远是人类的好朋友！

2017.4.12 写

2017.4.20 改

施晓宇，男，1956 年生于福州，籍贯江苏泰州，福建师大历史系和北京大学中文系毕业。1992 年以来出版小说集《四鸡图》，散文集《洞开心门》《都市鸽哨》《思索的芦苇》《直立的行走》，摄影散文集《大美不言寿山石》，杂文集《坊间人语》等。中国作家协会会员，福建省阅读学会副会长，福州大学人文学院教授、硕导。

随笔三题

旧岁守岁

◎ 郭永仙

　　说来不怕大家笑话，在很长一段时间，我不知道腊月是从哪月算起。记得小学时代，不知是那篇课文，里面有这些文字：数九寒冬的腊月，地主老财逼债上门……在中学时代看过柳青的《创业史》、梁斌的《红旗谱》、曲波的《林海雪原》都出现过"数九寒冬的腊月"，可当时老师并未向我们解释"腊月"从那个月份算起。直到多年前，一位北方的朋友告诉我，腊月是从农历十二月算起。

　　农历初八，也就是腊八节，对这个节，我不甚了解，因为我们这里从来没过腊八节习俗，当然也没吃过腊八粥。今年腊八，远在菲律宾的华人作家温陵氏在 QQ 上留言：还记得那年腊八我们从九寨沟景区盆景滩步行出沟吗？是呵，转眼六年过去了！那天走回宾馆，天已暗下来，走进餐厅，大家正热火朝天地吃腊八粥，我们赶紧也装了腊八粥，找位置坐下，这是我有生以来第一次吃腊八粥。吃过了腊八粥，才明白跟我们的拗九节吃的八宝粥一样。九寨沟喜来登酒店为五星级酒店，他们的腊八粥品种繁多，与一般人家自是不同。

其实腊八一到，就能闻到年味了。

腊八那天，天气有点阴，说实在话，我们的腊月怎样冷也冷不到那去。老 D 打电话约我们几个到他办公室聊聊"聊天室"的话题，淡远来了，阿九说他最近心情不好，没来。老 D 说这期聊什么呢？我说这不都腊八了，也快过年了，就聊过年吧！这个话题大家都有得聊，活到这把年纪，过了几十个年了，感受多多。淡远先生喜滋滋地说这个话题好，便宜了木公，他以前写过类似的文章。炒炒冷饭就行了。后来碰到阿九，说了这事，他说冷饭不好炒呵！

年年过年年年过。今年过年，感觉明显是年味很淡，街上人与车都比往年少，七天年假，充其量就是过了一个黄金周罢了。妻子也没有像往年那样大采购，把冰箱塞得满满，只简单买几样过年现吃的，不再屯集年货。这年一年比一年寡味，没有什么让人期待，反觉一年一年过得快。在我的感觉中，梅花开过之后过年就快了，桃李开花，春天就来了，李果成熟，夏天就到了，板栗橘子上市，秋天就到了，媒体上在大说特说春晚是谁谁担任导演，已经有了春节的前奏了。这跟年龄有关。

过完了一个年，没有任何特别感觉。今年的烟花爆竹似乎也没有往年放得欢，一向爱放鞭炮的我，今年也少放了许多，都疲惫了吗？最近在想，小时候过年，为什么会有许多期待，久久难忘，回味无穷。主要是过去物质生活匮乏，文化生活单调，只有到了过年，辛苦了一年的人们才能借着这个传统节日饕餮一番。进入腊月之后，年的味渐渐浓了，有些性急的人开始零

旧岁守岁

星放着鞭炮，街上采办年货的人也多了起来，孩子多的家庭这时候开始请裁缝师傅到家里做过年穿的新衣裤。一切都按着老祖宗传下的规矩来。农历廿四，白天扫尘，晚上祭灶，这也是小孩期待已久的一个小节庆。祭完灶之后，可以享用灶糖灶饼、福橘等等，这是多么有诱惑力的零食呵！廿五之后，家家户户几乎都竭尽全力地准备过年这档事。我的老家梧桐，有一个这样的说法，农历廿六是鸡生日，这一天不能杀鸡。到了廿七，大溪小溪边上（大樟溪、青龙溪），蹴着许多妇女，低头淘洗杀好的鸡鸭，澄清的溪水中，一群群青条鱼争食鸡鸭的零碎，这时会有许多半大小孩拿着竹篮往鱼多的地方猛扎下去，提起，便能捞到许多活蹦乱跳的鱼。这时节，大樟溪上过渡的人也多了起来，这些人除了采办年货外，到亲戚家贺十的人也不少。贺十是小孩最喜欢去的。这时候到亲戚家贺十，除了有好吃的，还会有五块十块的压岁钱。到了廿八九，小镇上各家各户都忙着做红团。做红团是莆仙地区的习俗，为什么永泰只有梧桐也有这个习俗呢？梧桐与仙游游洋乡交界，而梧桐街多有莆仙人在做生意，并在梧桐落户，几代人生活要梧桐。梧桐街的人大多能讲莆仙话。梧桐的潼关、西林两个大村都是讲莆仙方言，梧桐街尾还有座莆仙会馆，也是妈祖庙。所以说梧桐街有许多习俗与莆仙有关一点不奇怪。

做红团要先去采摘红团叶。所谓红团叶，就是红团做好后将红团放在上面，起到不沾粘作用。红团叶一般都要到山上去摘柯树的叶，柯树是一种大叶乔木，摘回后清洗干净，剪成圆形晾干待用。红团的皮用糯米粉，还要加些番薯粉或面粉，记得父亲做红团皮，加木薯粉，他说这样更有韧性。红团的馅多为糯米拌上红糖，做成糯米团，还有豆沙馅等等。一想到做红团的场景，至今感到温馨。做红团大都在农历廿七、廿八、廿九做，很多人家都在晚上做。一家人围在一起，做皮的做皮，包馅的包馅，其乐融融。母亲坐在灶前，用松柴片把火烧得旺旺，炊甑上大气缭绕，米香扑鼻。炊熟的红团便放在大簟上凉，在昏暗的灯光下，一个个红团闪着诱人的光芒。

特别怀念过去过年的那种暖，那种叫人盼望，总觉得的过年是一个漫长的等待过程。这跟物资匮乏有关。小时候，也就是六七十年代，一年难得吃上一次猪肉，城镇的还好些，每个月都会发点肉票，乡村的几乎只有过年才能吃上肉；能够穿上新衣裤新鞋子也是过年才有的享受。记得那时候，腊月一到，都要请裁缝师傅到家里做几天活。父亲早早就从供销社买回布料，师傅请到家就开剪，一家人每人一套新衣裤。师傅是多年行走城乡的老师傅，见识广，满肚子的故事，我们喜欢围在师傅身边，听他讲故事。老师傅是手脚不停，嘴也不停，说得最多的是郑堂故事。这个被喻为福州阿凡提的郑堂，机智幽默，记得有一个这样的故事，说得是他去别人家借一斗大米，用的是上宽下小的那种斗，到他还米的时候，他将斗倒过来装米，还给人家时人家不干了，借时的一斗有五斤，还时只有几两，郑堂说：我当时借你是一斗吧？那人说是呀。郑堂说：那我现在还你也是一斗呵，还是原来这个斗吧？……还有一个故事更逗。说得是有人跟他打赌，那人跟郑堂说：等下有个女人从前面走过，你如果敢摸她奶子，我们以五斤猪肉赌输赢如何？郑堂四周看了看，心中有数，随口答应，好！五斤猪肉！一会儿，一位身材丰满的女子从前面果园小路走来，黄澄澄的橘子十分诱人，郑堂胸有成竹地走到那女子面前，猛喝一声：停下，我看到你偷我果园的橘子了！那女子随即脸红地说：没有呀，哪偷了？你还不老实？明显看见你藏到衣服里面了，这不，衣服都顶起来了，还赖？让我搜搜！随后郑堂双手就伸向那女子胸前……跟他打赌的那人在远处看个明白，郑堂这小子真的摸了那女子的奶……其实郑堂没摸，只是做了个手势……这样有趣的故事几十年过去，至今还记得。

　　过年买鞭炮是家家户户必需的一件事。父亲一般都要买五六包百子炮，到三十晚上拆开，一联一联地放。还要留几包初一放。父亲也会拿几挂给我初一放。在三十晚上，我把父亲给的鞭炮的线拆开，散成一粒粒的小炮，早晨起来，吃过线面，便迫不及待地抓起鞭炮，将上衣两个口袋装得满满的。那时没有打火机，去供销社买几支散装香烟，记得当时最便宜的是一包9分钱的"经济"牌香烟，还有"丰产""鹭江""海堤""乘风"等便宜烟。有了香烟与鞭炮，是一件十分神气的事，满街疯跑放鞭炮。除了放这种一粒一粒的小炮，那时最爱放的便是摔炮。摔炮大都是莆田人挑货郎担带来的。摔炮有拇指大小，两头是泥土，中间放火药，外面糊上红纸。往上一扔落地就响，非常方便，许多人爱放。那时过年，有着许多简单的快乐与满足。

少年时代等过年，是数着手指。如今物质丰富，想吃什么都不缺，有人说只要你有钱，天天都是过年。这话一点不假。

在我们小镇，过年的时候挑货郎担走街串巷的特别多，他们多为江浙一带，还有就是福建莆田、福清、长乐人。别看小小的货郎担，却像魔术师的箱子，里面什么东西都有，针头线脑、学习用品、小孩玩具、家庭小用具等等，应有尽有。手头上敲打着清脆的铁片，那时一听到货郎担的铁片声，整个魂都被牵引了。那个小铁片同时也是敲打麦芽糖的工具。可以用牙膏壳、鸡内金、鸭毛鸡毛来换他们的物品。赢得有一年妹妹拿家里的白粿去货郎担那换气球，被妈妈知道了，狠狠骂了一顿。

成年后过年，又多了一种味道。吃春酒是初三之后少不了的一项活动。亲戚朋友多，这春酒会一直吃到上班前一天！人整天都是醉醺醺的。那时小镇上几个玩得比较好的朋友，轮着办春酒，一家一家喝。在这种暖暖的友情里，春节变得有内容，平时在不同地方不同单位工作的朋友，借着吃春酒的机会相聚，有许多说不完的话题，那时大家都未结婚，最热门的话题离不开女人。那个年代猜拳十分流行，在席间，哥们儿各施才智，猜拳声中见豪情。那是一种怎样的激情燃烧岁月呵！喝完后就聚在一起赌牌九，那是一副竹制牌九，玩的年头久了，牌九亦如紫砂壶一样包浆了，泛出铮亮的光。赌牌九过瘾，也是一种国粹呢！春酒是亲情与社交文化。你如果到乡下去做女婿，而你岳父兄弟姐妹多，那亲戚也多，这样的话，你必天天醉，就算你有老 D 那样的酒量，也是每天脚步踉跄。早晨早早就有人来叫吃饭，一天三餐都喝酒，大家争抢着，这种热情你是无法推托的。高手在民间，猜拳也好，喝酒也罢。你别以为自己酒量好，到乡下，还是老实点。乡间人喝春酒直喝到春耕前，攒足了力量，积够了热能，春耕时才能受冷，在水田里一施本领。春节的酒，不少人家在冬至时就把酒酿好，冬至酒是好酒。备了一大水缸的青红酒，春节期间心里不慌。我岳父在世时，每年都是这样，酿一水缸的青红酒。正月初三开始，要请亲戚朋友来家里喝酒，岳父好客，善喝长酒，喜欢慢喝，从中午可喝到傍晚……酒喝到七八分醉的时候，话就多，往往妙语如珠。平时卑微的岳父，只有在这个时候，豪气十足，好像变了一个人似的。

年是一年一年地过着，传统的仪式慢慢地消失。等到我们自己当家了，过年在心中也淡了。这两年过年，跟往年有所不同，家里添了人口，增加了儿媳妇和孙子，也就有了许多欢乐。一年年，一代代，生活在继续，家族在延伸。有了孙子，整整"咿呀咿呀"的，让我感到了快乐与安慰，这辈子也算对列祖列宗有了交代。老D嫁女了，便多了个女婿，喝酒不再独酌，按老D说法，女婿酒量虽然不行，可在过年这个传统节日，有人对饮，却也是乐事。

郭永仙，1960年生，福建永泰人。中国散文学会会员，福建省作家协会会员。著有散文诗《真情岁月》，散文、散文诗合集《心灵流泉》，作品入选《中国散文诗90年》《2004中国年度散文诗》《2005中国年度散文诗》等多种选本。

岚岛瑰宝藤牌操

◎ 林登豪

鸳鸯阵、雀跳步、护头盖顶……伴随着一阵阵威武雄壮的鼓乐声，21位操刀持牌的"虎甲勇士"翻滚而出，常常突兀地变换阵形，手中飞舞的藤牌、利刃与"敌"方的长矛交织成一片刀光剑影的弧线，现场不时爆出阵阵热烈的掌声。

藤牌取材于台湾阿里山来之不易的老藤，柔韧性强，耐击抗打，它也是见证两岸文化交流的信物。这支注入明代士兵爱国抗倭精神的"藤牌操"，作为武术与舞蹈的融合体，它曾经风光无限，深受人们喜爱。

藤牌操源于一种布阵杀敌的战术。明嘉靖年间，倭寇作乱，戚继光受命来到福建，根据倭寇侵扰的手段和特点，戚家军创造了藤牌战术来对抗制敌：战士一手持藤牌，一手握兵器，在奇妙的阵式中摸爬、滚打、跳跃、滚动、前进，在变化中杀敌，经常出奇制胜。戚继光驻扎岚岛后，藤牌操的老兵向乡勇传授"鸳鸯阵"，用于抗击倭寇，自此藤牌操传入平潭。

在明末清初，平潭作为复明抗清的根据地之一，周鹤芝、郑成功及其部属"藤牌兵"多次驻扎平潭。那时，他们发动士兵和乡勇大练藤牌操，全力推动了藤牌操在平潭的传播与发展。

康熙年间，清朝水师移驻海坛，在此建立水师基地，这种特殊的军事氛围也为平潭造就了一批彰武世家。平潭人詹殿擢升任温州镇总兵后，将藤牌阵法从平潭流传到浙江温州。尔后。他又从温州带回平潭不断改革创新，发扬光大，重新改编后的平潭藤牌操，具有场面威武雄壮、动作简洁节奏明快等特点，并在清代海坛驻军中强化操练。

清末民初，平潭因积贫积弱导致病疫盛行，民间坊井遂兴起大练藤牌操的热潮，以此驱邪降疬，强身壮体。此时，藤牌操作为民众喜闻乐见的健身功能又流传开来，并逐渐演变为民间健身活动，极具民间艺术体育活动的特性。它在平潭岛上经受波折，曾一度受挫而陷入低迷，到了 20 世纪 80 年代，又开始兴起。

由于藤牌操战术操练攻守、进退、单打、双打、连环打等阵法，变化莫测，且由号、锣、鼓等乐器演奏指挥，节奏激昂、气势磅礴，每次操练总是吸引着大批围观者，尤其是年轻人。据平潭的老人们回忆，很多年轻人在看完藤牌操后，也在闲暇时刻模仿练习起来。时过境迁，藤牌操逐渐演变成当时喜闻乐见的民间体育舞蹈，成为传统节庆、守庙祭祀的必备表演。

藤牌操在平潭民俗中有着很深厚的底蕴，它的发展史跟平潭作为海防前线悠久的历史是分不开的，该操的旗帜上书写着"海坛镇大路顶藤牌"，这 8 个字令人心潮澎湃——海坛镇浓缩了平潭 300 多年清代戍防史。平潭于康熙十九年（1680）建镇，史称海坛镇，康熙二十三年（1684）到光绪二十一年（1895）甲午中日战争结束，平潭作为海防前线，承当着不可忽略的重要责任。平潭的热血男人更是踊跃参军，保家卫国，很多人英勇地马革裹尸，阵亡成仁。平潭古时有"一里六提督，十总兵"，更涌现出像詹功显与江继芸等的水师世家。江继芸先后署理过南澳镇，海坛镇，金门镇总兵，作为第二次鸦片战争厦门保卫战中的实际最高指挥官，英勇殉国；献身后归葬的陵墓规格更是福建罕有的，可是大部分的人还是不知道他是谁，对詹功显的印象或许只有詹府门口那对石狮……

平潭县有座君山，这山横亘流水镇、中楼乡，北端伸入东海，南面雄跨陆地为该县的制高点。君山前有滔滔的长江澳和成片的木麻黄树相依相偎，君山后有个山门前村。这个乡村已转动700多个年轮，古村中火成岩筑成的石头厝，沿山势鳞次栉比而上。村前流水潺潺，时有岚气弥漫，在春夏交错时节，雾气中整个村落若隐若现，缥缥渺渺，宛若一幅山水画卷。

每当闲聊山门前村，就不得不提到"半山妈"和"藤牌操"。相传明嘉靖年间，倭寇频繁窜犯海岛，隐居半山顶上的女将下山带领山门前村民，两次出奇兵制胜，杀得侵略者死伤过半，仓皇溃逃。尔后，这位女将被尊称为"半山妈夫人"，村民至今还供着"半山妈"的神像。也许这只是一个民间传说，但后来在山门前村盛行的藤牌操队伍中就有女将，从另一侧面证实了"半山妈"的故事有一定历史根源。

说到山门前村，《平潭县志》记载：山门前村村民为抗御倭寇侵扰，特聘郑成功的水师守营教头为师，认真操练藤牌，武功、舞技更见精进娴熟。至民国时期，每当传统节庆、寺庙活动和农闲季节，都能见到藤牌操表演，它的阵法气势不凡，虎虎生威，总能搏得喝彩叫好。

山门前村的藤牌操发源比较早，迄今为止约有500年历史，从明代抗倭时流传到今天。20世纪50年代，藤牌操的表演十分盛行，还参加过县文艺会演，90年代，藤牌舞在福建省文联举办的民间舞蹈展演中获演出奖，并被收入《中国民间舞蹈集成·福建分卷》。从军事——体育——娱乐。可谓藤牌操演变的"三部曲"，更是山门前村文化的活化石。

早些年，藤牌操的表演，加入了《得胜令》《将军令》《泣颜回》等民间音乐伴奏。藤牌操表演十个阵法后，突然出现一个"红毛"（侵占台湾的荷兰兵），手端长枪，东张西望，藤牌队员埋伏在藤牌列成的横队后面，监视"红毛"的举动，随即一个藤牌手跃出，手握瓦片，从"红毛"背后击其头部，"红毛"倒毙在舞台上。此时，灯光明亮，火炮齐鸣，藤牌手舞狮庆贺胜利，结束全套表演程序。

20世纪七八十年代，藤牌操曾在海岛上盛极一时，每当有藤牌操的表演，全村的人都争先恐后来看，可谓是万人空巷。此外，作为平潭的传统文化项目，每逢举办文艺汇演，必选拔艺高胆大的人才组队参赛，成为当时平潭地方保留节目。1958年，平潭藤牌操还以武术形式走入电影屏幕，在上海电影制片厂拍摄的电影《小刀会》中露脸，亮相，博得好评。

曾经轰动过的藤牌操，近20年来已经逐渐消失在人们的视线中，作为平潭非物质文化遗产，昔日的辉煌只能萦绕在老人的记忆中。

2010年，山门前村重新组建藤牌操队，进行第五代藤牌手的演练。每有表演，藤牌操队面对浩渺烟波的大海，队员们表演起单打、双打、连环打等阵势。在阵阵急促的鼓声中，藤牌操手头顶蓝天，展示出"一字长蛇"的队列，猛然间又变成"二龙出水"，翻一个斤斗后转变为"五虎下山"等阵法。精彩的表演，令人赞赏不止，场上荡漾一阵又一阵的掌声。

风过竹疏，雁过留声，绵延500多年的藤牌操，似呐喊的飞瀑，与岚岛的海浪同时起伏跌宕，凝聚成具有地方特色的文化符号，共鸣闽都文化的旋律，回旋八闽大地。

林登豪，1953年生，福建福州人。中国散文诗学会会员。著有诗集《通过地平线》，散文诗集《边缘空间浓似酒》，摄影配诗集《拥抱空间》，《与那杯茶默坐》入选《中国散文诗九十年（1918—2007）》。曾获中国新闻学会文学创作二等奖、华东地区好作品奖、中国当代优秀散文诗作品集奖、福建省优秀文学作品奖。

岚岛瑰宝藤牌操

花 生

◎ 陈 坚

　　"清明前后，种瓜点豆"每到这个时候，平潭人就差不多要种花生了。在我的印象中，种花生就不算是一种苦力，反而充满了快乐。

　　十几年前的某个春天吧，少年时的我在缤纷的梦境中，母亲催促我着起床。迷迷糊糊推开窗，空气中散发着一种雨后泥土的味道。在吃过母亲煮的花生糊配鸡蛋后，就跟着母亲走去田里。田里，父亲已经在犁地了。由于耕牛是集体所有，所以父亲要让黄牛赶着时间犁地，于是就不断用树枝抽着牛的屁股，忙着这黄牛都没空吃田埂边那些嫩嫩的青草。我看着都有点不舍，于是就拔了一些青草跟在牛的身边喂它。有时候觉得太好玩，也就没有听清楚父亲口授的那些犁地知识了。

　　父亲犁地，母亲整理阡陌。而我也很忙，忙着把田里的那些杂草清理掉，忙着抓各种昆虫和一两只四脚蛇。看着罐头瓶里那些四脚蛇争抢着那些白白胖胖的金龟子幼虫，看着玻璃罐里独角仙们和大兜虫们决斗，看着黄蝴蝶、白蝴蝶在明晃晃的阳光下翻飞，种花生的劳累伴着玩耍，倒也十分惬意。

开始种花生了。母亲一手拿着锅铲子一手从胸前兜里抓一把花生。弯着腰，铲一个小坑放一两粒花生，再用脚踩下，就这样有条不紊地一步一个脚印，而父亲则在母亲的身后用三齿钉耙小心翼翼地把坑整平。每一次父亲都会在田边给我开一小块地，让我自己种花生。于是我都会很认真地挖坑、放种子。父亲从不管我种的这些花生的间距合不合格，也从不管我坑里放多少粒花生籽，更不会管我用的三齿钉耙会不会又把花生种子给翻出来。

　　在经过两次的田间除草后，花生就开始开花了。黄黄的小花点缀在一簇簇椭圆形的叶子下，像很多小黄蝶。记得父亲第一次告诉我有多少花就有多少花生籽时，我就觉得花生是一种很神奇的植物，甚至连做的梦里都是千万朵小黄花在飞舞。于是，我就盼望着落花生，盼望着收花生。

　　暑假快结束了，开始拔花生了。又是在迷迷糊糊中被父母叫起来，我坐在父亲的板车上，晃晃悠悠地到了田地里。父亲拔花生，我跟母亲要把花生从根上扯下来。这虽然不是技术活，但久了就觉得无聊，于是就开始把玩起花生来。我会用针线把花生一粒粒串起来挂在脖子上，会把花生夹在耳垂和嘴唇上，会把花生拢木麻黄枯枝里烧着吃……

　　劳动累了就喝一碗母亲煮的鬼针草茶；再随小伙伴到田埂找覆盆子吃；大家一起抓蚂蚱玩；半大的孩子们躺在花生林地里，望着悠悠白云憧憬着快快长大，离开海岛，去外面的世界看看……

花生

79

人们之所以很怀念那些过去的事情，是因为它再也回不来了。而今，父母早已经不种花生了，我也忘记了怎么犁地了，可每到种花生收花生的季节，我总会想起关于花生的那些点点滴滴的往事，还有那阵阵的花生油的清香，弥漫在我的脑海里，久久不愿淡去。

陈坚，平潭作家。

温馨原来是这么富有

怀念那灰白的头发

◎ 欣 桐

　　四月，草长莺飞，花木葱茏。春色正如潮水般在海坛岛漫延开来。那山野间苦楝树长出点点新绿，木棉花和刺桐花红高悬枝头。在这浓春时节里，我在电脑前剪辑怀念一位长者的小片子。一张张记录师者生前生活的相片闪现在镜头前，他那熟悉的笑容，帅气灰白的头发，曾经被我们戏谑为民国范的风度老人——雷开应老师。如今，他走了，走在四月浓春里，那丛丛鲜花就是春姑娘为雷老师送行的最好礼物吧。这样一位性情高洁、心性淡泊的老师，他不需要太多的繁文缛节，也不需要那痛哭流涕的哀戚……

　　四月十九日上午，下着蒙蒙细雨，我再次来到雷老师家。进了老厝，厅堂里菊花包围着雷老师的灵柩，相框中满头灰白头发的他微笑着。我定定地看着这张相片，这样的对视曾经出现在广电局的采访部里——我写好稿子，放在他的桌前，坐在旁边看他改稿，他看着我给我教诲……如今天人各隔一方，我的眼泪止也止不住，懊悔不已："过年前，心里想着有空要去看看雷老师，年后因为工作忙碌，他就这样突然地走了……"

2008 年 8 月，平潭广电局招考记者，在朋友的举荐和帮助下，我有幸考入成为一名新闻记者。那一年，我已经 35 岁了。一个怀揣三流电大文凭的中年妇女，要跟着一群小自己十几岁的小年轻们，在同一个岗位上抢饭吃，这不仅要考验体力，更多的是考验一个人的新闻专业素质。如何当一名合格的记者，如何写好新闻成为那个时段里的人生命题。

雷老师是我们编辑室的审稿人，他经常穿着一件蓝色的牛仔衣，高高的个子、满头灰白的头发，见到我们总是面带笑容。他 20 世纪 60 年代从福建师大毕业，怀揣支援海岛教育的豪情来到平潭，开始了长达三十几年的教学生涯，而后因为身体原因离开了三尺讲台，到了平潭广电做了平潭新闻拓荒人。

记得我当记者不久，拍了一条新闻：潭城镇政府前面的一片垃圾地，被政府改造成了一个公共的花园。采访时，周边的老百姓对政府的行为点了许多赞。我在写稿的时候，特地表扬了政府的公益行为。雷老师看了稿子后，十分严肃地告诉我，小燕啊，写新闻有一个大忌，不能又当裁判又当赛手，不能在文中随意地加入点评，因为你的立场很难做到客观，文中老百姓的赞赏就是对政府行为的肯定，如果真要评论可以在稿子后面写一个小评论，但是立意要客观……

雷老师审稿，从来是以事论事，不带着对记者的喜恶，而且他讲话语气温和，讲的道理易懂易记。记得 2008 年 9 月，我接到一个拍摄电视专题的任务，请教雷老师时，他说，专题跟普通的电视新闻不一样，需要大量的镜头，写稿的人要有镜头感，比如你用语言可以描述的心理活动，电视里只能用话外音来表现；文字要简洁，能在镜头里表现的画面，就不要再用文字来表述，比如"你看到了蓝色的大海，朵朵白云在飘荡"这样的话，因为镜头里可以拍到的，都不用再作描述了。拍摄前心中要有一个拍摄大纲，出去采访就有内容了。

记得那年，选定了以流水镇小庠岛的鲍鱼养殖大户李原灿的故事为拍摄专题，专题名字定为《柳暗花明砂美村》。我们几个新记者在小庠岛上过了一夜，因为之前写好了脚本，拍摄顺利完成。这个专题播出后，我慢慢摸索出写电视专题稿的方法，也经常请教雷老师关于新闻写作的方法。雷老师常常告诫记者，要"敬惜文字"，新闻记者要有文化含量，记者要有人文情怀，要同情弱小和挖掘好新闻的眼光。"文字是新闻从业者的基础，没有过硬的文字基础，绝对当不成好记者，所以学习不能懈怠。"记得他曾经看到我稿子里的错别字说。"不要把一个错别字，不当回事，这不仅是粗心所致，也是你对新闻的态度，你晚起步，更要快学习……"雷老师的话，令我羞愧无比。

雷老师的文笔很好，却不张扬，很少在报刊上发表文章。他认为读书写作是个人行为，能把学生教好，让写作后继有人就是对他的最好褒奖。认识他的人都如是评价他，雷老师一生淡泊名利、与世无争、性情高洁、为人坦荡，从不吝惜把自己所学的东西教给学生。所谓"桃李不言，下自成蹊"，就是对他教书育人最好的诠释吧！

雷老师常说，生有涯，而学无涯。

现在他走了，在这四月盛春时节，安静地走了，但他曾经的谆谆教导，依稀响在耳畔，令我自省，也催我努力……

欣桐，本名余小燕，中国作家协会会员，鲁迅文学院福州研修班学员，著有散文集《指尖起舞》《萤火流年》《坛中日月长》，平潭民俗文化专著《行走海坛》《海坛掌故》《平潭行旅》等，现任平潭时报社专副刊部主任，平潭作家协会副主席。

温馨原来是这么富有

寻找一条河的源头

◎ 陈浩志

曾经一直想寻找一条河的源头。

读中学的时候，知道了看地图，我会长时间俯身在各样色块的地形图上，用手指尖顺着那表示河流的蓝色线条溯源而上，看着线条袅袅娜娜由粗变细，慢慢隐约进棕黄色的山脉中。我的手指会久久地在色块间摩挲，想着那条河源头的最初那滴水是从哪里来的。

一个下午的自习课，教室的窗外有几只麻雀在草地上跳跃，两只白色的蝴蝶在翩翩飞舞，我的指头正在地图上摩挲，地理老师走到我课桌边。地理老师50多岁，腰有点佝偻，扁扁的嘴，他说普通话夹着浓重的土音。听说他毕业于中华人民共和国成立前的中学，因为当时我们学校缺地理老师，便请他来代课。曾经有同学问他，太阳是在天空中间的时候离我们近，还是刚升起时离我们近。我们举了两个例子，早晨太阳那么大，中午是那么小，肯定大的时候离我们近；但是早晨的太阳一点不热，中午的太阳却热辣辣的，因此一定热的时候离我们近。这个矛盾的问题，我还记得他当时扁着嘴，嗫嚅了半天，没说出个所以然。现在我看了看贴在窗玻璃上的白蝴蝶，站起来指着地图那表示河流的蓝色的线条，问老师，这一条条河的源头的水是从那里来的。这次地理老师回答得很干脆，他说河源头的水有两种，一是冰川融水，一是地下水。长江源于青藏高原冰川融水，黄河源则是巴颜喀拉山的泉眼。地理老师的回答，形成了我对河流水源的原始认识。我还记得这时窗外的两只蝴蝶飞高了，麻雀也飞到操场边的梧桐树上。

老师说的冰川融水我们当然都没见过，但可以想象得出来。小时候，冬天里常见下雪，不像现在的孩子，长很大了还没见过雪的真样子。那时一有下雪都下得很大，先见雪米，然后大雪花，下上一夜，山头、田野、道路、房屋全都是白皑皑的，屋檐还会挂下一条条冰柱。太阳出来了，雪渐渐变成水流进沟里，屋檐的冰柱尖也慢慢垂下水珠，越垂越大，晶莹莹的，然后滴答一声滑落到地面。我当时想象冰川融水应当就是这样。那年从西宁坐火车去拉萨，经过可可西里草原，正是清晨，我被同伴叫醒，从窗口望出去，我欢呼不出声来，连心都静止了。广阔得几乎没有边际的高原，在熹微的晨光里，颤巍巍地变换着色彩，晶莹的雪山冰川，灰褐色的土地，泛绿的草色，白亮的水道，还有牦牛，远远的或许是藏羚羊在张望，一切是静止的，又是生动的，像画，又涌动着生命。车厢里有谁说，这里就是长江的源头。此后在我的生命中一直不能忘却这个画面。那一刻，长江的源头于我圣洁成神。在熹微的晨光里，在火车的行进中，我以仰望神的目光从车窗凝视着可可西里草原，凝视着

温馨原来是这么富有

从冰川延伸出来似白玉雕琢的河……旁边有人惊呼，这是冻河，凝固成冰的河。但我却不感觉这是凝固的河，我感觉这冻河的流动，感觉地底的温热穿透高原就像曾经我火热的心脏的血穿过血管直达我捧着冰块的手心，融冰成水，始成滔滔长江。我后来去南京，特地下到长江边，想能在南京"溯源"寻找长江源的感觉。但是脚下浑浑的江水与心中圣洁的"冻河"，就像两条平行线，怎么努力也无法在心中交叉起来。

地理老师说的泉眼那就无须想象，上山砍柴，岩壁坡坎随处可见到泉眼，那水咕咕往外冒，肆意的四处乱闯，闯出一条道，便流成一道泉。我们对泉水是很有感情的，挑柴草下山，渴了，遇到一眼泉，扑上去，咕噜咕噜，喝一个肚子圆鼓鼓的，别提有多舒爽。在泉眼处，总会有人在旁边围上一圈石头，把水聚起一凹，旁边还会放一块破碗，让人舀着喝水。有一次几个小伙伴挑着柴草下山，已近中午，太阳又烈，大家肚子饿得冒虚汗，双脚都发软了。在一处岩壁，冒着一线泉，我们急忙歇下担子，但是泉流却很细，底下有人放置一个旧碗，大家挤到一起，拿起碗，每个人轮着喝上一小口，再把空碗放到泉流下，等着流满，再拿起来轮着喝，直喝到大家肚子鼓起来，果然感觉不那么饿了。这时有小伙伴去找石头，说要围一个泉窝，以后喝起来方便。拣来石头，围起来，抹上黄泥巴，却没能留住水。原来这泉眼下是一块不长草的沙土地，流下的泉水很快就被松散的沙土吞咽了。有一个经过的大人说，小孩别费劲了，沙土留不住水，水也要有草木养育。大人教我们明白了草木养育水的道理。

20世纪90年代末到宁夏沙坡头，看到独特的"麦草方格"治沙技术。茫茫沙漠中，一个个一尺见方的麦草方格里，居然绿意盎然，参差生长着灌木杂草。宁夏的同志告诉我们，"麦草方格"治沙技术是沙坡头独创，专业人员把废弃的麦秆用铁锹轧入沙中，形成一尺见方的方格，麦秆一半入土，一半露在沙面，这样既能抵挡风沙侵袭，又会控制住方格内的沙土，保持沙土稳定。长年累月，稳定在方格内的土质便慢慢发生变化，遇到雨水就会发育生长出草木，草木生长，又会截纳水汽，改善方格及周边的土质环境，一格一格，月月年年，绿地扩展，逼退沙漠。在沙坡头我深刻感知土、水、植物之间的循环相生。

　　随着年龄的增长，阅历的增多，我对地理老师说的河源头的两种来水，产生了质疑。来自冰川的河流毕竟少数，那千千万万条河，那河万万千千条的支流，都是来自地下水喷涌出来的泉眼？我到过闽东的嵛山岛，这座兀立在东海的花岗岩构成的岛屿，在海拔200多米的山上，排列着三个总面积达千亩的永不干涸的淡水湖，人称"天湖"。湖的四周环绕着屏障似的岩石山坡，长不出树，却狂长着半人高的茅草，满目皆绿，与凝碧的湖水融成一体。嵛山岛耸立于大海之中，没有河流，也未见泉眼，汒汒东海中这永不干涸的淡水湖之水是从哪里来的呢？凝望湖周边川坡上劲长的茅草，我突然感觉那每一茎草叶似乎都是一涓流。我在《嵛山天湖》一文里是这样写的："我突然奇异的发现，这四周的山都携着绿翠缓缓地向天湖蠕动，就像诗人流向主题的情绪，就像暗夜仰望月亮的眼睛。我明白了，这每一片绿叶都是一涓细流，万涓成河，哺育着永不干涸的天湖。"后来看到一篇介绍非洲草原的文章，说草原上有一种"尖毛草"，它的根可以一直朝下生长到 28 米，在旱季它的叶是枯死的，只有根朝下长。但是只要有一阵含水的风吹来，或者一片云飘过，这些枯死的草马上就会泛出绿色。显然尖毛草长长的叶可以从含水的空气中截纳水分。这坚定了我关于崟山岛淡湖水的水是满山茅草养育的认知。

如果崟山岛的草截纳天空中的水分养育出崟山天湖，那么也一定会有一条河的源头的来水是源自草木。这对地理老师关于河之源头只有两种来水的说法是一个突破。我决定溯源家乡那条溪。家乡那条溪来自大山，源远流长，上游层岭叠嶂，草木繁茂，支流众多。我揣想家乡这条溪的这无数条支流源头的来水一定不会全部都是地下水。于是好几个星期天，我溯流而上，遇到支流便舍弃大溪，沿支流往山深处去，攀岩援壁，极尽辛苦，但结果总是在流尽处从石溇间或岩壁中冒出清清的泉水。

我不言放弃。有一天，我决定来个持久战，提上一串光饼，朝溪的更深处去。这次我分析了前几次支流的境况，选择了一条人迹难至的支流。这条支流水流不大，夹在两山间，流水两旁树藤相缠，木乱草密，流水时隐时现，水石相击，鸣声铿锵。这样的水流家乡一带称作"坑涧"，除了抓"水鸡"（一种长得像癞蛤蟆的蛙类，可食用）和采药的人，不会有人往这样的地方去。我之所以选择这条支流，是因为我认为既然草木可以养育水，那么如此人迹罕至林木茂密之处，也许会有另一种积水的方式。

这样的深涧，难见人迹，水流两边不会有路的，只能靠自己走出一条路。流水在乱石间时隐时现，时急时缓，水汽氤氲，浸濡得石头上青苔叠着青苔，像上了一层釉，踩上脚滑溜溜的。小心翼翼地找着表面平整的石块往上踩，踩实了再移步，小时候砍柴火走山路的经验帮了我大忙。抬头看，不见天空，纵横着树干树枝，有松树杉树柯柴槠木，还有许多叫不出名的树，树的枝和叶都苍老得镀上一层岁月的暗色。不经意间，就会有树枝树叶落下，那随意的姿态依然保留着"无边落木萧萧下"的古意，萧萧的声响里便遮了流水和石头，水突然就不见了。会听到鸟叫，很悠长，悠长得也充满鸟鸣山更幽的古意。一只松鼠蹲坐在虬曲的松枝上，用不动的黑眼珠看我，一点也不惊慌失措，我也不惊动它，悄悄踩过落木。悄悄里又见到了水。但水更小了，在石面上袅袅娜娜地走，倏地又隐到石头底下，隐隐约约地流动。

有些累了，太阳也走到了中天，从一串光饼里掰下一块。这种光饼是我家乡特有，据说当年戚继光率部到闽东平倭，由于海疆作战，食无定时，戚继光部将把面粉调水和成小碗大的圆形，中间制一小孔，炭火烤熟后，饼面金黄，内心绵软韧实。这饼香而耐嚼，咬食一块，路边捧抔水喝下，十分耐饥。士兵行军作战，用绳子穿过饼中间的小孔，扎成一串，挂在身上，登山过海，随时取食，十分便捷。这饼后来被称作戚继光饼，我们闽东这一带简称光饼。我咬着光饼，咬出满口甜香，弯下身，拨开水面上的落叶，捧一抔水喝上，味道好极了。但好极的味道里却隐藏着一丝泥土的气息，我有一种这水不是地下水的感觉。这一感觉让我产生了兴奋，疲累顿时消散，起身急着前行，绕过两道弯，林木突然稀疏，两边的山也往阔处退，再跳过几块石头，居然是出了林的尽头。

展开在面前的是一片杂草萋萋的沼泽地，面积不大，大概几亩阔，可以看到我站立的石头边的流水隐约进沼泽里，就像调皮的孩儿回到母亲的怀抱。显然这片沼泽便是这条支流的源水，怪不得刚才喝水时有泥土的感觉。那么这沼泽地的水是来自地下水吗？我决定走进沼泽地。沼泽地尽头那边是一个长满灌木的小山包，我拣了一根干树枝，探着深浅，向着沼泽地走，择着高实处落脚，一步一步近了小山包。顺山势转过弯，弯那边居然横着一面断崖。崖高 10 多米，宽约 20 米，裸露的岩壁，古老的岩体，有着界限分明的断层，我甚至看到一块海蛎壳的化石。想起学过的地理知识，"岩石地层断面的不同岩相展示着年代地层顺序"。我当然无法看懂这深奥的岩相，但是看到这面断崖从上到下挂满水珠，就像大汗淋漓的额头，这水珠一颗连一颗不容察觉地往下爬行，爬进沼泽地里。

我展开手掌，接住几滴崖面的水珠，伸出舌头舔了舔，感觉一股浓浓的松香气味。惊诧里抬起头往断崖顶上看，崖的上头长满了松树。我知道这种岩石山只能长松树，长家乡的那种马尾松。马尾松不择立地条件，哪怕是石头，只要有一点缝隙，它也能扎下根，然后长上几年几十年，长成扭曲的身材，但却有着马尾巴那样繁茂的针叶。我找到缓坡处，手脚并用，登上崖顶。展开在眼前的是一片望不穿的松树林，大概因为土层厚薄不同，松树有的长得高大挺直，有的长得低矮虬曲，但都树身粗粝，历经沧桑，充满野意。马尾似的针叶倒是繁茂，苍翠欲滴，枝连枝，高低相叠，荫蔽天日，令人惊异的是，这时已是过午时分，松针尖居然还挂着一个个水珠，闪烁着光彩，轻轻一碰就会像雨点一样落下。落到树下堆积的厚厚的松针叶里，脚踩上去有弹力，像踩在毛毡上。松针叶，我们家乡俗称"松毛"，小时候常有挑着簸篮去扒松毛，挑回家烧火煮饭。松毛含松脂，挑起来很沉，晒好几天还干不透，遇到下雨，这些松毛会蓄存雨水，很多天底下还是湿的。松毛放进灶膛也不好烧，会压火，要人守在灶口，用火钳不断拨动，不像柴草，点上火就毕毕剥剥燃烧不停，因此我们很少扒松毛。这深山野岭的松毛，当然从来没人动过，一年又一年，越积越厚，形成堆积层。我用力一踩，像踩在毛毡上，有弹性，发出咯吱咯吱的响声，便有水溢出。这高起的石头山可以排除有地下泉水的存在，这松毛层里的水只能是来自雨水和露水。我蹲下身子，用手掀开表层的松毛，下层便显润湿，越往深里越潮湿，最底下的那些多年松毛已成了腐殖土，用指头一按水渍渍的，双手挖开腐殖土，看到了水湿的岩石山体。很显然这是一座浸泡在松毛层积水里的石头山。

我的思想顿时活跃起来，链接起一条水的流动：厚厚的松毛层是天然的蓄水池，蓄积了雨水和马尾松针叶尖的露珠，蓄水沿着岩石山体从高处向低处移动，移动到断崖处便漫溢出来，一滴滴往下爬行，爬进岩壁下的泥土层，天长地久造化了这片沼泽地。水朝低处去，沼泽地的水从各个方向汇聚到下游的石头沟里，流动起来，成了家乡这条溪这一支流的源头。显然这水源不是冰川融水也不是地下水，它是来自这片古老的松林。我为自己的想法蹦起来，松毛层里的积水漫进了我的运动鞋，我张开双手朝头顶上密匝匝的松针叶发出啊啊的喊叫声，沉默的大山在回应，松林震荡……露珠从松针尖纷纷落下，珍珠般滑过我的脸颊……遥远的凉意中，我仿佛又回到童年的故乡。故乡溪滩的那片草地，是我们童年的乐园，如若是清晨，或月夜玩至夜深，所有草叶尖都会挂着一颗珍珠一样发光的露珠，我们奔跑追逐，任露水弄湿我们的衣裳头发。大人告诉我们这珍珠一样的露水是天地之水凝聚的，有生命有灵性，肮脏的草叶是结不出露珠的。村里人还会用瓶子收集露水，说是可以治眼疾，美皮肤。不过，这些年回到家乡，在跑着汽车的溪边，清晨或夜深时很难再有这整片珍珠似的茫茫大露水弄湿孩子的衣裳和头发了。

　　我突然产生一个想法，如果从前的某一天，这片古老的松树林或者因为要烧成炭大炼钢铁或者因为经济开发需要，被砍了，那么我刚才所立之处便成了一座石头山，就不会有松针尖的露珠，不会有断崖的滴水，不会有那一片沼泽地，我的认知就不会产生一次飞跃，知道河的水源有一种是来自草木的露水。

我又想，如果这一带也办起会冒烟的工厂，奔跑起汽车，那么灰蒙蒙的天空下，即便有这片松树林，会有露水吗？又记起曾经有报道，河北发现一个废水坑，约21个足球场大，坑里的水呈强酸性，对土壤和地下水造成严重的污染，周边草木凋萎。这样的地界，能有露水吗？没有草木，露水不会生存；没有洁净的空气，也不会生成露水，露水是纯净圣洁的生命。

在有良知的生活里，我们会不断感悟到天空、土地、水、草木，自然界的一切存在，与人类的相依相存，相生相灭。但是我们总是有意无意地无视这一感知，不禁想起蕾切尔·卡逊在20世纪60年代初出版的《寂静的春天》里所描述的人类滥用农药造成的令人恐惧的场景；又想起比《寂静的春天》早20年著的《沙乡年鉴》，早在1941年奥尔多·利奥波德就告诫人类，"土地是一个共同体"，要得到热爱、尊重和赞美。但是，那时人类却不耐烦倾听奥尔多·利奥波德徐缓的叙述，《沙乡年鉴》1941年开始寻求出版，直到1949年才问世。不过，70年后的今天我们也还不是很自觉地理解大自然，我们对大自然缺少敬畏，缺少虔诚，缺少信仰。我一直记得祖辈的一句话，土翻过来吃一年，翻过去吃一年，土是我们的命根子。不知道多少人还会把这句话当作经典。在家乡村头有一株800年的榕树，村人当作神来供奉，家里有孩子受惊夜啼，到树头点上三根香两支烛，说上几句话，夜里就会睡得很好。不知多少人还会对树木有这样的虔诚。在西藏，我曾经在雅鲁藏布江边站立了很久很久，看着蓝蓝的江水滔滔滚滚，一个西藏的同行轻轻地走到我身边，对我说"雅鲁"在藏语中是"天上来"的意思；后来在圣洁的纳木错湖畔，他又轻轻地告诉我纳木错在藏语中是"天湖"的意思。我知道他想告诉我在西藏这些河湖都是上天的恩赐，还记得他说"天上来""天湖"时，眼里充溢着自豪、虔诚、敬畏。

我一直无法忘记他的目光，就像定格在我心中那熹微晨光里的可可西里草原……在西藏这片圣洁的雪域高原土地上，我们是多么的感动于人的悲悯、敬畏、虔诚。收割青稞时，瓦蓝瓦蓝的天空下，藏民会把青稞束举过头顶甩上几圈，甩出一些青稞穗，散落在收割后的土地上，留给鸟雀作为越冬的食物。在西藏有些村寨至今还保留着开犁播种和开镰收割时举行庄重的仪式，诵经祭神，歌唱舞蹈，青稞在藏族人民眼中不仅仅是食物，它是神圣的，是神的赐予。在纳木错回拉萨的路上，见到过"磕长头"，一个中年男子，手戴护套，膝着护膝，前身挂一件毛皮，他双手向前直伸，然后五体投地，匍匐到地上，以手划地为记，起身后前行到记号处，再双手向前直伸面地匍匐。他要如此周而复始，直至拉萨，一头毛驴拉着一辆二轮车跟着他，他也许行进了几个月或半年，膝上的护套已经破损，满脸尘土，尘土里的眼睛安静透明，我知道他没有看见我们，他心中只有远方只有神。

现在我站在家乡这条溪某一条支流的源头的松树林，阳光从高高的天空照射下来，穿过洁净透明的空气，照在晶莹的露珠上，照在我的身上，我像一个思想者思骛八极的这时，却没有了原先的躁动兴奋，心绪安静得仿佛刚受过一场洗礼。我打开我静穆的目光，感觉阳光是一条河，空气是一条河，松树是一条河，松针叶也是一条河，露珠便是河的水，高高的天空是河的源。我仰望晶莹的露珠，我仰望松林，我仰望空气，我仰望天空，我仿佛又站在可可西里草原，油然而生敬畏、虔诚，一种仰望神的感觉，我相信我这时的目光，一定像那个对我说"雅鲁"在藏语中是"天上来"的藏民敬畏的目光，像那个磕长头的"心中只有远方只有神"的藏民虔诚的目光。

延伸这目光的心灵如同高高的天空是每一条河的源头。

陈浩志，福建省福安市穆阳镇苏堤村人。1981年开始创作，在《散文》《福建文学》《散文天地》《海峡》等刊物，发表小说、散文近百万字。出版有散文小说集《山道·水道·天道》（海峡文艺出版社）、散文集《流淌在我心中的月亮河》（海峡文艺出版社）、长篇小说《葫芦村笔记》（作家出版社）。福建省作家协会会员。当过教师、行政干部，曾任宁德市文联常务副主席。

温馨原来是这么富有

写给躺在北京培新街自行车道上的一位老人

◎ 王国平

我无以想象此时疼痛于你是怎样的一种感觉。

上班高峰，你侧躺在地，面南背北，纹丝不动，像是闲置在广袤而荒芜的创意园里尚未立起的一方人物雕像。你的呻吟，被轮胎与地面的摩擦声笼罩，被尖锐利落的喇叭声闷住，间或洒落出一缕一滴，也是个飘忽无着。

呻吟还伴随着叹息，即便彼此间的化学反应不太充分，但滞重的震撼力有了，让周遭的喧嚣遁入寂寥，围起一片独立的场域，专供你长吁短叹，释放骨头、肌肉、神经积攒着的破裂能量。

110吗？出车祸了！

小伙子蹲在你的近旁，手机紧贴着右耳，急切地向外请求支援。脸上漾起的慌乱神情，与拎着的男式提包、戴着的黑框眼镜、穿着的西服西裤、踩着的锃亮皮鞋，有着错位的夸张。

一辆七分旧的老式自行车，七仰八叉，轮胎朝天高高翘起。自行车周围散落着六个苹果，其中一个已经破皮了，有着明显的擦痕，鲜嫩的苹果肉裸露，迎着晨曦，吮吸着空气中的氧；

一把芹菜，一小半猫在绿色无纺布袋里、一大半耷拉在地上，黯然神伤；三根黄瓜，一根顺着无纺布袋口探头探脑，其他两根跳溜老远，坚硬的柏油路上还隐约留存着它们滑行的轨迹。

120吗？这边出车祸了！……在两广路上培新街……

小伙子起身，又是一通电话。

你躺在自行车道上，旁边不见一看就是闯了祸的车辆。

自己摔倒的？肇事者逃逸了？小伙子又是谁？

大妈，警察和医生马上就要来了。我不会走的，您放心……您有家里人的电话吗？

小伙子又蹲下，右膝跪地，言与行并重，宽你的心。

小伙子，您哪，别着急呵，警察同志来了，我给您哪作证。咱们还得讲一个世道不是？

一位老大爷站在你的背后，宽小伙子的心。

只见他板寸头，须发灰白相间，印堂发亮，精气神充足，透着一股沉稳稳的排场。手中掐着一个无纺布袋，刺眼的雪白，上边印有"业务范围"，具体而言，即"承担联合国及其有关机构的各种文件、报告、资料、图书和期刊的翻译、印制业务"。

你的眼前是护栏，护栏以南是辅路，供车辆右拐，再以南就是单向八车道的两广路。你躺着，把自行车道给堵住了。

前边的，怎么回事？走哩！

后边有人在喊，混杂着车铃的脆响，合奏出韵律感。

有人倒地上了，后撤吧！

近前的回头指挥。

原本一股壮硕的自行车流开始被稀释得七零八落：一拨下车，将车搬上、抬上或拎上台阶，暂时借用一下人行道，人车合流，躲不过那就绕过；一拨回撤，再回撤，直至护栏豁口处，趁机挤入辅路，喇叭声乍起，这是要与右拐的车辆抢占道路资源了；一拨固守勇往直前、永不退缩的信念，不走旁道，也不走回头路，而是脚尖点地，紧握车把，冲锋的姿势，以伺时机。

小伙子，让一让！

声音来自第三方阵。有人不耐烦了。

小伙子应声起身。他们脚尖离地，启动了骑行。

车轮从你的眼前滑过。

1个。

2个，3个。

4个，5个，6个，7个。

……

道路坚硬，寡淡无痕。只是，你，一叶肉身，是否扛得住这眼睁睁的车轮滚滚无声息？

我的观影记忆被连根拔起。自行车的车轮在影院银幕上滑过，恰好在作为观众的我的眼前滑过。

目测，你的脸庞距离护栏不足一尺，生活见缝插针地亮出它凌厉的牙齿。车轮从你的眼前滑过。

——《偷自行车的人》。意大利新现实主义电影浪潮扛鼎之作。"二战"后的罗马，失业已有两年光阴的父亲安东·里奇刚刚找到一份张贴广告的工作，又被告知必须自带自行车才能上班。生活窘迫，自行车早就躺进了当铺。妻子得知原委，当机立断，抽下床单，洗净叠好，连同别的家什，不论新旧贵贱，统统打成一大包，扛进了当铺，扛出了自行车。第二天清晨，一家子喜气洋洋，妻子准备着鸡蛋饼，八岁的儿子布鲁诺一遍又一遍地擦拭着自行车。父子默契一笑，上路了，骑车的踌躇满志，坐车的神采飞扬。工作中途，停靠在路旁又没有上锁的自行车，被一个男子骑上，一溜烟地没了影踪。无自行车的人、有自行车的人、找自行车的人、偷自行车的人，一辆自行车与这个意大利人的命运粘连一起。车轮从银幕上笨重地滑过，载不动命运之船的风雨飘摇。

不见警察的身影……

你背后的楼，叫雍贵中心。很好奇，你是否还留存着雍容的浪漫回忆？车轮从你的眼前滑过。

——落叶纷飞，金黄大道。一个男孩，一个女孩，一部自行车。男孩笑容灿烂，车骑得惬意酣畅；女孩微闭双眼，右手揽着男孩的腰，美妙的气息在萦绕。这时，男孩稍稍一拉闸，惯性使得女孩扑向男孩背。男孩继续踏着车前行，洋洋得意；虚惊一场的女孩待心神安定，握紧小拳头，朝男孩的背是一阵无声的扑打，继而男孩的腰被挽得更紧，如花笑靥在动人绽放。自行车时代，这是浪漫爱情电影中情景标配。车轮从银幕上轻轻地滑过，幸福的味道旁逸斜出，酿成一曲《甜蜜蜜》。

救护车还没有来……

你的正前方偏东，是"湘鄂情"的红字标识。回头望，沧海茫，

温馨原来是这么富有

世间情字搅动几多欢欣几多愁？车轮从你的眼前滑过。

——《ET》。斯皮尔伯格让可爱的小外星人施展魔力，领着一群孩子踏着迷你自行车跃上天空。宇宙苍穹，朗朗乾坤，宏阔的黑幕上镶嵌着玉盘，自行车驶走于前，搅动着深邃的静美。外星人优哉地躺在前筐里，眼睛说着话，放出喜悦的光芒。这是回家的路……车轮从银幕上欢快地滑过，在遥远的天际为世间的情感奇迹画出一道壮丽的弧线。

或许警察正在路上吧？

不知车轮是否有心感知你的疼痛，聆听你心灵裂痕迸出的声音？车轮从你的眼前滑过。

——《小鞋子》，来自伊朗。一天的劳碌眼看有了终点，阿里和父亲骑车行驶在林荫道上。刚刚到手的几张钞票，就让父亲忘乎所以，一边踏着车，一边连珠炮般地朝后座上的儿子诉说着心中的盘算：买机车、买熨斗、买冰箱、租大房。前方就是下坡路，刹车不灵，车子瞬间失去控制，纵使父亲试图用双脚着地来减缓车速，无奈势不可当，一阵阵昏天黑地的横冲直撞……一辆小货车一板一眼地"突突"前进。车厢里，父亲头上裹着绷带，阿里偎依在父亲的怀里，沉沉地睡了。自行车颓唐地瘫痪如泥，了无生气。回到家，父亲吃着药，妈妈上前唠叨，房东又来催租金了。父亲的脸上愁云密布，哇哇地叫吼……车轮从银幕上急切地滑过，将命运的伤口碾压，逼迫无边无沿的疼痛趋于麻木，任之溃烂、结痂，继而在疤痕上雕刻一枚勋章。

难道救护车给堵上了？

不知你是闭着眼睛，还是睁着眼睛？开合之间，世界在转换频道，出世、入世如"过家家"游戏，愁也好，喜也罢，一缕清淡月光。车轮从你的眼前滑过。

——《牯岭街少年杀人事件》，台湾新浪潮电影的"圣经"。小四和小明获得了一个清静谈心的时机。高高的榕树，辽阔的场地，金黄的色调，美的质地有棱有角。但是，小四的青春成长正在遭受着失落甚至无助的重创，小明一如既往在生活的重压下周旋于一群男孩子的争夺。他们絮叨着自己无以理解的彷徨与困惑。旁边，一辆自行车笔直站立，摄影机一般，倾听着，记录着，那么的坚贞，又一本正经。车轮从银幕上忠诚地滑过，静中蕴藏着动，动里延绵着真，与人相拥，与人呢喃，输送、传导凝望俗世的力。

不知车轮是否暗暗地给了你倚靠甚或抚慰？车轮从你的眼前滑过。

——

嚯！前面干吗了，这是？让我过呀！

此时此刻，一幕拴着一幕的不是电影蒙太奇，而是"嘚儿驾"马儿你快些跑万马奔腾的现实生活。

嘿！你们看着干吗呀？动手挪一挪哩！人躺着占道，你说这算什么事？

一位三轮车司机，脸都红透了，唾沫星子砸向地面，铿铿锵锵。

我车上有客人呢！把人扶起来，动手呀，哥们！

两个姑娘坐在车里。一个半起身，朝前眺望，落座，木然又漠然。一个坐着，眼瞅手机，噼噼啪啪地摁，一心当"屏奴"，施施然。

无人搭理。

服了，彻底地服了……倒车哩！注意，倒车了！

磕磕巴巴地移至豁口，闯入右拐弯车道，与汽车混合交融。行驶至你的近旁，隔着护栏，喊：老太太，你也是个遭罪。没人管。唉！不说了，回见！

你，在坚硬如铁的地上体验世间冷暖的间隙，是否受得住这声亲昵的问候？

摩托，墨镜。警察来了。

小伙子迎了上去。

等会儿。

警察掏出一个小相机，朝着你，站着正面拍，站着侧面拍，蹲下，正面拍，侧面拍，全景，中景，近景，特写。

小伙子又迎了上去。

等会儿，不着急。

收好相机，掏出一截粉笔。绕着你，转圈，在地上画出你躺着的轮廓。

收好粉笔，蹲下。

大娘，您怎么样？哪里不舒服？不着急，啊！

起身，问小伙子：是你报的警吧？

警察同志，是这样的。我说明个情况。

"板寸"老大爷主动近前：我就在这走着，亲眼看见，这个女同志吧，是被一个三轮车给撞了。女同志在前边好好地骑着自行车，三轮车要超车，速度快，就刮着了，女同志就倒地，起不来了。三轮车吧，就要跑。跑了一段，到那儿，还没有过路口呢，车停住了，这个小伙子下来，往回跑，三轮车往前跑。这个小伙子呢，是坐三轮车的，人不错，主动来承担责任。怎么说呢，要说责任，还真在那个三轮车。

您说的属实？警察掏出小本，在上边一字一字地画着。

属实！这不能含糊！"板寸"老大爷拍了拍胸脯，眼神里充足了气。

叫救护车了吗？

叫了！小伙子应承。

警察朝四围喊：你们就别看了，有啥好看的？该干吗就干吗去。

人流再度析分出几大阵营。一拨步履匆匆，径直散开，雁过无声，飘然而去；一拨一步一回头，恋恋红尘，依依不舍，有牵有挂，恨不得分身有术，再来一桩魔术，玩一把隐形人；拢眼瞅着当即响应动议，迈开步子，又等距离踱步，画一个圈，再画一个圈，以动制静，在运动中将脚跟像钉子一样扎牢。

120来了。一套"例行公事"。

警察同志，我是不是可以走了？我这是送小孙子上幼儿园，老伴还在家等我吃饭呢！每天按点回，今儿个回晚了，她就急

温馨原来是这么富有

红眼了，又是高血压，您说。"板寸"老大爷单枪匹马，自成一个阵营，主动提出要中途退场。

行！您给我留个联系方式吧！

没问题！我给您写本上……今儿个这事，我觉着小伙子很不错的，咱们还得认一个理，对不？我愿意作证。您再好好调查调查，辛苦了！

小伙子，你很不错的，有事就跟警察同志说，他会处理好的。"板寸"老大爷右手握着小伙子的左手胳膊，一顿叮咛。

又走到担架前，跟你交心：我看您哪，比我年轻，就叫您一声妹子。碰到这事，也是个没办法，好好养着吧。今后自个儿也小心点。咱们这些人，年龄一个劲儿往上长，有啥办法呢？

你们的手握在一起。沧桑在毛细血管间流动、闪烁，抖落出黯淡的光。

"板寸"老大爷安顿妥帖，在几束目光中往东行，宽大厚实的背影长成了一棵树，远远看，好一片绿。

你被抬上了救护车，小伙子也跟着上了车。救护车走了，警用摩托也走了。

车如流，呼啸而过。

人如流，步履匆匆。

翌日，骑车出行，途经你躺过的地方，粉笔画就的轮廓，被太阳光勾勒，在我的眼前凸出一弯山峰。心咯噔一下，车轮从轮廓的边沿轻轻滑过，晃了又晃。

王国平，江西九江人，供职于光明日报文艺部。著有报告文学《一枚铺路的石子》、人物传记合集《纵使负累也轻盈——文化长者谈人生》、散文随笔集《汪曾祺的味道》等。曾获第五届徐迟报告文学奖、2011 年全国报纸副刊作品年赛银奖、第四届中国报人散文奖等。

温馨原来是这么富有

猫（外三首）

◎ 伍明春

它佯装要加入我们的谈话
深夜时分舒张的利爪
足以精准而有力地捕捉
我们刻意遮掩的关键词
就像玩弄一只小老鼠那样
把它们轻轻抛向空中
可它不屑破译人类的秘密

它跨过桌上的咖啡杯
那一小汪浅薄的液体
又怎能反映猫科的傲慢
我们打量它的目光
纠结于长尾流动的花纹
当夜色如水逐渐加深
我们正一步一步沦为它的替身

冬日即景

怀抱塑料玫瑰的少年

在公交车站流露焦急神色

塑料的缤纷色彩

化学分子的活跃气味

勾勒城市的吊诡黄昏

他要坐上哪一路车

终点是否有少女的等待

旁观者不得而知

而那些笨拙摇动的花朵

并不刻意模仿鲜花的妖娆

它们规整的形式

像一个放大的微信表情

构成时代的暗语

文科楼的马赛克

一张技术拙劣的手机照片

在朋友圈溅起一阵阵涟漪

怀旧病患者慨叹"文科楼也老了"

仿佛想起那场早夭的初恋

"文科楼没什么变化"

是来自乐观主义者的反驳

那些当年课堂上的捣乱者们

更毫不顾忌地露出本来面目

或叫嚣"可以搞个拼图"

或欢呼"俄罗斯方块游戏消除中"

还有人幽幽地问道

"要不要让我来修补"

可是记忆真的能修补吗
就像那块摇摇欲坠的玻璃
在文科楼的某层楼道口
一直在等待戈多迟到的挽救

母亲的天气预报

若干年前我在北京求学
闽西老家的母亲
每天都在央视新闻联播
播出国内外大事之后
正襟危坐地准时收看
北京的天气预报
那是她一个人的大事

去年冬天弟弟去青海工作
地点在一个偏远的矿山
央视不会预报那里的天气
母亲于是自作主张
每天关注起西宁的天气
我仿佛看到高原的雪
一片片落在她的心里

伍明春，福建师范大学协和学院教授，兼任福建省美学学会副会长、福建省作家协会青年作家委员会副主任等。已出版个人诗集、中国现代诗歌史和诗歌理论的专著多部。

猫（外三首）

须臾的永恒（组诗）

◎ 年微漾

遥远的回想

天亮时鸡犬相闻

祖母摘下木质门闩

她要去渠道汲水，怀抱贡品和香烛

初二是祭祀土地的日子

新鲜的菜叶浮在水面

缓缓流过土地社

田野间处处弥漫着稻草的香味

露珠在荷叶上滚动

对蚂蚁而言，那声响如同惊雷

年幼的孙女，此刻尚枕着神灵的庇佑

一个香甜的梦正在发生

温馨原来是这么富有

她被抱养到这里，已经十四个年头

有一天，她听见木盆中的水
用清澈倒影，议论着她的美
这让她有点不好意思

中年的邮差回到村里，将一封信
准确投递。小暑的清晨阳光滚烫
他知道信纸上写的字字都是火焰

在一九九七年

斧声劈掉了山谷的清晨
从松树枝头震落的霜凌
有几块掉进了伐木工的衣领里

秋天，正在安详地逝去
有人单脚支地，抬头看云
在自行车上完成简短问路

一个节日，告别县城回到乡下
宫观里信奉三一教
它们被修出歇山顶，和精巧的龙柱

眼见炊烟升起，衰草枯黄

厨房中孤独的勺筷

碗碟里寂寞的冬笋

孩子进山去喊外祖父

早餐冷却，但山上只传来

墓碑的回声

那时何其快乐，一家人围着圆桌

吃年夜饭，就像一捆木头

手拉着手跳进篝火

离　岛

海风吹过数排木麻黄

不断有树叶掉下来

落叶堆在一起，就像香灰

一天之中，潮汐借助涛声

在岸上修筑宗祠。沙滩嵌满了残壳

铁蒺藜锈迹斑斑：它们都是乖顺的子孙

两顶头盔一台机车，迅速消失于

入夜的公路。午后下过的暴雨
很快也将蒸发自己的踪迹

在海的对岸，始有灯光渐次亮起
那里是厦门，也可能是漳州
但没人知道此刻正在发生什么

一位老人从镇公所回到家
墙上挂着妻子的照片。没能爱她至死
是他活在世上唯一的痛苦

道路拨开高粱，向北方山坡爬去
地势升高，光阴下降
一颗星辰再往南，就化作了东海的一滴水

海　城

小县城孤独于世。正午八时许
宽敞礼堂掌声雷动
集体的孤独迎接正确的孤独

国家通过收音机，统治边陲的人民
委身岛屿之上

波光如同方言，在辽阔海面流传

环岸公路连接学校与政府
学生继承体育场，球棒挥动
海鸟飞出地球，回到泉州府同安县

远处，是集市、民居、宗祠和海滩
再远是天后宫，妈祖保佑人们
世代生活在古早味食谱里

一位老农开着三马车，到数公里外
给果树喷洒药水。群山被掏空
成为坑道，像怀揣巨大的丧子之痛

前天夜里，他的儿子戴上钢盔，回到阵地
借着炮火映照，年轻士兵写下一首诗，并为其中两句
激动不已：他深信它们将替他，抵达更远的岁月

立秋赋

七月台风掀开屋顶，竹梯子架在
撩檐枋下。一个人的孤独无人搀扶
他坚信万事万物皆可修补

斋醮的铙钹声，抄小路追赶上麻雀
麻雀去意已决。田园立秋，砖色红润
壁虎守在墙上有如孝子

我拢着妻子走在返乡的路上
那里，曾发生过初恋。旧事重提
我并未因时过境迁心生感伤

不断有风，在芦苇顶部练习站立
此时若无一泓清潭，这周而复始的失败
如何能在人世可能中，被一再复制

妻子向我问起后来的事。她今天
垫着一层浅浅的粉底，新婚半年
修族谱的人已将我俩印在一起

路边看见两只野猫：一只橘黄另一只纯白
被青绿山水包围。它们是不被祝福的一对
却也是爱得最深的一对

须臾的永恒（组诗）

象田院

雨声穿上高跟鞋，在庭院来回踱步
小窗幽闭，春日归迟
年轻的少妇沉默寡语

孩子削木为剑，在走廊里
刺杀虻蝇。偶有汽车开到
他就跑向大门口去看

麻醉的药力刚过，老人惺忪醒来
他希望第一眼看见
儿子守在身边：余生里他以他为记挂

父子二人约好天晴后下一盘棋
棋子落在木质棋盘上，棋局惨烈
他让出父亲的位置，他赢得孤儿的身份

妻子挽着他，走在湿滑的石道上
穿素服的小两口，唯有一代人
才能搀扶同一代人走得最远

温馨原来是这么富有

回到老厝东厢的第二进房间里，蚂蚁

搬运面包屑——爱，这个从她齿缝间

掉落的词语，正在拯救低处的民族

涌泉寺

庆历六年秋，接引大宋进山的

是邵去华、苏才翁、郭世济和蔡君谟

他们后来把游记勒在悬崖上

山川寡淡，世人多情

石头乐于贡献皮肉

却不愿显露刻骨的悲悯

眼见天色渐暗，一群人徒步归寺

今时回荡的笑声

恰是九百多年前那阵笑声

国家只有一座廊院，分给寺庙三间草堂

月光摸到宗师祖庭

剃度成为一炷青烟

粗编的草席面墙铺开

被顽石打败的古代

正在割让子孙的尘缘——

僧侣和官兵行礼作揖

身后各有一段蜿蜒的山路

像骑着两条龙在松海相遇

鼓山居

万籁阒寂。睡眠抚摩着人群

山泉放下鞭子而虫唱独醒

秋天的假声无人认领

借助一个转音，秋风俯冲山下

灯火辉煌的城市

夜晚是那里唯一的缺席者

邻居从远处发来短信

大量篇幅用在了道谢

他交代的事情，已得到妥善解决

红尘中，腹背受困的子民

知恩感恩的众生

温馨原来是这么富有

他们可怜又可爱

坐在大雄宝殿的台阶前
夜露悄悄下了很久
廊庑相连，影子拴在立柱边

——这匹漆黑而瘦削的老马
多么倔强！在我身后，它立下宏愿
要向豆粒大的烛光索要草原

潮安记

江流目送我们回福建：今夜惜别
有属虎的伤感。对岸传来敲锣声
铜的泪腺中，火星早已交给了命硬的人

想起多年前，乱蛾如豆，秋月无垠
庙宇里淫祀的神祇，据说曾有功于社稷
一盏瓷壶，将树叶的姓氏迁入茶杯

主人是一个丧偶的妇女，潮绣美丽
点缀在孙儿的肚兜里
针孔处吐出人生，看不到半点锈迹

茶桌旁，我在翻一本破旧的书

就是不断把书的右边，借给左边

让这片家园，只剩下海水的厚与故土的薄

再见，潮安。妻子把头埋进了

我的臂弯。动车飞过桥梁

整个二月都在发出轻微震颤

雾在林间，甘蔗赴死，前路是一段

甜蜜的旅程。愿亲人如松木蒙受覃恩

落籍灶膛是顺民，置身刻刀下，也有宗教可皈依

三饶镇

冬日里族人修葺庙宇

木屑飘飞，一顿简短的午餐

就像正午扬弃的刨花

墙头，架满了竹梯

从那里攀缘而上

可以领取神的旨意

木头是耽于怀旧的事物，钉子

咬住当下，铁锤咀嚼未来的回声
古老契约加固不可得的人世

霜雪要向田园借道
邻里之间，都不好拒绝
只有茶水在委婉地冷却

黄昏中，小学校从镇上归来
踩过的树叶沙沙响。遥远娘家
传来口信，一位少妇泣不成声

许多年前，这些故事尚未发生
流水代表时间，经过了它们
一株蒲草倒影曼妙，它距银河仅一臂之遥

夜居韩江

家乡发生在韩江两岸。夜里
渔船自远海归来，经历过无数风浪
它已成为被海难喂大的神

族长修书一封到福建，信中诸事
皆江夏流芳。昏暗处香头凿出光

祠堂收留着一个值得尽忠的祖国

浮桥之上，天下太平。城墙无所事事
木棉除了落花，别无诗句节度使
三只茶杯，轮流搬运着单丛山间寂寞时光

打银街中儿童在成长。他们中的一个
后来去了都市，每当回首往事
他怀念单车铃声中火花四溅的猫

出花园下午略漫长，而迎老爷的正月
太匆匆。面对一行流水一阵青山
是谁的父亲，选择走在退休的路上

命运不紧不慢地跟着：晚年将至
他心生悲凉。唯有江风呵
唯有江风，安慰了他那张布尔什维克的脸

象埔寨

火把到这里寻找过废墟
而遗忘在点灯。断碑抓住景定三年
如同灯芯抓住火焰

丑时既过，香案倾斜。黑色家猫舔舔毛发顺便

也舔舔神像的霓裳。一千多年来

舌尖上的倒刺，将信仰抚养成长

只有几件事在永恒进行：生老、病死

或者迁徙。人们搬运木石建造房子

木石也将他们，反锁于自己坚固的属性

或者摧毁，日复一日地居住

耗费着无尽的生灵。春来时新鲜的争吵

仿佛冬笋在灶面

餐桌上摆满丰盛的早餐

白粥与肠粉，搭配凤凰单丛。古老关系里

冷却是妻子回敬沸腾的唯一方式

正午时，窗台上的小草派出阴影

去房间清扫她的泪——

在光的孕育中，那草暂时得到了盐的命名

年微漾，1988年出生，福建仙游人，现居福州。

甲板咏叹调（外五首）

◎ 郑泽鸿

大海，你涌动吧

尽情澎湃吧

蓝地毯上镶刻浪花

是咸的海风？

离岛越来越近

和你越来越亲

甲板上飞扬着水珠

人们登岸而去

白色风车卖力地

完成一次次挥别

新人的盛宴

醉了平潭屿头岛

永别了，安德烈

安德烈公爵死了

温馨原来是这么富有

在《战争与和平》第四卷第一部末尾的时候

一颗莫名的东西滴落下来

那个意气风发的青年

倒在了鲍罗金诺战场

满怀对天空星辰的眷恋

弥留之际

用骨瘦嶙峋的手

握住失而复得的爱人娜塔莎

竟然无言

无言追想先父遗志

无言面对千里而来的妹妹

无言凝望年仅七岁的幼子

无言看透生死悲欢

这一刻

托尔斯泰把我饱含期望的心

写死了

临窗帖

闽江上一轮巨大的红日

浸染血红的晖芒

西山悲悯

拖沙船驶过黄昏

靠在动车窗前

我奋笔疾书

希望白纸黑字就此定格

尘世温情的模样

黑是当空皓月的白

白是汹涌磅礴的黑

早安，白马河公园

早安，白马河公园

静水深流，却按捺不住

清脆的鸟鸣

落叶抚摸倒影

暗香弥散

拾荒的小船飘过

打捞心河尘埃

那一刻微笑禅悟

醉了芭蕉

澄澈了白昼

枯荷的自白

零落的珍珠镶在掌心

湖上幽暗的倒影

白描生命最后的写意

凋吧，谢吧

肆无忌惮的黄啃噬昨夜的绿

面容就要黯然失色，低头泪垂

只有清风晃动

让魂魄重返鲜活

纵然年华老去

仍有一身挺拔风姿

渲染秋的哀艳

夜

夜晚抱着儿子

听见溪水哗啦

整个村停电了

河上暗黑的倒影显得更黑

需要一种光芒刺破宁静

不过也好

这时候溪流兴致最酣

因有两位耐心听众

灰黄天空下

我们站在苏塘村的路旁

向黑暗喊出无边的苍茫，苍茫
四野邈远雄壮

郑泽鸿，1988 年出生，福建惠安人。现供职于福建省文联。大学时代开始发表作品，散见于《青年文摘》《福建文学》《天津诗人》《台港文学选刊》《福建日报》《鹿鸣》等海内外报刊，入选《青年诗歌年鉴》等选本，著有诗集《源自苍茫》，系福建省作家协会会员。

温馨原来是这么富有

在日出谈论日暮（外三首）

◎ 吕东旭

码头是在日出光环下显得清晰

东榆响起江水冲刷之惊喜

漂浮着几条面目全非的鲢鱼

处于不可挽救的生命或者尸体

终日算计着可拥有的一切物品

他们走过了很多个日子

晨雾中的樱花，柠檬味汽水

散漫饥饿感的特香包，以及

那些适合野外露营的天气

甚至可以激烈去对话肥皂剧

然而，当拥抱毫无征兆来自身后

他们同一时间发现了另一个自己

时常设想逃离了涌动人群

将自我刻画为独处的动物

灵感患上了偏执癖，总爱击打

繁华都市飘零无所归的面容

恰如树干上堵住了养分的瘤

当太阳闯进白昼，流水蒸发殆尽

为潮湿的河床铺平了凹凸褶皱

或许会开始热切怀念每一个冬季

期待日照时间缩短，以便能够

在眼前听见一口纯粹的乡音

定格在摸黑夜行的小径，斗大的星

墙的废墟

春天安静地走过漆黑的阴影

没有倒塌的废墟即为合理

这曾在田野中出现；灌浆的植物

善待埋于土地腐烂的秸秆

堕落的背后和农夫的思考分不开

或者总结为大自然的新陈代谢

发生在世世代代。与坟头杂草

那股疯狂劲形成前后照应

一道墙自动屏蔽了庄稼和洋房

简洁有力的对话。她比任何人

都期待来自不同词语的启发

重新拾起一个泥瓦匠的本色行当

谨慎和稀泥、堆砌，尽可能去填补

现代的空洞和脑袋的空虚

处于北回归线旋转位置上的日子

足以将劳作的空闲和日暮搭边

凑上诗意，盖一所光鲜的新居

哪怕终会推到成一片废墟

仍可称之为秘密的探寻之旅

我在春天奔跑

我在春天拼命地奔跑

寻找野花种子可以栖息的角落

父亲奔波，在乡村洒下健壮的汗水

引来三两喜鹊由衷叫好

春节之后的元宵是离别信号

老人的孩子，孩子的父母走进喧嚣

在无数夜晚守望城市，忘记疲劳

小时的父亲跑累了就趴在草丛

为成群结队的蚂蚁搬走蝇虫祝贺

这多么像一次集体迁徙的人潮

或故意摆根木棍，挖个水坑

观赏蚁群翻山越岭带来的可笑

如今，我又故伎重施

两代人的循环击中了父亲的过往

只剩声音湮没在满园春色

梦　境

集结的痛苦一直形影不离

躯体过于狭小，寒风唤醒忧郁

鱼群在阳光下跳舞获取欢愉

你的幸福？——或命名来之不易

孕育着梦的未来，旋律低吟

寥廓的世界里充斥着尘埃

经历无数次堆积，在风吹之前

深夜，众人，贫民区，没有月亮

和美的事物无法相映成趣

憧憬的触觉掠过如风暴突袭

常常会变得亢奋进行抒情

我注定会爱上一个陌生人

拼命去点燃人与人之间的激情

水若浑浊，我们将无法深入呼吸

于是在冰川消融的气候里

等候春天又一次升起

那时，我将拥有两亩良田，一块菜地

孩子成群在门前恣意做着儿时游戏

我终于听见汽笛里辨认不出的声音

熟透的豆荚在阳光下爆裂

鱼儿吐出的气泡游上水面

渐渐地，在脉搏规律地跳跃中

聆听着自我的呼吸无比欣喜

吕东旭，福建师范大学文学院 2016 级文艺学研究生，福建师范大学南方诗社社长。曾获由教育部主办的全国第五届大学生艺术展演活动"优秀创作奖"，福建省第五届大学生艺术节优秀创作奖，首届（2014 年）福建省高校文学作品大赛诗歌组一等奖，第二届（2017 年）福建高校文学作品大赛散文组优秀奖，"青春·梦想"全国首届青运会诗歌征文优秀奖等。部分作品入选《国文天地》《海峡诗人》《诗想长安》《青春的纪程》等作品集。

温馨原来是这么富有

我们的麦克白

◎ 蔡福军

人物

麦克白夫人（简称麦夫人）

女巫（由麦克与夫人同时饰演）

麦克白

班柯

弗利安斯，班柯之子（由班柯同时饰演）

空间素描

由类似"肉联厂屠宰车间"的样貌，构成整体演出空间。

观众席上空悬挂有若干挂钩、铁链。

空间左部、后部、右部上空乌黑色墙面内安置有可旋转若干具工业用抽风扇。

空间左部（侧）、后部、右部（侧）安置有粗硕的外表猩红色排污管线若干。

空间左部（侧）、后部、右部（侧）下端分别由挂钩悬吊着大片的猪肉、牛肉块体。

空间地面经由做旧处理的"地砖"构成。

空间内设置有框式可移动平台一具。

空间内中区设置有轮式可移动不锈钢质地工作台一张，以及两张不锈钢质地的工作椅。工作台上置放有若干具大片肉块体。

空间内设置一具悬吊并可升降的浴缸。

一

【音效渐启。光影透过空间左、后、右上部工业用抽风扇投射于空间中，形成晦暗、斑驳的氛围。

顶、侧定点光启，可见空间左部左后区区域内，麦克白端坐于所置工作台右侧工作椅上。

空间右部后区右侧区域内，隐约可见置有一具框式可移动平台。

顶光定点光启，可见麦夫人背身定位于空间演区中央区域内。

空间右部右前侧区域上空，隐约可见吊置有一具锈迹斑斑的浴缸。

麦克白：你是麦克白，这个王国至高无上的国王；你是王后，最尊贵的麦克白夫人。

【麦夫人神经质地高举或低置着交互搓着手，原地打转寻找着什么物品。

麦夫人：（呓语地）……在哪儿……洗手盆在哪儿？……洗手盆呢？……

麦克白：……你老是找洗手盆做什么？

【处于空间演区中央区域内的麦夫人，转身步履蹒跚地呈斜线向空间左部左侧前区移动，趋定位后，浴缸处定点光启，她继而呈直线沿空间前区移动中一个踉跄倒地后，继而渴望地爬至空间右部右前侧区域内，音效启，可见一具锈迹斑斑浴缸自该区域上空缓缓将至地面，她近前跪在此浴缸后侧独白。

如此，麦夫人与麦克白形成对角对峙调度态势。

麦夫人：哦，在这儿！在这儿……水好凉……（洗手）化进水里吧，该死的血迹！一滴、两滴，三滴……手心、手背、手指缝……（语气急促起来）那么现在可以动手了，邓肯的房间像地狱一样幽暗，（怨怼地）他这个胆小鬼！懦夫！

麦克白：我？！

麦夫人：他是一个将军，也会害怕吗？

【处于空间左部左后区区域内所置工作台右侧工作椅上的麦克白起身，转而背对观众立于工作台前。

麦克白：他是害怕了。

麦夫人：（怨怼地）他还要你去补一刀！（始料不及地）可是谁想得到这个老头有那么多的血！血……

【背身处于空间左部左后区区域内所置工作台前侧的麦克白在以下麦夫人的独白中，渐举双手掩耳不忍听闻。

麦夫人：再洗一遍，（洗手）这儿还有一点没有洗干净，让我闻闻，血腥气……血腥气……血腥气！……你用了整盒的阿拉伯香料都去不掉这可怕的血腥气！……难道非要把双手剁掉才行？……啊？这是什么？……盆子里一片血肉模糊，孩子！那是你的孩子！（号叫）你可怜的孩子！（癫痴地）啊！啊！

【背身处于空间左部左后区域内所置工作台前的麦克白，蓦地转身向前移动若干步，继而退至工作台前面对观众道白。

麦克白：……她怎么会变成这样？！……

【音效启。收光。

暗场。空间右部右前侧区域内的浴缸上升定位。

音效启。顶、侧定点光启。特效光启。可见女巫处于空间演区中央区域内置放着一具框式可移动平台内道白；麦克白与班柯各手持屠宰作业用刀具，分别背身站立于该移动平台两侧。双方处于无对象交流态势。

女　巫：一念权，一生忙；一贪位，一世亡。熙熙攘攘，都为金钱权位来往，你方登场我下堂，做不完的噩梦如道场，洗不尽的鲜血似浓汤。

（加延迟混响声效）你看这雷电轰轰，烟雨蒙蒙，麦克白、班柯打赢了一场生死大战。这是麦克白即将出现的地方，我要把惊大的秘密告诉麦克白。哈哈……

麦克白：前面是什么声音？……

班　柯：……好像是人，好像又不是……

女　巫：（加延迟混响声效）哈哈……让我在这毒雾妖云里飞吧，飞……（念咒，描影绘色地）美即是丑，丑即是美，善即是恶，恶即是善，真即是假，假即是真。

【分别背身站立于空间演区中央区域内框式可移动平台左、右两侧的麦克白与班柯，蓦地转过身来，与框式可移动平台内的女巫展开无对象交流。

班　柯：你到底是什么人？为什么会出现在这里？

麦克白：你是男人还是女人，到底活人还是死人？快回答！

【框式可移动平台内的女巫转身面对马克白，继而步出平台，至麦克白所属光区外道白。麦冲前，与之展开无对象交流。

女　巫：万福，麦克白！万福，尊贵的大将军！

麦克白：你怎知我的威名？……大将军？！

女　巫：万岁！麦克白！万岁！我们的麦克白！（进入麦之所属光区。诱惑地）你是王国未来的国王！

【震撼性的音效蓦启。

麦克白：（不可置信地）他说什么？你会成为未来的国王？……多么荒唐、无聊！这怎么可能！（举起手中的刀，揽镜自照）……可是，你似乎并不是没有这么想过……

班　柯：他怎么吃了一惊？这听上去万分诱人的话，却让他感到有些害怕？

【处于麦克白所属光区内的女巫，转而翻身移动至班柯所属光区，面对班柯道白。班冲前与之展开无对象交流。

女　巫：万福，班柯！万福，尊贵的将军！

班　柯：（欣喜地）我会成为……将军？！

女　巫：（诱惑地）你比麦克白位置低，可是你的地位在他之上。你虽然不是国王，你的子孙却会君临一方。

　　班　柯：您说什么？！（竭力摁奈住内心的狂喜）我的子孙，会君临一方！！！

　　【加倍的震撼性音效蓦启。

　　麦克白：你的消息是从哪儿来的？……为什么要在这里，告诉我们？

　　班　柯：不要闪烁其词，快快告诉我们！

　　女　巫：天道有常也无常，你信也有常，不信也无常。万岁！我们的麦克白！万岁！班柯！再见了……

　　【女巫回抵框架式可移动平台内，背身站立。框式可移动平台区域所有特效光切。

　　分别站立于空间演区中央区域内框式可移动平台左、右两侧区域的麦克白与班柯，疾步呈斜线向空间左部左侧前区、右部右侧前区移动定位。此间，该区域定点光启。

　　班　柯：消失了……（将信将疑地）你会成为大将军？

　　麦克白：（将信将疑地）你会成为将军？

　　班　柯：（难以置信地）你会成为国王？

　　麦克白：（鄙夷地）你的子孙会成为国王？

　　【切光。不确定性的音乐启。

　　暗场。空间演区中央区域内框架式可移动平台，移至空间左部左后区区域内定位。同时，将先前置于该区域内的屠宰工作台与工作椅，迁至空间演区中央区域内，并将两把工作椅分别置于工作台左、右两侧。同时将一个金属切割机置于工作台下。

此间，班柯候场于空间左部左后侧场下区域。

光渐启。音乐渐收。可见麦夫人处于空间演区中央区域内屠宰工作台后侧打理着工作台上的大片肉块；落座于右侧的工作椅上的麦克白面对台右侧，内心思考着什么。

二

麦夫人：万岁！我们的麦克白！你是王国未来的国王！哈哈……

麦克白：（不敢面对，气馁地）女巫也许只是随便说说而已。

麦夫人：不！女巫的话都应验了。她是个天使，借着女巫的形来点化你，告诉你铺满金色的未来，麦克白！

麦克白：（迟疑地）魔鬼往往都化妆为天使，用一些让人头脑发热、失去理智的话，引诱人坠入深渊。

麦夫人：千万不要拒绝即将得到的无上尊荣，天使要把金黄的冠冕戴在你的头上。

麦克白：（犹豫、挣扎地）……女巫的话该信还是不该信，是吉还是凶？如果是不该信的凶兆，那为什么她的预言已实现了一半？如果是确信无疑的吉兆，为什么一想到这，你就会心惊肉跳，毛骨悚然？

麦夫人：如果邓肯把女巫的预言告诉国王，那国王会怎么想？

麦克白：没有一个国王会对臣子的谋反无动于衷，哪怕是捕风捉影、不着边际的谣言，如果班柯真这么做，那我就是大祸临头，国王会视我为心腹大患，除之而后快！

麦夫人：所以你面前只有两条路可走，要么坐以待毙，要么当上国王！

麦克白：（越说越心慌）没有第三条路了吗？比如班柯不会去告发我，比如国王对他的谗言付之一笑，比如那女巫根本就是一个幻影……

麦夫人：麦克白连自己都说服不了了。

麦克白：班柯与我出生入死，情同手足，就是怀疑世上任何的人，也不能怀疑班柯！

麦夫人：在王位面前，亲如父子兄弟都会互相残杀，何况班柯！我猜班柯的确已经这么做了。

麦克白：班柯不会这么做，不会！如若不然，该死也应该是班柯，不是国王！

麦夫人：杀了班柯，就没有臣子可以制约你了，功高盖主，为主所疑，最终还是要杀掉国王。

麦克白：这是大逆不道，会遗臭万年。

麦夫人：你若成功，便会流芳百世。

【静场。

此间，处于空间演区中央区域内屠宰工作台左侧区域的麦夫人，移动至工作台右侧与麦克白交流。

麦夫人：（暗示地）邓肯国王今晚入住我们的府邸，他只带了十几个贴身侍卫。

麦克白：（正色地）那是国王对我的信任。

麦夫人：（敦促地）这是千载难逢的机会！

麦克白：你是说……

麦夫人：（鄙夷不屑地）那邓肯不也是谋杀了先王，才获得王座大位的？

【处于空间中央主演区屠宰工作台右侧区域内的麦克白，移动至工作台左侧区域定位。此后，两人围绕工作台展开近体调度。

麦克白：（恳求地）这件事，这件事我们还是不要做下去了吧！……国王刚刚才给予了我荣誉，而我也在国内享有了盛名……不能投注游戏，轻易放走！

麦夫人：大将军，他犹豫了……开始痛苦了……很好！……他成功的希望，难道只是酩酊大醉之后的妄想吗？！……现在从一场睡梦中醒来，他因为追悔自己曾经的孟浪，而吓得脸色这样苍白吗？！……从这一刻起，我要把他的爱情看作同样靠不住的东西！……或许他的力量只够许愿，无能实现。……或许你宁愿做个懦夫，一句"我想要"之后再接一句"我不敢"。

麦克白：（朗声）我敢！男人敢做的我都敢！（又气馁地）谁敢做得更多，那就不是人。

麦夫人：你以为他会这么一直信任你，重用你吗？……班柯，还有国王的两个儿子，随时可能把你取而代之！……你长年在外征战，某一天不幸阵亡了，那不是一无所有么？！他不是真心需要你，只是把你当作一只可资利用会咬人的狗！

麦克白：（外强中干地）将士战死疆场，是军人的荣誉！如果我利用了别人诚挚的信任，采取什么血腥行动的话，会被万人耻笑的！

麦夫人：（责难地）当你把你的企图坦白于我，难道是牲畜附身？（膜拜地）……那时你敢，你是个男人。天时地利都不具备的时候，你要创造它们！（失望地）现在两者具备你又不需要了。（阴柔地）……我用母乳喂过孩子，我知道那种温软的感觉。当你爱着孩子，当他吮吸的瞬间，但是我还是会在那最幸福的一刻……（决绝地）把乳房从他的小嘴抽走，把他的脑袋打破！……（斩钉截铁地）要是我也曾许下你曾许下的誓言。

麦克白：之后呢，要是，要是我们……失败了？

麦夫人：失败？！……我们？……把你的勇气推到最高点，我们就不会失败！……等到邓肯睡熟了，我会用酒让两个侍卫麻痹。等这两个东西醉倒，睡得像死猪一样——你我不就可以任意摆布毫无防备的国王？再把我们这谋杀的大罪推到他烂醉的侍卫身上。

麦克白：人们不会相信这两个人是凶手！

麦夫人：如果我们为他死亡的悲鸣响彻全国的山河，谁，还敢再去妄加揣摩？！

麦克白：（决定地）动手吧！！！（又迟疑）……可女巫说过班柯的后人会继承我的位置……

麦夫人：不用担心，会有人继承你的位置。

麦克白：谁？！

麦夫人：（平静地）我怀孕了。

麦克白：……真的？！

麦夫人：我要让我们的儿子从诞生的第一天起就充满荣耀！

麦克白：麦克白就要有孩子了！……你不再是没有根的浮萍，我要给予我孩子世上所能有的一切，让他继承我的王位！……可……惊天动地的大事就发生在我们的府邸，我们、我们能逃脱得了干系吗？

麦夫人：收起你死猪一样的脸和妇人之仁！……来吧！阴森的黑夜！收去了我这颗娘们儿的心，直扑进我这女人的胸怀，把我的鲜血搅浑，不容许一丝的怜悯，不容许让天良动摇我的狠心！裹一身地狱中最浓黑的烟雾，让红唇张开血口，把我的奶水化成苦胆汁来吮吸吧！来！国王！叫你从头到脚，一身都是狠毒吧！

【抒情的歌剧二重唱咏叹唱段音效启。空间整体与区域光效渐变。

在如泣如诉的歌剧唱段中，麦夫人如同给出门远征的丈夫穿衣戴帽一般，情深意切地帮助麦克白穿上屠宰作业服、工作靴、围裙，戴上橡胶手套、护目镜。

麦克白：让你内心涌动的欲望喷薄而出吧！要把苍天撕开一个口子，天崩地裂、地动山摇，让所有人目瞪口呆！……你要抖擞起全部的力量去干这可怕的勾当！

【切光。暗场。麦夫人、麦克白下场。工作台上肉块迁移下场。

音效启。空间后部后区左侧"地砖"通道区域光启。复候场于空间左部左后侧的班柯扛着一块肉片，沿"地砖"通道直线向前移动，他驻足于该通道左部，将怀里的肉块放下，小心翼翼地将其挂在固定的挂钩上；此间，于空间后部后区"地砖"通道右侧外候场的麦克白快步进入该通道，他听见了动静即停下脚步。

麦克白：（惊惶不安地）谁？！

班　柯：自己人。……将军，这会儿还没安息吗？……国王已经睡下了。今晚他特别高兴。

麦克白：匆促之间，只恨我力不从心，能从容一些就好了。

班　柯：着实不错了。昨晚上我梦见了那女巫呢……对于你，她说的倒有几分道理。

麦克白：我才不去想她呢。……不过，将来得便，咱们不妨谈谈这回事——只要你有工夫。

班　柯：（心领神会地）悉听尊便。

麦克白：有朝一日，要是你跟我同心协力，管叫你大富大贵。

班　柯：只要不是有所失而有所得，还能保持我清白的忠贞，敢不尽心！

【此间，班柯与麦克白交换地位，沿空间后部后区"地砖"通道右侧下场。麦克白似乎显得不太放心地跟了若干步，若有所思地转身独白。少顷，在听见女巫的咒语之后，转身沿中线向空间中央主演区屠宰工作台区域移动，定位。

温馨原来是这么富有

麦克白：国王，今晚睡得那么沉稳，他连外边觥筹交错都毫无察觉。……你是他最信任、最钟爱的将军，他是这片土地秉性仁慈的君主……

女　巫：（场外。加延迟混响）万岁！麦克白！万岁！我们的麦克白！

【瓦格纳歌剧《女武神》音乐启。

麦克白：权力，你平生第一次直觉地感受到权力，那君临千万众之上的迷人感觉……你凝视着广场上凯旋的战士们那一张张还隐隐浮动着战争烟云的刚强面孔，聆听着自己嘹亮的喉音如展翅腾飞的云雀刺穿头顶瓦蓝的天空。你终于开始领悟到女巫那永远晦疑莫测的表情之后深刻的背景，开始理解这让世人前仆后继，宁可舍去生命、亲情也要夺取的绝对幸福。权力，这是隐藏在你高贵血统之中挥之不去的神的印记！

【麦克白取出工作台下的切割机，置于桌面上，继而强力启动！

麦克白：来生再见吧，尊敬的国王！

【霎时火星四射！全场于强烈刺耳的音效中，切光。

空间左部左后区区域内框架式可移动平台，移动至空间右部右后区定位。

暗场。麦克白移动至空间后区左部左后侧候场。麦夫人至空间右部右前区"地砖"通道前端水管处落座候场。

三

【远处猫头鹰阴恻鸣叫音效启。

光渐启，可见强烈的猩红色光效斑斑驳驳地渲染于空间中央演区内。

可见落座于空间右部右前区"地砖"通道前端猩红色水管处定点光区内的麦夫人。

麦夫人：（惴惴不安地）猫头鹰说着最凄厉的晚安，报晓了死亡的时刻。他去做了。（似乎听到什么叫声）……该死？！他们是不是醒了？……是不是什么都没做成？！（略显歇斯底里地）——失手的谋杀就会弄死我们自己！

【此间，麦克白自空间后区左部左后侧候场处上场，至左部"地砖"通道与后部"地砖"通道交叠区域内，倚靠于猩红色水管处定位。如此，麦克白与麦夫人形成前后大对角调度态势。

麦克白：（失魂落魄地）你没听到什么吗？

麦夫人：猫头鹰刚才在叫。……你说什么了吗？

麦克白：（惶然地）什么时候？！

麦夫人：就在刚才。

麦克白：我进来的时候？

麦夫人：是的。

麦克白：听！……躺在国王隔壁的那个房间是谁？

麦夫人：国王的两个儿子。

麦克白：一个在睡梦中大笑，另一个喊着"杀人啦"，两个人把彼此惊醒了，你站在那里仔细地听——"上帝保佑我们"，一个喊道，"阿门"，另一个说，就好像你们看到了我举着这双刽子手。你听到了他们的恐惧，却在他们喊着"上帝保佑"的时候说不出一句"阿门"。

麦夫人：（颤抖起来，试图控制着自己和对方）别想那么多！

麦克白：要的！……为什么你的"阿门"如鲠在喉？你迫切需要上帝的祝福啊！……你仿佛听到了一个声音："别再睡了。麦克白谋杀了睡眠。"……那无辜的睡眠，那睡眠抖开了纠缠的烦恼丝，是生时的死亡，是疲惫的浴缸，是抚慰灵魂伤口的灵药，也是大自然赋予力量的菜肴，他们生命的盛宴。

麦夫人：（阻止地）他在说什么呢？！

麦克白：（不管不顾，执拗地）"别再睡了。"喊叫声穿透整栋房子，"睡眠已被葛莱密斯谋杀，因此考特再也不能睡下，麦克白再也不得安眠。"

麦夫人：他这么胡思乱想，会瘫痪了他高贵的意志！（安抚地）……去，取些水来洗洗你自己，别留下血腥的罪证……（赫然发现工作台上仍置放着的切割机，惊叫）他怎么把刀子带回来了？！……刀子应该留在那儿呀！……把刀子放回去！（冷漠地）把血涂在那两个熟睡的侍卫身上。

麦克白：（紧抱猩红色水管）我不回去！……一想到我刚刚的所为，我就会死于恐惧。

麦夫人：多么懦弱，把刀给我！这睡熟的和那死了的还不是跟画出来的一个样儿？！要不是他熟睡的样子像极了我的父亲，我早就自己动手了！

【切光。暗场。

置放于空间中央演区屠宰工作台上的切割机被迁移下场，桌案上复迁换上若干肉块。此间，空间右部右后区框架式可移动平台，移动至空间左部左后区区域内定位。麦夫人转身自近旁的空间右部右侧下场，至空间后部后区"地砖"通道右侧外候场。

定位于麦克白自空间左部左侧"地砖"通道与后部"地砖"通道交叠区域猩红色水管处的麦克白，移动至空间左部左侧"地砖"通道前端落座定位。

【敲门声音效蓦启。

空间左部左侧"地砖"通道前端定点光区光蓦启，可见落座其间的麦克白。

麦克白：敲吧！敲吧，敲吧！……但愿你能唤醒国王！……每一次敲门声都使你惶恐不安。这是双什么手？嘿！要挖出你的双眼？……是否大海能洗净你手上的血迹？不，怕是无尽海水的碧绿都会被换成你手上的殷红……

【强烈的猩红色光效渐启，斑斑驳驳地渲染于空间中央演区内。

麦夫人自空间后部后区"地砖"通道右侧上场，至与空间右部右侧"地砖"通道交叠处定点光区内定位。如此，再与麦克白形成大对角调度态势。

　　麦夫人：这双手跟你的不都是一样的殷红吗？！……可我这没一丝血色的内心却羞于跟你一个样！

　　麦克白：（有气无力地）还顺利吗？夫人……

　　麦夫人：当然。你走进那个阴森的房间，又补了他一刀！……你以为他的血已经流干，可是没有，那鲜血竟如泉水一般不停地喷涌……好多，好多的血！

　　麦克白：你将来一定会生个儿子！

　　麦夫人：为什么？

　　麦克白：你无所畏惧的胆魄，浑身满是让男人都自愧不如的气概！

　　麦夫人：我会生一个能继承你王位的儿子。

　　【处于空间左部左侧"地砖"通道前端定点光区内麦克白渐起身，呈斜线向已被强烈的猩红色光效斑斑驳驳地渲染的空间中央演区内屠宰工作台处移动。

　　麦克白：（进入血色光区后，音效启）邓肯已经倒在血泊中再也起不来了……王位，这个王国，全部的全部，都是你的、我的，还有这个小东西的了！

　　【敲门声效蓦启。

　　处于空间后部后区"地砖"通道与空间右部右侧"地砖"通道交叠处定点光区内的麦夫人，亦呈斜线向（血色光区）空间中央演区内屠宰工作台处移动，与此前定位于此的麦克白汇合。俩人于此区域内展开近体调度。

麦夫人：……每一次的敲门声都让你不寒而栗……（进入血色光区后，敲门声复启）……你的腹部突然翻江倒海一般地猛烈抽搐……（恐慌地）我们的孩子，好像十分的不平静。

麦克白：我们的孩子？！（抽泣）……我真不该让她进去，面对这么恐怖的场景！……

麦夫人：他的孩子跟别人的不同，他天生就要面对残酷！……我们走吧。只要一丁点水就可以把我们洗刷的干干净净，一点儿也不费事儿。别这么神思恍惚，你平时的坚定都到哪儿去了？！

【敲门声效复启。

麦克白：（惊慌失措地）我看见了一个人影！……好像真有什么人在外面敲门！……（鼓起勇气地）究竟是人还是鬼，胆敢在这时候敲我的门！……谁去开门？！

麦夫人：你去！带上刀！

【处于空间中央演区屠宰工作台区域内的麦克白疾步抵空间中线前端做虚拟开门状。此间，班柯扛着肉片自空间后部后区"地砖"通道右侧上场，他不疾不徐地挂好肉片还端详了一下，再冲前与麦克白无对象交流。

麦克白：（井 ）班柯？！

班　柯：（一派事不关己的模样，无辜地）大将军，国王被人谋杀了。

【收光。暗场。不确定性的音乐启。

处于空间后部后区"地砖"通道区域内的班柯下场。

温馨原来是这么富有

空间中央演区内的先前横向置放的屠宰工作台被更移为纵向定位，前场桌案上的肉块迁移至桌下。

班柯于空间右部右侧前端（黑匣子剧场建筑承重柱后）候场。

麦克白、麦夫人于空间中央演区内纵向定位的屠宰工作台两侧落座定位。

四

【软木塞被拔出酒瓶的音效启。光启。

可见麦克白落座于屠宰工作台左侧工作椅上，麦夫人落座于屠宰工作台右侧工作椅上。两人正处于交杯换盏觥筹交错之际。此间，两人围绕着屠宰工作台区域展开近体调度（双方无对象交流的时刻居多）。

麦夫人：（冲前举杯致意）万岁！我们的麦克白！

麦克白：（干杯，仰脖饮尽）你做梦也没有想到会拥有至高无上的权力，能取代邓肯，成为一国之君！

麦夫人：（取过酒瓶给麦克白酒杯斟酒，猩红色的酒浆缓缓注入酒杯）从今往后，他不必再为谁俯首帖耳，不会再因为怕说错话做错事而战战兢兢不可终日；他一言九鼎，生杀予夺，在这一片广袤的土地上，可以随心所欲。

麦克白：（举杯欲饮，又止）可是，邓肯的两个儿子逃到南方去了，他们的存在始终让我坐立不安。

麦夫人：（注视着酒杯中的猩红色酒浆）现在最大的威胁

并不是邓肯的两个儿子。

麦克白：那会是谁？！

麦夫人：班柯。

【令人不安的音效启。

空间右部右前区"地砖"通道前端猩红色水管处定点光区光启。

班柯于黑匣子剧场右部右侧建筑承重柱后上场，缓缓进入该区域。

班　柯：葛莱密斯爵位、考特爵位、王座大位——女巫许给你的，你现在全到手了。你到手了，只怕是耍了最卑鄙的一手。

麦克白：国王命丧于贴身的侍卫之手。

班　柯：麦克白，你手上的痕迹还没有擦干呢。

麦克白：我一怒之下，杀光了那些侍卫。

班　柯：英勇的麦克白，如今只有你才配当国王，我会极力推举你的。只是，我有个条件。

麦克白：条件？

班　柯：你当上国王之后，把我的儿子弗利安斯封为王子。

麦克白：什么？

班　柯：尊敬的麦克白国土，你别忘了，女巫的预言，你别忘了，你没有儿子！

【班柯下。

麦夫人：什么？班柯真这么说？

麦克白：是的。

麦夫人：你头戴着是一顶没结果的王冠，手里只是让拿一根不开花的权杖。要果真是这样，班柯的存在将让你所有昂贵的付出都显得可笑。他的后裔将永世称王，王位世袭相传，而我们的子孙却一无所获。

麦克白：我们千辛万苦夺位称王，难道只为了他们？！……拱手送他们登上宝座？而后称王称帝代代相传？！太便宜了他们！……与其是这样……

麦夫人：（蓦地将酒杯倒置于桌面）我可不是为了班柯把这双手染红的。班柯说得不对，你有儿子！

麦克白：对！我们的儿子！

麦夫人：必须把他从这个世界上抹去。

麦克白：那就来吧——命运，不如豁出我的命，跟他拼到底！

麦夫人：（伸手将麦的酒杯缓缓倒置于桌面）还有他唯一的儿子弗利安斯。

麦克白：（心惊地）我能这么做吗？……他长年与我并肩作战出谋划策情同……

麦夫人：现在你们是君臣，是对手！！！

麦克白：（挣扎地）杀了邓肯已经让我失去安宁害了心病……杀班柯，杀班柯也就罢了，再接着戮杀他的儿子！……我不是将那无价之宝——我的灵魂，双手奉献给了人类的公敌——魔鬼？！……我如何下得了手？！

麦夫人：你下不了手，可以派刺客。

麦克白：刺客？！

麦夫人：（快速而冷漠地）你今晚下令宴请群臣，盛情邀请他父子同来，然后找两个高手，埋伏在他父子必经之路，让他们消失得无声无息。

麦克白：这么干？……这么干，我总有不祥的预感。

麦夫人：什么？

麦克白：我自己也说不清，我的心很乱，也许上天不仅垂青于我，对班柯也会爱护有加。如果刺杀成功了，就彻底颠覆了女巫的预言，如果失败了……

麦夫人：你是至高无上的国王！你拥有摧毁一切的权力！女巫再强大的预言也会被你手中的权力撕得粉碎！放开手脚勇敢去做吧，麦克白！

麦克白：只要除掉班柯父子，我就可以一劳永逸，高枕无忧了？！

麦夫人：（加延迟混响。蛊惑、煽动地）麦克白！我们的麦克白！

【切光。暗场。不确定性的音乐启。空间中央演区屠宰工作台于原位恢复为横向定位，所属工作椅处于桌案后侧。桌面上摆设着一具罩着白布的肉块。麦克白与麦夫人各处工作台后侧定位。

五

【音乐尾声中，光启，空间中央演区整体光效晦暗斑驳。

可见空间中央演区内横向定位屠宰工作台，桌面上设有一具罩着白布的肉块。可见定位于该区域工作台后侧站立着的麦克白与麦夫人。

麦克白：班柯死了，他的儿子跑了？！……这就是班柯的尸首？

【背身站立的麦夫人转身近工作台前缓缓撩开罩在肉块上的白布。麦克白转身不敢直视，在麦夫人的逼迫下近前端视露出一角的肉块。

麦克白：……你身上有二十道伤痕……血迹斑驳，其中一两道就足以要了你的性命。

麦夫人：你至死还圆睁着双眼，眼角旁还有长长的血痕，你的心大有所不甘呐……

麦克白：你是用他的身体抵挡保护了弗利安斯，你的血肉模糊保存了你的后代……你比活着还让人感到恐惧！……大蛇覆灭了，小蛇却悄悄地溜走了。我宁可那只小蛇死！

【麦夫人伸手试图翻动肉块。

麦夫人：血！这血怎么又溅到我的手上！该死！……我们本来可以安如磐石，未来还是如黑夜一样令人恐惧。难道，他的儿子真的会推翻我们，继承王位？！

麦克白：千万只的蝎子在刺我的心呐！……从一个欺骗到另一个欺骗，我能等来什么？！……你借着晚宴的邀请杀掉了班柯，还要假装在宴会上等他——杀人的你要故作耐心、疑惑、焦急，等待一个被你杀死永远不可能赴宴的人……

【麦克白伸手将白布遮盖住肉块。

麦夫人：叫人把尸首埋了！……晚宴的酒肉都已经摆好，我们这就去赴宴。

【音乐启（Fanfare）。空间整体光效变幻。

此间，可见麦克白与麦夫人自空间中央演区屠宰工作台区域向空间右部右侧移动，至右侧"地砖"通道前，俩人转身向前直行至空间右部右前侧区域，此时，着全套屠宰工作服、围裙、胶靴、手套的班柯出现于空间右部右前区"地砖"通道前，他悄然尾随麦克白、麦夫人，三人转身沿空间前端直线移动，至空间左部左侧左前区域"地砖通道"前，转身直行，沿空间左部左侧区域，再转身至空间中央区域屠宰工作台后侧，定位。班柯定位于二者之间的后侧。此间，麦克白神情恍惚地落座于右侧工作椅。麦夫人见状提醒麦克白换座。

麦夫人：（指左侧工作椅）这才是您的位置，国王。

麦克白：……哦……（强作欢颜地）列位最忠诚的将军、大臣们，本王欢迎你们的到来！

麦夫人：今晚，国王略备薄宴，宣慰劳苦功高的各位宠臣爱将！诸君尽管开怀畅饮，不必拘束。（扫视后，关切地）尊贵的班柯父子尚未光临吗？

麦克白：（诚恳地）我以极盛情的邀请，将最尊贵的位置虚以待之。

麦夫人：（故作轻松，打趣地）该来的都来了，这最该来的人却迟迟不来，他们是在路上遇到什么麻烦了？还是根本就

温馨原来是这么富有

不想来，或者不敢来？

麦克白：（深表遗憾地）……可惜了，全国的股肱之臣独缺班柯将军，没有了他，晚宴的光彩也失去了一半。

麦夫人：瞧，天色已晚，饥肠辘辘的各位就不必再等了。来，请尽情享用这美酒佳肴吧！

【麦夫人伸手一把掀去工作台上罩在大肉块上的白布。音效蓦启，空间光效骤变。

处于空间中央演区屠宰工作台区域后侧的班柯，近至麦克白、麦夫人中间道白，进而展开无对象交流，三人展开近体调度。

班　柯：（加延迟混响）万岁！

麦克白：（闻声，惊愕地）班柯！……

班　柯：（加延迟混响）万岁！我们的麦克白！

麦克白：他怎么来了？他的儿子呢？……你来得不是时候，已经开席了。

【班柯趁麦克白起身慌乱之际，落座于屠宰工作台左侧座椅上。

麦克白：不，这不是你的位置。

【麦克白冲着班柯，惊惶地指着工作台案上那具白骨森森的肉块。

麦克白：你的位置在那边，那边！

班　柯：（加延迟混响）你如愿以偿了，麦克白！你弑君篡位，多么荣光啊！可你的诡计瞒得了别人，却骗不了我。

麦夫人：（旁白）他这是怎么了，（转）麦克白？

麦克白：你在说什么？……不，不是，你错了，那不是我干的！……不是！……别这样对我摇着你沾满鲜血的头发！……你给我住口！

麦夫人：（缓颊地）各位大人，国王刚才喝了点酒，有些不知所云，大家不要见怪。

班　柯：（加延迟混响）他手刃了邓肯，又派刺客来暗杀我们父子！……我们战场上的生死情谊你都忘光了吗？（指着桌案上肉块）……你瞧，这些刀痕，都是你赐给我的，仔细瞧瞧！

麦克白：他以为这样就可以把我吓住吗？！……让魔鬼都肝胆俱裂的场面，我也毫不畏惧！你走开，走开！再这样瞪着我，信不信我一刀杀了你！（欲拔刀）

麦夫人：（摁住，安抚场面）尊贵的将军们，国王从小就有这种毛病，各位请安坐。他的癫狂一会儿就会好的。

班　柯：（加延迟混响）麦克白，一切都没有如你所愿！我还在，我的儿子也没有死！

麦克白：怎么可能？！我明明派人把你埋了，你为什么还会现身在我的面前？！你以为我会相信鬼魂的存在？……继续狡辩吧！胡闹吧！

【班柯朗声大笑，麦夫人趋前查看。

麦夫人：他竟全然不顾满堂宾客讶异的眼神，怎么对着一张空凳子胡言乱语？！……一定是见到了什么可怕的东西……

【麦克白近至工作台费力地端起肉块端详，再比照落座于工作椅上的班柯。

温馨原来是这么富有

麦克白：（不可置信地）从来都是白刀子进去，红刀子出来，再伟岸的汉子也会一命呜呼！（惊恐万状地）……现在，哪怕砍了二十道致命的伤口，他也能挣扎着从坟墓里爬出来，四面八方向你扑过来！

麦夫人：你到底看到了什么？！麦克白？

麦克白：（对着班柯鬼魂）给我滚开！别在我眼前晃荡！你骨髓干了，血液冷了，堂堂男子汉有什么好怕的！……我有强壮的肌肉，锋利的宝剑，滚！！！你这虚幻的假象，给我滚！

【班柯朗声大笑，缓缓起座，转身移动至空间中央演区屠宰工作台后侧。

麦夫人：（低声，责难地）难道你真疯了吗？！

麦克白：（清醒，转身望着空空如也的右侧工作椅）……我刚刚怎么了，明明看见了班柯！

麦夫人：胡思乱想什么？！隆重的国宴被你弄得一团糟。

麦克白：各位不要惊慌，这是我长久以来难以治愈的怪病。……来，斟满你们手中的美酒！今晚，各位一定要大快朵颐，不醉不归！……来，为在座各位大人的健康与幸福，更为缺席的班柯将军，干杯！

【处于空间中央演区屠宰工作台后侧的班柯转身移动至麦夫人身侧。两人在无对象交流中，展开近体调度。

班　柯：（加延迟混响，虚拟举杯致意）我最尊敬的王后！

麦夫人：（愕然地）班柯？！……他怎么会身处此地？！（不信地）他是赶来赴宴的吗？（惴惴不安地）……他满身刀痕透

射出一片一片红色的光，他面色沉郁，眼神中满含着不甘与愤怒。

麦克白：（奇怪地）你怎么了，夫人？

班　柯：（加延迟混响）我了解麦克白甚过于你！……他表面一派的勇猛刚强，内心却犹豫、懦弱的让人怜悯，他不是一个能对国王下死手的人，除非，除非有人唆使，会是谁呢？

麦夫人：他在说什么？！……他连起码的君臣之礼都没有了吗？！……难道，你没死？！（捧起桌案上的肉块）对了，我确定，你的确确确已经死了！是我下令把埋葬你的！！！

麦克白：（缓频地）夫人最近受了点刺激，各位不要见怪。

班　柯：（加延迟混响）我和麦克白都见证了女巫的预言，但谁会把那些鬼话当真呢？！

麦夫人：他这个无用的软弱的鬼魂，他只不过是一个影，只能干巴巴地站在那里，像一个无助的小丑！……你只要吹一口气，他就会如青烟一样四下飘散。

【麦克白夫人冲着各个方向不断徒劳地吹气。

麦克白：（躲闪，恐惧地）夫人！

班　柯：（加延迟混响）我与你有什么深仇大恨？被你赶尽杀绝，让你下此毒手。如果你还存有　丁点儿良心的话，你会心安理得吗？！

麦夫人：今晚，你是来寻仇的吗？……是的，是我干的，都是我干的！是我逼迫麦克白干掉你，还有你的儿子……懦弱的麦克白畏惧你，我……我才不会！

温馨原来是这么富有

麦克白：（见场面已失控）尊敬的各位，晚宴就到这儿吧……我们改日再聚！

麦夫人：我抵死都不信你的后代能取代麦克白，我不信！……可是你儿子还是跑了，跑得无影无踪！你干得真好啊，班柯！

班　柯：（加延迟混响）煽风点火，推波助澜，你这个女巫！

麦夫人：我不是女巫！

班　柯：（加延迟混响）你这个女巫！哈哈哈……

【班柯自空间右部右侧通道下场。

麦夫人：（气急败坏地）我不是女巫，不是！不是！

麦克白：夫人！你到底看见了什么？！

麦夫人：（捧起肉块）班柯，是班柯！（恐惧地指着四面八方）他就在那儿，在那儿！不，在那儿！不，在那儿！在……

麦克白：在哪儿？…我刚刚也看见他了！

麦夫人：就在那儿！他直勾勾地看着我！……噢，好痛！（倒地）

麦克白：……我们的孩子？！

【音效启。处于空间中央演区的麦夫人爬到空间右部右侧前区定位。

该区域上空的浴缸缓缓降落于地。麦夫人急不可待地近前拭洗幻觉中的血手。

麦夫人：血！……哪来的血？！快拿盆水来，让我洗洗手……水好凉。（洗手）化进水里吧，该死的血迹！一滴、两滴，三滴……手心、手背、手指缝……大蛇死了，小蛇跑了……

【收光。暗场。

空间中央演区内屠宰工作台，被移动至空间右部右后区域内定位。

将先前定位于空间左部左后区区域内框架式可移动平台，移动至空间中央演区内定位。麦夫人至框架式平台内定位。麦克白至该平台后部区域定位。

六

【不确定性的音乐启。特效光启。

雾气蒙蒙中，可见空间中央演区内框架式可移动平台上女巫蹲在一个不锈钢锅前捣鼓着什么。隐约可见麦克白定位于空间中央演区内框架式可移动平台后部区域。

女　巫：（加延迟混响）哈哈……用蜘蛛、毒蛇、蝎子、蜈蚣、蟾蜍煮成一锅汤，沸腾吧，让这锅五毒汤彻底地沸腾！

麦克白：……女巫，你在哪儿？！……出来！

女　巫：（加延迟混响）谁若喝了这五毒俱全大补汤，谁的内心将得到永恒的安宁！

【空间中央演区内框架式可移动平台后部区域的麦克白，自该平台左侧绕至前侧，冲前寻找着女巫。

麦克白：你这个漂游不定的疯婆子，你到底在哪？！……快出来吧，女巫！

温馨原来是这么富有

【空间中央演区内框架式可移动平台上背立着的女巫，此间，转过身来冲前。

女　巫：（加延迟混响）你终于来了，尊贵的麦克白国王！

麦克白：（跪求）凭借你无边的法术，快告诉我，我该怎么办？！

女　巫：（加延迟混响，诱惑地）……你都想知道些什么呢？

麦克白：正如你此前对我的所有预言，都应验了，可一切看来并不太平……班柯的儿子逃出生天后，立刻投靠了邻国，听说，他们即将卷土重来……合伙推翻我！

女　巫：（加延迟混响）哈哈……麦克白的心思我都明白，国王的未来会怎样……你自己看看这坛五毒俱全大补汤幻化出来的影。来吧，幻影出现吧……丑即是美，美即是丑……

【麦克白所处的空间前部前区特殊光效启。

女　巫：（加延迟混响）告诉我，你看到了什么？

麦克白：……我看到了一个人头，面孔若隐若现。

女　巫：（加延迟混响）看清楚了，他是谁？

麦克白：麦克达夫？！……是的，就是他！

女　巫：（加延迟混响）这麦克达夫，你可得留心了。

麦克白：麦克达夫？！……当下，他可是我最赖以相信的部属了……

女　巫：（加延迟混响）最亲近的最危险，最信赖的最可怕！……再看看第二个幻影……来吧，幻影出现吧……真即是假，假即是真。

【麦克白所处的空间前部前区特殊光效被叠加强化。

女　巫：（加延迟混响）这回，你看到了什么？

麦克白：……一个流血的小孩……在哭泣！

女　巫：（加延迟混响）……哈哈……你要把人类的力量付之一笑，凡是女人生下的，休想伤害到麦克白分毫！……对于你，这可是个极妙的好兆头呢！

麦克白：（大喜过望地）什么？……凡是女人生下的，休想伤害到我？！……哈哈…这世间有谁不是女人所生的？！……从此，这世间还有什么可以让我畏惧的呢？！……哈哈……

女　巫：（加延迟混响，诱惑地）……来，第三个幻影出现吧……善即是恶，恶即是善！

【麦克白所处的空间前部前区特殊光效被叠加强化。

麦克白：……一个头戴冠冕的小孩……他的手上拿着一根树枝？！……可笑！……你一个乳臭未干的小童，有什么资格戴上至高无上的冠冕？！

女　巫：（加延迟混响）别对幻影说话！……有人密谋想要取代你麦克白……你一定要果敢、骄傲、坚决、残忍，要遵从你的欲望去执行你的意志！……你，麦克白永远不会被人打败！……除非，除非有一天勃南的广袤森林会向邓西嫩高山移动。

【麦克白所处的空间前部前区特殊光效收。

麦克白：森林会长脚？！还能向高山上移动？！……哈哈

温馨原来是这么富有

哈……这绝无可能！……尊敬的女巫，我还有最后一个疑惑，班柯的后人会取代我的位置么？！

女　巫：（加延迟混响）你问得太多了！

麦克白：（执拗，发狠地）这件事，我必须知道！

女　巫：（加延迟混响）你先喝了这五毒俱全大补汤吧，喝尽了它，你将获得那永恒的安宁，永恒的安宁，哈哈……

【女巫所处的框架式可移动平台区域光效收，女巫经空间右部右侧下场。

麦克白转身进入框架式可移动平台区域，高举不锈钢锅，仰脖喝毕迷魂汤后四下张望。

班　柯：（加延迟混响，幕内）麦克白，你能如愿以偿吗？……你能如愿以偿吗？

麦克白：……班柯？！是班柯！……那浑身血污的班柯手里高举着一面镜子……镜子后面又是无数戴着王冠的班柯！……这预兆……究竟意味着什么？！女巫，快告诉我！快告诉我！！快告诉我！

女　巫：（加延迟混响，幕内）万岁，我们的麦克白！万岁，班柯！……哈哈……

麦克白：……难道班柯的子孙将要取代我统治这片土地？（丧心病狂地）……不！……我必须、必须追杀班柯的儿子……除掉麦克达夫全家！……还有……还有其他人……彻底清除所有阻挡我前行的障碍！！！

【强烈暨阴恻气氛的音乐启。切光。暗场。

空间中央演区内框架式可移动平台，被迁移至空间左部左后侧区域定位。

将金属切割机置于空间主演区中线中央处定位，同时将若干具肉块掩盖其上。

麦夫人抵空间右部右侧前区"地砖"通道前端定位候场。

麦克白抵空间左部左侧前区"地砖"通道前端定位候场。

七

【接前场音乐尾声中，定点光区域光渐启。

可见空间后区一排的肉块处于斑驳的光影之下。

可见麦克白斜倚于一具肉块，定位于空间左部左侧前区"地砖"通道前端。

可见麦夫人蜷抱着一具肉块，定位于空间右部右侧前区"地砖"通道前端。

两个人冲前展开无对象交流。

麦克白：你的脸色，怎么这么憔悴？

麦夫人：……你去哪儿了？……我老是找不着你。

麦克白：找我？

麦夫人：（神经质地喃喃自语）……近来总分不清是醒着还是睡着……一睁眼总看见一片红色的海……你就站立在不远不近的小岛上……孤独，荒凉……我拼命地划向你，却离我最伟大的最亲爱的伴侣麦克白越来越远！……一抬头，竟是满天的炯炯有神的眼珠子……那是邓肯、班柯的眼睛！……你在哪儿？我要去找你！

麦克白：我找那个女巫去了。

麦夫人：找她？找她做什么……

麦克白：这件事……并不像我们当初预想的那样顺利，一切都如信马由缰一般地失去了控制……简直糟透了！……因此，去找女巫占卜我们不可预测的未来……

麦夫人：她怎么说？

麦克白：女巫说，凡是女人生下的，休想伤害到我分毫。麦克白要果敢、骄傲、坚决、残忍，要遵从自己的欲望去执行自己的意志！！！……除非，除非有一天勃南的广袤森林会向邓西嫩高山移动。

麦夫人：（清醒地）她真这么说的吗？！

麦克白：是的。夫人，这可是个极妙的好兆头呢！普天下男女哪个不是妇人所生下的？大片的森林会向高山移动吗？！哈哈……我们此前的担忧、恐惧岂不是杞人忧天作茧自缚吗！

麦夫人：（疑虑地）她为什么又说除非……除非……

麦克白：哦？

麦夫人：又有谁能完全地遵从自己的欲望去执行自己的意志呢？

麦克白：（愤然地）女巫从未说过，也不可能说出不会应验的话！

麦夫人：接下来，你要怎样做？

麦克白：（咬牙切齿地）杀了麦克达夫……全家！

麦夫人：（不可置信地）灭门？！

麦克白：（冷漠地）铲除麦克德夫一家！

麦夫人：他、他、他可是你目前最得以信赖的部下！

麦克白：夫人何以见得？……在谋杀邓肯的那个晚上，我看见——他和班柯两人窃窃私语，还不时用奇怪的眼神瞪着我……可以想象，那班柯一定告诉了他什么！……还有……在那天晚宴现场，我发现他总死死盯着班柯鬼魂的座位，眼神里满是哀伤和凄楚……最亲近的最危险，最信赖的最可怕！

麦夫人：（惧怕地）他决意要灭除麦克达夫全家？

麦克白：他只能遵从自己的欲望去执行自己的意志！……再也不能留给阴谋陷害他们的人以可乘之机！

麦夫人：麦克德夫的妻子，还是我无话不谈的闺中密友……

麦克白：夫人可别忘了，班柯与我不也是亲如手足吗？

麦夫人：（喘息困难地）我、我不想再杀人了！

麦克白：她胆怯了？手软了？！……她忘了要我杀掉邓肯的是她；要我除掉班柯父子的还是她；一直嘲笑我懦弱、犹豫，不像个真正的男人，不还是她吗？！现在，我历经鲜血的沐浴，成了真正的男人，而她胸膛里的曾经令人畏惧的苦胆汁却还原为婴儿吮吸的奶水……

麦夫人：我们的孩子，没了……

【处于空间左部左侧前区"地砖"通道前端的麦克白闻声即起身，迅速向定位于空间右部右侧前区"地砖"通道前端区

温馨原来是这么富有

域的麦夫人移动，近至其前。

两人在此区域展开近体调度。

麦克白：……没了？！……你们的孩子……没了？

麦夫人：（抚摩着手中的肉块）一堆血肉模糊的东西，在不知不觉中地涌出我的子宫，像是厌倦、厌恶极了我这身体，我甚至没有疼痛，没了……

麦克白：（掀开麦夫人怀中的肉块，厉声痛斥）撒谎！（欲走）

麦夫人：（紧紧抱住麦克白的大腿）班柯的鬼魂在晚宴上一直冲我大喊："你这个女巫，你这个女巫！"……我原以为杀了邓肯，我们就拥有了一切；除掉班柯父子，就可以万事大吉。不曾想，班柯的儿子跑了，咱们的孩子死了……女巫可怕的诅咒还会降临！

麦克白：……夫人？！

麦夫人：……我们是得到了人间可以想象的所有：至高无上的权力，挥霍不尽的钱财，奢华无比的殿堂……可是权力只会指挥着我们去杀人，一个又一个；钱财对我们如同粪土，毫无用处！你就此坠入了深渊，整夜整晚地在最奢华卧榻上做着无边的噩梦……你以为会得到一切，可最终得来的是更多止不住的汩汩鲜血！我不想再洗手了！

麦克白：我本不想灭他全家……可就在昨天，麦克达夫竟然抛弃了妻儿、领地、尊位，潜逃他国了……如果不是心中有鬼，他断然不会做出这样的危险举动！

麦夫人：你向女巫求证班柯后人会取代你的预言了吗？

麦克白：（气馁地）她好像说了什么，又什么都没说……就像毒雾一样消失了。

麦夫人：欲言又止？模棱两可……你只好杀人，杀戮，杀遍周遭所有的宠臣爱将……

【音乐渐启。

麦克白自空间右部右前侧"地砖"通道前端区域，转而进入空间中央主演区，此间，光效渐变。

麦克白：你两脚早陷在血海里，欲罢不能。想回头，就像走到尽头一般，叫人感到心寒！

麦夫人：（生出无限的悔意）早知现在，何必当初呢……

麦克白：无毒不丈夫！！！……只有杀戮才能真正消除内心的不安和恐惧！你想让国王麦克白再向别人俯首称臣吗？

麦夫人：（最后的劝诫）这种事，往往难脱现世的报应，我们自个儿立下了血的榜样，教会了他人，别人就拿同样的手段来对付那首先作恶的人。

【麦克白抵空间主演区中线中央处掀去掩盖切割机的若干具肉块，聚精会神地注视着金属切割机。

麦克白：（加延迟混响）你没有一刻不感到惶恐，就像个爱冒险的人游走在钢丝上，这是巨大的刺激和满足。一千把钢刀的威胁，也阻挡不了这种乐趣！

【麦克白戴上护目镜，启动金属切割机，霎时火花四溅。

切光。暗场。

温馨原来是这么富有

将金属切割机迁移下场。

麦夫人下场，抵空间后部后区"地砖"通道右侧候场。

将先前置于空间主演区内的若干具肉块，纵向度地整齐摆置于空间中央演区。麦克白卧枕于某具肉块旁。

八

【滴水声启。光渐启。

隐约可见麦夫人手持蜡烛，自空间后部后区"地砖"通道右侧缓缓上场，至"地砖"通道左侧后，返身向右侧移动，近至右侧下场处，转身再向左侧移动，至该通道中线处时，空间中央主演区光渐启，隐约可见麦克白卧枕于某具肉块旁。

麦夫人：（喃喃自语）洗手盆在哪儿？……洗手盆在哪儿？……洗手盆在哪儿？……

麦克白：（不耐烦地）夫人老是找洗手盆做什么？……听侍女说，她总是半夜起来关窗户、给厨门上锁、写信、读信，还独自地发笑、号啕……

【麦夫人手持蜡烛于空间后部后区"地砖"通道内，冲着身侧悬挂着的肉片道白。

麦夫人：（喃喃自语）嘘！……我的闺中密友——麦克达夫的妻子在哪儿？……她的孩子在哪儿？……母亲被活活勒死在孩子的面前？！……那活泼聪明的孩子呢？！……什么？……被一群狼犬活活撕碎吞噬了？！……有趣……

麦克白：（无奈地）夫人，小心蜡烛。

麦夫人：班柯将军……晚宴之后，你总来找我，总来找我，睡在我卧榻之旁……嘻嘻……我已厌倦了你满是血腥味儿的身子和肮脏的双眼……噩梦总是从你这里开始的。不过，如果你有一夜不来，如今我还有些不大习惯……嘻嘻……

【处于空间中央主演区内卧枕于某具肉块旁的麦克白，缓缓地侧身道白。

麦克白：……她用母乳喂过孩子，她知道那种温软的感觉。当她爱着孩子，当他吮吸的瞬间，但是她还是会在那最幸福的一刻，把乳房从他的小嘴抽走，把他的脑袋打破的人……如今，不分昼夜地游荡于梦魇里，连语无伦次的梦呓都充满了血腥和恐惧……

【麦夫人手持蜡烛于空间后部后区"地砖"通道内，冲前不断地费劲地干洗着双手。

麦夫人：（喃喃自语）……邓肯国王，你在哪儿？快来帮帮我，你身上的血，怎么永远也洗不干净！你早已经死了，血肉早已腐烂了，可还是洗不干净！是烂进我身体里去了吗？一滴、两滴，三滴……手心、手背、手指缝……化进水里吧，该死的血迹！

麦克白：（自语）她到底还是一个女人……

麦夫人：……再洗一遍，这儿还有一点没有洗干净，让我闻闻，血腥气，你用了整盒的阿拉伯香料都去不掉这可怕的血腥气！……（从身后操起一把屠刀）难道非要把双手剁掉才

温馨原来是这么富有

行？！（蓦然自刎，缓缓倒地）……

【空间后部后区"地砖"通道瞬时笼罩在压抑的猩红色光影中。少顷，该区域光渐收。

惊悚的音效启。处于空间中央主演区内定点光蓦启。该区域内卧枕于某具肉块旁的麦克白，蓦醒，起半身跪地冲前怆然道白。

麦克白：（怆然泪下地）无尽海水的碧绿全都换成了你、我手上的殷红……一望无际的大海能洗净你、我手上的血迹吗？！……

【音效启。切光。暗场。

置放于空间中央主演区内若干具肉块迁移下场。

空间右部右后区域内定位屠宰工作台，被移动至空间左部左后区域内定位。

处于空间左部左后侧区域内的框架式可移动平台，迁移至空间主演区左侧定位，同时置放一张工作椅至其间定位。

弗利安斯至空间中央演区域内框架式可移动平台内落座定位。

空间右部右侧前区上空浴缸降至地面定位。

麦克白至空间右部右侧前区上空浴缸内定位。

九

【瓦格纳歌剧《女武神》音乐启。光启。

可见弗利安斯落座于空间主演区左侧区域内框架式可移动平台内。

可见麦克白定位于空间右部右侧前区浴缸内。

如此，双方呈斜角对峙态势。双方展开无对象交流。

麦克白：班柯？！

弗利安斯：我是班柯的儿子弗利安斯。

麦克白：（不吝地）你还苟活着！……我的城堡固若金汤！我的军队……

弗利安斯：一如既往的英勇威猛……只是，相互的猜疑、恐惧和绝望消磨了他们坚毅的斗志，倒戈投诚的比比皆是！

麦克白：背叛，又是可耻的背叛！……都怪我那天生的怜悯心，没能杀光这些逆贼！

弗利安斯：麦克白，正因为你那怜悯心作怪，才使得先王邓肯的两个儿子、麦克达夫和我弗利安斯联袂起义！

麦克白：（蔑视地）就你们？能杀得了我吗？！……只要广袤的勃南森林不移向邓西嫩高山，你们就谁也奈何不了我！

【女巫自空间右部右侧上场至空间中线区域定位。

女　巫：（加延迟混响，幕内）尊敬的麦克白国王……

麦克白：女巫？！

女　巫：（加延迟混响，幕内）你看，勃南的森林已经向邓西嫩高山移动了。

麦克白：（眺望，不可理喻地）……这、这怎么可能？！

弗利安斯：哈哈哈……为了行军中更好地蒙蔽你的视野，

我成千上万的士兵每人都折了树枝当作掩护，现在，正向邓西嫩高山呈军团战斗群移动呢！

女　巫：（加延迟混响，幕内）凡是女人生下的，休想伤害到麦克白分毫！

麦克白：弗利安斯，你奈我何？

弗利安斯：我是母亲尚未足月剖宫产下，非顺产而生。

麦克白：（大惊）你说什么？

女　巫：（加延迟混响）哈哈……世上竟有这等奇人，是剖腹所取，非自然而生！

弗利安斯：麦克白，你弑君篡位，残害无辜，陷国家于不义，你死无葬身之地！

麦克白：你们以为杀了我，就能站在正义一边了吗？！……邓肯不也是谋害了先王获取王位大座的？！……在我之前，考特将军也觊他的王位，并且引发了与邻国的一场恶战！……包括令尊大人班柯，也从来没有安分过！……一旦坐上这个位置，就无法停止杀戮，我如此你也一样！你杀了我当上国王，还不是老调重弹：先是铲除麦克白的亲信、余党，此后再除掉邓肯的两个儿子，而后你分不清谁暗地里想对你除之而后快，你又不得不继续怀疑人，杀人，杀遍你周遭的宠臣爱将……夫人和我听信了女巫的谗言，只看到了王位的无上荣耀，却不知权力背后让我们无法承受的暗黑、血腥……

女　巫：（加延迟混响，幕内）命运早已准备妥当，我们的麦克白只不过是一个木偶般的过客。我说与不说，都改变不了任何事情的发生。

　　麦克白：早知现在，何必当初……让我在无边的暗黑里摸索人生……你助涨了我们人类的渺小、自私和贪婪。有时候，我分不清到底谁是麦克白，谁是麦克白夫人，谁是女巫。不过你成功了，胜利了，一切都照着你预言的轨迹行走，不差分毫，证明你万能的代价是高高的尸山，累累的白骨……

　　女　巫：（加延迟混响，幕内）一念权，一生忙；一贪位，一世亡。熙熙攘攘，都为金钱权位来往，你方登场我下堂，做不完的噩梦如道场，洗不尽的鲜血似浓汤！

　　弗利安斯：投降吧！麦克白！

　　【《查拉图斯特拉如是说》序曲音乐启。

　　麦克白：投降？……你已经活得够长了。麦克白的生命只是秋天里飘落的黄叶，白痴嘴里的一段故事，没有半点意义。你受够了慌乱、恐惧和失眠，已经不能够再忍受哪怕多一点点的耻辱！

　　【落座于空间主演区左侧区域内框架式可移动平台内的弗利安斯启动金属切割机，霎时火花四射！麦克白缓缓倒于空间右部右侧前区浴缸内，如同名画"马拉之死"一般。

　　女　巫：（加延迟混响，幕内）万岁！麦克白！

　　【音乐渐强。切光。

　　剧终。

温馨原来是这么富有

　　　　　　　　　　　　　　（改编自莎士比亚悲剧《麦克白》）

178

蔡福军，福建省艺术研究院二级编剧。主要作品有昆曲《襄王遇菽》（获田汉戏剧二等奖），高甲戏《淇水寒》（获省戏剧会演剧本一等奖），越剧《潇潇春雨》（入围 2017 上海小剧场戏曲节），儿童剧《幼童留洋记》（入围 2016 年文化部剧本扶持工程，参加第八届中国儿童剧展演）实验话剧《我们的麦克白》，京剧《苏东坡与王安石》（入围 2017 国家艺术基金青年艺术人才资助）等。

南岛语族的摇篮

◎ 马照南

南岛语族，是平潭国际旅游岛的闪亮名片。各地来海坛游客，往往争相一睹南岛语族文化遗址，看看琳琅满目的文物，坚固奇巧的石头房；看看7000年前，南岛语族人的生活场景……可以想象先民驾驭独木舟，横跨台湾海峡，踏浪南太平洋的雄姿风采。

仲夏时节，我怀着深深的敬意，踏访平潭南岛语族文化。下午时分乘车西行，沿途天高云淡，道路宽阔平坦，四野大树莽莽苍苍。茂密的木麻黄树林，排列成行。眺望远方，水何澹澹，山岛竦峙；海接连碧，蔚蓝一色，充满诗意，让人心旷神怡。

首先来到正在建设的平潭南岛语族遗址公园展馆，这是世界首座南岛语族文化主题遗址公园。迎面看到的是南岛语族的图腾。进入巨大的钢梁保护棚，考察龟山考古发掘现场。小山坡上，一排排深浅不一、大小相同的整齐方块坑田（据说这是考古发掘的常规探坑，或叫探方）。有一块方块田，挖掘得比较深，呈现出多个不同的文化层，让人体验到我们的先辈在这块土地生活的悠久历史。方块田散布着少量石器、石球、石块、陶网坠、陶纺轮和大量残破陶器片。作为贝丘遗址，依然存有许多远古贝壳。据陪同参观的小钟介绍，这里发现大量的海生贝壳和鹿类骨骼，表明当时人类谋生的主要手段是海洋捕捞和狩猎。许多方块田有明显的干栏式建筑的柱洞，这是南岛语族先辈们居住的干栏巢居，也称栅居，是远古时代的人们在木（竹）柱底架上建筑的高出地面的房屋。这种建筑有明显的优越性，现在国内广西、云南和东南亚一带还盛行。方块田也类似耕种的田地，有猜测是先民种植过块茎作物。有意思的是，在一块方田之上，发现一口古井。古井以石头铺就。过去考古工作中发现2200多年武夷山汉城古水井，水清冽可口，依然可以饮用，被誉为"华夏第一井"。现在发现这口3000年前的古井，是否应该称之为"南岛语族第一井"？

走出保护棚时，恰遇考古专家、平潭国际南岛语族研究院范雪春院长，他正忙着调试新的考古器械。他热情地介绍说，我们看到的是平潭晚段史前遗址，是全新世高水位时期保留下来的史前遗址，还有更多更早的新石器时代遗址在海水面以下。原来，南岛语族先辈生活在10000多年以前，那时处在冰期末尾，海平面比现在低100多米。当时的台湾和大陆是连成一体的，台湾海峡并没有海水，是一片郁郁葱葱、繁花杂树，水牛和鹿等的天堂，各种动植物和谐相处，南岛语族的先辈们在这里快乐地生活繁衍。后来，海水慢慢上涨，原先居住地逐渐向两边上移。海水泛滥，最终形成一湾浅浅的台湾海峡，使两岸远离。大约距今6000年，生活在大陆沿海的南岛语族先民开始向海洋迁徙，直至征服整个太平洋上的大小岛屿。

随后，侯副院长、小钟陪同我来到壳丘头遗址公园规划展厅、海丝遗珍展厅以及史前文化展厅。这些展厅设在平潭岛很有特色的石头房内。海风肆虐，有时会把房顶掀翻，于是南岛语族后人就在房顶压上密密麻麻的石块。石头房冬暖夏凉，十分坚固，足以抵挡沿海台风和海浪的侵袭。为体现特色，这里收储了全村31栋传统石头厝，经修缮改建，形成了独具特色的南岛语族考古科研区、展示区、遗址保护区和生活服务区。走进展厅，就走进南岛语族的辉煌历史，让人感受到，这里就是海洋文化发祥地——南岛语族的摇篮。

平潭南岛语族遗址分布十分广泛，经考古探测发现了旧石器至青铜时代27处史前遗址。据介绍，这些年考古工作者在壳丘头、东花丘、榕山、龟山等遗址出土大量石器、陶器、骨器、贝器、玉器等，以及数以万计的陶片标本。有美丽的泥蚶壳、牡蛎壳、丽文蛤壳、荔枝螺、锈凹螺、蝾螺、管角螺等，有坚固的海龟骨、鱼骨、鹿角、鹿牙、山麂、野猪下颌骨、水牛胫骨等，有先人们烧制的陶釜、罐、壶、盆、碗、杯、盅和支座等，还有诸多未打磨和打磨过的石斧、石锛、石杵、石刀、石矛、石箭镞等。好文物会说话。这些挖掘出来的各样物品，以及各类图画，携带远古的文化气息，给人们展现了一幅7000多年前壳丘头南岛语族的生活、生产图景。树木茂密、花草繁盛的丘陵，杂树丛生、虫蝶飞舞的平原，海波汹涌曲折蜿蜒的海岸，先民们在两岸海滩上采贝、海上捕鱼、林中狩猎，席地而坐，

温馨原来是这么富有

制作各类打制石器、磨制石器，烧制釜、罐、盘、碗、壶等陶器。在制作的石器中，最重要的是各类石锛，正是有了石锛，先人们可以砍伐树木，制造独木舟，实现远航的梦想。他们唱歌跳舞，以海为生，繁衍生息。他们想念隔海同胞，向往海洋……

令人备受鼓舞的是，2018年，中科院傅巧妹专家团队通过对龙岩漳平奇和洞、马祖亮岛等史前遗址出土的人骨遗骸古基因组测序比对研究，明确福建内陆及沿海岛屿一带8000多年前的古南方人群是南岛语系人群的祖先。平潭，正好位于这个来源地的核心区。

南岛语族是什么样的群体？

文献记载，300多年前1706年，荷兰学者莱兰特等来到南太平洋，他们发现太平洋上大大小小的岛屿，生活着自由自在的人类，他们有共同的特点：他们使用的生产工具主要是石锛，他们所使用语言的一些词汇是一样的，他们的航海能力和所造的船只是一样的，他们人类体质学的特征是一样的，他们的生活习俗是一样的（如干栏式建筑、喜欢文身）……于是，将他们命名为南岛语族。南岛语族是目前世界唯一分布在岛屿上的一大语系，主要居住中国的台湾、海南，东达南美洲的复活节岛，西到东非洲外海的马达加斯加岛，南抵新西兰，包括越南、菲律宾、马来西亚、新加坡、印度尼西亚、马达加斯加、新几内亚、新西兰、夏威夷、密克罗尼西亚、美拉尼西亚、波利尼西亚等各地岛屿。据统计，南岛语系包括1200种语言，使用人口约2.7亿。平潭先民早在欧洲人环球航海时代开始以前，就已经居住在南太平洋地区的大部分岛屿，这无疑是哥伦布之前，人类文明史上最壮丽、最宏大的海上移民。我们的祖先通过对星星和航流的认识，发明了导航技术，撑着单边独木舟和双连独木舟，成功地在南太平洋中的一个又一个岛屿登陆，并得以有目的地在数万里的海域内来回航行，快乐生活，繁衍生息。

2010年11月，远在1.6万海里之外的南岛语族后人，6位法属波利尼西亚的南岛语族后人，驾驶一艘仿古独木舟，从南太平洋上的大溪地出发，漂洋过海1.6万海里，寻访祖先足迹。在沿南太平洋航行了116天之后，他们到达平潭，并认定其族群的发源地正是平潭。这6名南岛语族的后代，历尽艰险，自茫茫大海中，来到远古祖先阔别几千年的家园，他们回到远古的故乡，回到孕育南岛语族的摇篮，朝拜南岛语族圣地。

这是怎样令人激动的场景？平潭以自己博大的胸怀，热情拥抱迎接来自南太平洋岛国的游子。可以相信，随着我国开展的多形式联合考古，还有日益密切的经济文化交流，有了南岛语族第一次寻根问祖，就一定会有第二次、第三次……

返回途中，车窗外依旧蓝天如洗、白云悠悠、水天一色。极目远方，大洋深处白帆点点。平潭圣地，生生不息的南岛语族文化，它的光芒照亮东南，照亮海峡两岸，也照亮广袤无涯的南太平洋……

马照南，曾任中共福建省委宣传部副部长、省委文明办主任、省政协提案委副主任，现任福建省炎黄文化研究会常务副会长。

仙人井

◎ 朱谷忠

仙境之说，源于中国远古神话。真正穷究起来，不管传说是在哪里，即便去看了，总归虚无缥缈。不过，这些地方，确也风景绝美，如"蓬莱仙界""桃花源"等等。至此终于明白，仙境原来是人的精神上的一种意象，是大自然向人敞开的一种襟怀，是与物同游、天人合一、相与言语的一种境界。

其实，世间万物，莫不可观，每观一物，莫不有所得。这回，我前往探寻的是位于平潭岛流水镇王爷山绵延数里的一片"东海仙景"。一入境地，便见南麓海滨一带，险崖峻峰，临海而立，任海上波浪层层叠叠推涌而来，或轰鸣，或呼啸，或涛头拍岸，或浪花飞吻，感觉轻晃中又巍然耸立，确是难得的一个观潮好去处。

不过，在此观景，与穿行在青山绿水中感觉迥然不同，也不是花间醉然品酒、茅舍淡然品茶，更来不得浅吟低唱；因为，当人登上高峻的礁岩，头顶晴空万里，耳边海风飚飚，看到的是历经风浪的沙滩，留下不尽斑驳和亘古豪情的飘逸；而苍茫旷远的大海，看一眼，便让人的胸襟装满了时光的倥偬和沧桑。

这是"东海仙景"给我最初的印象。进入景象阅读，不论是当地有关远古仙人们驾临此地留有的神话，还是教科书上此地白垩纪火山岩的生成历史，"东海仙境"都会以它的雄浑壮美给人难以抵御的诱惑。景区由"仙人井""仙人峰""仙人谷"等景点组成，使人不禁联想，当年这些仙人居于此地，肌肤若冰雪，绰约若处子，不食五谷，餐风饮露。后来，乘云气，御飞龙，游乎四海之外去了，只留下各自孤独而又神秘的幻影。当然，这些地方，自从被世间的人命名的那一天，时光的尘埃便悄然飞散，海上粼粼的波纹，也会以"荡摇浮世生万象"的幻境，一下迷住了来者的眼睛。不用说，那些神话传说，那些红尘旧梦，那些风吹浪打的日子，那些温暖繁华的记忆，甚至无数的细节，不断补充又扑面而来。如今，所有光阴的角落都已敞开，这些地方，就像一本书的章节一样，让人一页一页慢慢地轻翻着，有离奇，有惊喜，有心揣过，有泪烫过，也不知是别人的还是自己的，总之是温热迷人的。

这里，我已急不可耐地要说说自己"半日游"的观感。

这是夏天的一个午后，在平潭文旅局小简和导游小张引领下，我们来到危岩高耸、气势磅礴的仙人谷。这个峡谷，完全是从海边冒出的，属海蚀沟状地貌，因此，山体看上去像被巨斧一下劈开，形成长 70 多米、宽 30 余米的两面绝壁；它们矗立着，岩石裸露，却无一点刻骨的伤感，显得孤傲俊朗，黝黑发亮。细看，岩壁上青苔斑斑，裂缝处有不知名的植物附着而长。最奇的是峡谷之中，铺满密密麻麻椭圆的鹅卵石，这是亿

温馨原来是这么富有

万年来潮起潮落海水冲刷的结晶。走在谷底，踩着光溜溜、大小不一的卵石，"咔嚓嚓""哗啦啦"，似踏进一条石头的河流，虽说单一，倒是呈现出一种不落世俗的纯净状态，恍若禅境。而这种禅境，是亲切的，从不拒人于千里之外。也许，这正是身处海与岸的毗连之处，默默堆积的卵石自有凡人所难探求的生命自在；其天真之气，则体现在大小与形状的趣味上，从线条到形象，无不圆润稚嫩，拙朴可掬。在此之上慢慢走着，感觉与仙人一样，气定神闲，优哉游哉，不啻是一种美妙的人生体验。据小张说，每年夏天，到此游玩的游客，总是下到仙人谷底，把玩那些黛青的鹅卵石，久久不忍离去。待回到谷上，于天高云淡、蓝白相间的背景下，俯瞰海岸边，长堤栈道，游船码头，水阔天远，似一幅彩画铺在眼底。

时光荏苒，如今人类对海洋的认知已由肤浅变为丰富，由陌生变为了解，因之，无论是游走在仙人谷或由此转入仙人峰，站在山海之间，长天朗润，大海碧蓝，岛屿奇崛，光谱迷离，让人恍若身临仙境、遨游太虚。大自然的鬼斧神工就这样把惊人的创造抛洒在海岸线上，让人在色泽炫美的景致环抱中，身心沉浸在一种特有艺术氛围里，一时灵光四射、激情奔涌，浩瀚的音律从心中飞出，去碰触这一片美妙山海的不尽意蕴。

不用说，最为震慑人的是以险绝神秘著称的"仙人井"。移步来到第一个观景台前，只见一口庞大的井状火山岩形成的洞穴赫然在目。这口巨井，深47米左右，井口直径超过50米。井中，水波飞旋，不停击打着岩壁，声若铜钹铁板，喤喤铮铮；

仙
人
井

又似洛洛滚雷，穿壁裂岸……不尽水花，在井中簇拥着，撞击着，咿咿嘈嘈，发出千奇百怪的声响，因此平潭民间很早就有了"龙宫奏乐""龙宫献宝"等传说，为仙人井增添了一层神秘色彩。据流水镇东美村的渔民说，此处每当风雨来临之前，井口都会引来成千上万的蜻蜓，羽翼纷聚，色彩斑斓，灿若云锦，扑朔迷离，故称之为"龙宫献宝"。每逢初一、十五大潮时，井中则浪花飞溅，涛声轰鸣，犹如金钟撞响、铜鼓齐擂，故有"龙宫奏乐"。其实，这是因井中潮水冲击岩石的鳞隙，水石相搏，声如洪钟。面对如此奇妙之景，中科院地理专家称，"其壮观险绝，可与昆明洱海之滨雄甲天下的'龙门胜迹'媲美；其浪潮雄壮气势，堪比'钱塘观潮'"。

从外观看上，仙人井的岩壁石块大都呈朱红色，显而易见是火山岩喷发后形成的海蚀奇观。那天，我斗胆靠近井沿往下望去，只见井底的东北和东南角各有一人多高的洞口通往海面。正值涨潮，汹涌的潮水如两条蛟龙从洞口往井里穿梭，强强相遇，互不相容，扑腾滚翻，扭结撕咬，喷射起簇簇白色的飞沫，如同刚揭盖的一锅沸腾的滚水，雾气袅袅，令人头晕目眩。

据《平潭县志》记载，潮水从这井底双洞涌入，"声如洪钟，响彻云霄，观者无不惊心动魄"，所以此井又有"仙井吼涛"的美名。不过，当遇南风时，海上风平浪静，井下侧边的两个洞口在海水退潮后便裸露出来，形成井与海之间的通道，可驾小舢板进入井中，来一次"坐井观天"，倒是优哉乐哉。据说，夏季进入井里，不仅凉爽逼人，而且险趣横生，因为洞口狭窄，需要弯着腰才能入内。但一定要算好潮水，如果遇到涨潮就出不去了。能进入井洞内探险，是一种极为刺激的体验。

这时，小简告诉我，仙人井处于平潭岛君山火山喷发中心的边缘地带。地质专家发现，在井里，其实有 4 个海蚀形成的洞口，使得仙井底与海相通，其中西北向和东西向的海蚀洞显而易见，东北向的一组则相对隐蔽，而这 3 个方向的 4 个海蚀洞，与仙人井的形成有很大关系。专家分析，仙人井是各种海蚀综合作用形成的海蚀竖井。它的神奇就在 3 组 4 个海蚀洞在仙人井交汇，形成规模比较大的海蚀掏空区。由于底部岩层被掏空了，引起上部岩层出现垮塌、冒落，直至冒顶。

听罢介绍，我随手抓一块小石子丢下深井，悄无声息，像一粒沙，落进牛胃里。

关于这口巨井，当地传说，是八仙中的铁拐李曾云游到此，时值炎夏，口渴难忍，便用手中的拐杖在这山头中敲出来的。还有一个故事，却使我黯然了半晌。相传古时，平潭曾有 18 名学士，为一睹仙人井真容，驾着舢板就出海了，没想到海面上突然狂风大作，18 学士葬身大海，化成了 18 块墨黑色的礁岩，从此伴着涛声，守护着仙人井。站在仙人井旁的观景台向海面望去，一座座礁岩无序排列，浪花环绕，在茫茫的大海中时隐时现，这就是当地人称之为"十八学士石"的景点。

记得童年时，我就在故事里听到天下所有的井是通往神灵的暗道，它会记下探头去看井的人的面孔，让人心生恐惧。此刻，我却愿意再一次躬身看井，希望这古老的海井像一头老牛巨大的胃囊，反刍出 18 学士藏身在海底什么地方，是否还有一些欲语还休的感伤和离殇，在他们柔软的心扉来回跌宕，千回百转，百转千回？海底，可望得见清晨海上的一轮朝阳，或在晚上垂钓到一缕月光……

是的，诚如地质专家推断：神奇缥缈、烟涛微茫的"东海仙境"，其实是由漫长的地质发育年代，历经大自然的精雕细琢而塑成的。在未来的数百年内，随着海蚀作用的加剧，几个大的海蚀洞会越来越大，完整的"仙人井"或将不复存在，或将形成更为神奇的景观。因为大自然的力量，就像魔术师，总能出其不意，叫人叹为观止。

朱谷忠，福建莆田人。中国作家协会会员。著有《乡野情歌》《潮声》《五彩恋》《酒吧小姐》《红草莓的梦》《回答沉默的爱》《笑傲黄金》《朱谷忠散文选集》《花开的声音》《新闻内幕》等。

温馨原来是这么富有

风清沙白坛南湾

◎ 黄文山

坛南湾，是一个让人流连的地方。

这里地处海坛岛的东南部，岬角突出，海岸弯曲，相衔着远垱澳、岐沙澳、田美澳等大大小小 13 片沙滩，绵延 22 公里。

当地朋友说，要看坛南湾，先上将军山。将军山位于海岛东南端的岬角上，原名老虎山，是一座嵯峨石山。大约因为海风大的缘故吧，山上看不到连片的树木，只有一块块大大小小裸露的石头，布满山坡，徜徉其间，如同赴一群群石头的聚会。满山的石头，在蓝天白云下，在海风吹拂中，忽然生动起来。它们或团团围坐一圈，谈兴热烈；或三三两两漫步山间，悠闲自在；或独卧草丛，酣然而睡；或昂首凸肚，仰天长啸……这里是石的家园，也是石的舞台，石们在这里尽情展示它们的个性，却让人看尽世间万千情态。它们或俊采飘逸，或苍然古拙，或硬骨嶙峋，或锐峰戟立，各具情性；而又互为依托，互为映衬，互为延伸，展示了一种群落的差异美，同时，也是和谐美。

从山上俯瞰，坛南湾海滩尽收眼底。坛南湾的南北两端都是长长的石岬，嶙峋的崖岸深深地楔入蔚蓝的大海。像是陆地坚定的脚步，一块岩石摞着一块岩石，不管风吹浪打，只是执着地向着目标走去；又像是陆地伸出的两道长长的手臂，热烈而忘情地拥抱着胸前波涛起伏的大海。那情景，让人着迷。

天蓝得出奇，那是来自太平洋的海风，吹散了浮云，吹出了一片如此湛蓝的天空。蓝天下一边是波光粼粼的海面，一边是绵长雪白的沙滩，点缀着簇簇黑色的礁石，似乎是弯弯秀眉下的一只只闪闪发亮的眼睛。蓝天碧海，水天一色，美不胜收。但最让人震撼的还是簇拥在沙滩身后的大片大片墨绿色的木麻黄林。

坛南湾也曾是岛上风沙肆虐之地。"平潭岛，平潭岛，光长石头不长草。"这不仅是一句民间顺口溜，也是岛民对恶劣生存环境的自我解嘲，其间的心酸和无奈自不待言。

如果说石头和沙子是这里的主人，那么，风和浪就是这里的常客。记得 30 年前，第一次到平潭，对岛上的风沙印象深刻，曾写下这样的文字："整座海坛岛的形状就是风沙和海浪雕塑成的……这里的风，不但听得到声音，看得到踪影，而且摸得着形状。偌大的海滩上，整齐地划着一道道辙印，如同有谁用巨梳细心地梳理过，不用说，这就是风的足迹了……在海边，风和沙是须臾不可分的。没有风，沙只是一些没有生命的石头粉末，沉默而驯顺。可是风煽起了沙的原始野性，风沙在岛上纵横穿行，呼啸有声。在岛上旅行，处处可以看到对风沙的警戒。渔村的屋瓦是特制的，每片有半寸厚，上面沉沉地压着石块。山坡上的树是偃生的，挤挤挨挨，盘缠交错，似乎正严阵以待

温馨原来是这么富有

一场场即将与风发生的战事。"直至今天，在海边的一些古老渔村，石屋、石瓦仍然是不变的风景，述说着多年前与风沙相搏的故事。

而今，岛上的风沙早已不再肆虐，一处处原本荒寂的海滩成了旅行者青睐之地。正是遍植的木麻黄树林改变了海岛的环境。

我们穿过一片茂密的树林，来到远垱澳。远垱澳三面低丘环抱，一面向海，周围全是密密遮遮的木麻黄树林。这些并不高大也没有优美造型的树木，却有极好的防风沙作用。草木的生命意识在风沙面前表现得特别强烈，也特别动人。一棵木麻黄，也许显得弱小，但当它们集合在一起，枝叶挽着枝叶，根系挽着根系，一棵棵、一排排、一层层，站成一个个凛然方阵，站成一道道坚固长城……便风雨不动，沙石难移。

年复一年，海岛上林茂草长，风清沙平，岁月一下变得静好、和谐。

远垱澳以白沙滩闻名，细沙如棉，色白似银，沙粒均匀纯净。沙滩松软平展，银白色的沙子细腻密实，踩上去，感觉有微微的弹性。倘赤着脚在沙滩上漫步，一股凉意顺着脚心，一直沁入心脾。沙滩上散落着一列列礁石，模样十分可爱。礁石的形态各异，石面光滑，身上遍布海浪抚摩的道道痕迹，组成一幅幅斑斓的图案。

这里是典型的海蚀岩景观，说得更通俗一些，是海浪的艺术展台。海尽情率性地施展它们的才华，将一块块坚硬的礁岩拿捏雕刻成各种各样的形状，随心所欲，惟妙惟肖。有的像卷毛狮狗，忠诚地蹲守在海边；有的如巨大的鳄鱼，静静地趴伏在岩面上；有的似燃尽的烛台，排列有致；有的简直就是天造地设的丛丛蘑菇……当然还要有风的助兴，风不时怂恿、推送着波浪呼啸而来，溅起高高的浪花，风浪的雕刻作坊，从来都是这样喧腾，气势不凡。一时，让人不禁感叹：东海的波浪，竟有如此丰富的想象力和创造力。

转过一个山岬，顺着一条平展的游步道，我们来到岐沙澳。这里的小渔村，开设了各种海鲜排档，是食客们的钟情之地。

岐沙澳的海滩上排列着一艘艘渔船，十多个渔民正在忙碌着，整理渔网，准备拉网讨小海。旁边围着一些看海的游人，一个个兴致勃勃。有几个年轻人跃跃欲试，也想亲身加入拉网的行列。不多时，第一网海鲜上岸了，看得到网上的鱼虾在活蹦乱跳。海滩上的人们一拥而上，争相购买这大海送来的第一份馈赠。

海边有供游人休息的廊亭。在这里看海，别有一番韵致。海从远天而来，挟着白色的浪花，鼓荡着、啸叫着，与礁石厮缠，而后一遍又一遍轻吻着沙滩，将一种奔放和柔情演绎得淋漓尽致。

正是平潮时分，翻腾的海终于安静下来了。骚动的人心终于安静下来了。只有用平和的心看着平静的海，才知道海有多么美丽，才知道平和的日子有多么美丽。

听着、看着这一层层湛蓝的波浪轻轻地翻卷、呢喃，我们的心也沉醉了。

许多游客到坛南湾，还想一睹"蓝眼泪"的奇观。春夏的夜晚，当南风天和涨潮时，在海浪的拍打下，沙滩上会出现无数荧光般的蓝点，霎时，整条海岸线犹如银河夜空般美丽。当地人称之为"蓝眼泪"。远垱澳也是"蓝眼泪"出现频繁的地方，难怪，这里的沙滩，被人比喻成海岛一道最美丽的秀眉。

黄文山，1949年生，福建南平人。历任《福建文艺》编辑、编辑组长及编辑部主任、副主编，《福建文学》主编。中国作家协会会员。著有散文集《四月流水》《相知山水》《砚边四读》，主编《福建当代游记选》《武夷山散文选》等。曾获冰心散文奖和郭沫若散文随笔奖。

永不止歇的回声

——为平潭藤牌操存照

◎ 杨际岚

一

2017 年 1 月 11 日，平潭藤牌操入选福建省级非物质文化遗产代表性项目。

同年初秋，9 月 22 日，海坛古城为出席中国——小岛屿国家海洋部长圆桌会议的嘉宾表演了平潭藤牌操。兵勇们手执藤牌，长枪短刀齐上阵，腾跃翻卷，呐喊声、锣鼓声连成一片。这热烈欢庆的场景，意味深长。圆桌会议通过了《平潭宣言》，强调致力于提升合作水平，巩固合作关系，构建基于海洋合作的"蓝色伙伴关系"。平潭藤牌操的前世今生，为从对抗走向合作的时代大势，做出了别样的生动诠释。

二

由战场到舞台，军事阵法到民间舞蹈，平潭藤牌操历经了400 多年的风风雨雨。

仲夏时节，探访位于城关盛南庄的藤牌操训练基地。不知从哪儿，悠悠传出毛阿敏演唱的《三国演义》片尾曲《历史的天空》：

暗淡了刀光剑影／远去了鼓角铮鸣／眼前飞扬着一个个鲜活的面容……历史的天空闪烁几颗星／人间一股英雄气在驰骋纵横。

方才在训练基地，舞台两侧楹联扑入眼帘：

戚家军挥师止戈摆兵布阵所向披靡削倭寇；

大路顶尚武治戎操练藤牌势如破竹荡海平。

这"摆兵布阵"，"兵"，是"戚家军"，"阵"，是"鸳鸯阵"。戚继光组建了戚家军，始创了鸳鸯阵。在世人眼里，戚继光，犹如灿烂星汉中熠熠生辉的星辰。

戚继光于嘉靖三十八年（1559），至义乌南乡，招募3000兵丁，训练成骁勇善战的戚家军。募兵规矩十分奇特，只招"乡野老实之人"，忌用"城市游滑之人"。"鸳鸯阵"的战术，也是针对他们的特点而设计的。其前身为"鸳鸯伍"，由明代名将唐顺之创立。戚继光受命赴浙闽，目睹沿海山陵崎岖、沼泽众多，不利于大规模兵马投入，倭寇善设伏，常是短兵相接。戚继光"出于法，而不泥于法，合时措之宜也"，创下灵活机动的鸳鸯阵。此阵以12人为1队。队长居首；左右前方，有方形、圆形藤牌各一；1对狼筅，4支长枪，2把镗钯，依次排列；伙夫殿后。长短相杂，刺卫相合，以团队之力克敌制胜。阵势强调协作配合，作战时犹如结伴而行的"鸳鸯"，故名"鸳鸯阵"。它成了近身作战的法宝，堪称冷兵器搏击时无懈可击的强阵。十年间，戚家军驰骋浙江、福建、广东3省，先后与倭寇交战80多次，未尝一败，终于平定倭患。记录明神宗在位期间史事的《明神宗实录》，对戚业绩如斯论断："血战歼寇，勋垂闽浙，壮猷御虏，望著幽燕。"登朝垂50年的清代政治家张廷玉，则以"飚发电击，屡摧大寇"一词盛赞戚家军的雄姿。而戚家军的事迹，早已流传于坊间乡野。当年抗倭，每逢阴雨，军中难以举灶，戚便下令烤制面饼，用麻绳串起挂在身上充当干粮，后流入民间，普遍食用。后人感念，称其为"光饼"。如今，光饼已成了一道老少咸宜的小吃。平潭藤牌操，更是镌刻戚公印记，成为文化遗产，传之久远。

三

藤牌操源于鸳鸯阵，用于日常训练，以提高军队战斗力。明嘉靖四十三年（1564）暑间，戚继光率部渡海入岚，全歼流窜踞守于海坛岛的倭寇。藤牌兵向乡勇授艺，藤牌操自此传入平潭。

斗转星移。海坛岛一度是郑成功抗清基地之一。驻扎期间，郑军开始在民间推广藤牌操，出现军民共练的场景。

随着冷兵器在战场上主角光环的消退，藤牌操战阵搏杀形态逐渐置换为军事训练项目。乾隆年间，温州水陆总兵、平潭城关人氏詹殿擢对藤牌操进行大幅度改编，成为海坛水师练兵

温馨原来是这么富有

之宝。其墓志铭曰："天诞将才，承先启后，式著雄略，垂于永久……"清政府统一台湾后设立了台湾府。随后又实行班兵成台制度，以平潭籍兵士为主的海坛镇水师作为主力参与其中，为戍卫海疆做出突出贡献。他们也把藤牌阵法带到台澎各营地。台北故宫尚藏有阵势图，弥足珍贵。

清末武略骑尉、平潭城关大路顶人陈锦和携名士蒋松远，于民国初期在县城福兴寺开设武馆，传授藤牌操，并流播于流水山门前和中楼中广等地，至今已延续6代。陈锦和引进戏剧、体操、舞蹈、音乐等元素，整理升华了藤牌操，不断改善，融武术操演、体育锻炼、娱乐游艺于一体，开创出流传至今的藤牌操表演范式。其演式，有单练、双练、连环打、列阵等。藤牌操的主要动作有鸳鸯步、鸟仔跳、牛踏稻、观音坐莲、弥勒祖肚、太公独钓、魁星踢斗、关帝捋须、老鹰落地、虎子穿腰、鬼仔顶鼎、黄猴担水、鬼仔挑担、狮子含剑等。表演时，乐队吹号擂鼓。舞台布置东西城门，黄色三角旗排在两城之中。队员相互对插，然后成排，称为"一字长蛇"阵；紧接两队分成矛盾阵容，时跃时伏，从天幕前往前台行进，称为"二龙出水"阵；通过舞台队形的变化，演员速成天、地、人三队，称为"三才定穴"阵；演员随即从东西南北方向往中央围攻，称为"四门兜底"阵；紧接"五虎下山""九宫八卦""十面埋伏"阵等，摸爬滚打，冲杀击打。演完八阵后，鸣金收兵，在锣鼓声中，凯旋入城。此时，蹿出一个"红毛"（侵占台湾的荷兰兵），手端长枪，东张西望，一个藤牌手突然跃出，从"红毛"背后击其头部，"红毛"即倒毙在舞台上。此时，灯光明亮，火炮齐鸣，藤牌手舞狮庆贺，结束表演。

1953年，平潭驻军派员驻扎大路顶庄一个多月，习练藤牌操基本功法和攻防套路，在全军军事技能比赛中一举夺魁，被中央军委首长誉为"军事第一操"。1958年，上海电影制片厂筹拍《小刀会》，剧组人员也前来学习阵法，影片上映后，藤牌操进入世人视线。

改革开放以来，苍木抽新枝。20世纪80年代后，原大路顶村民外迁至锦湖庄异地重建福兴寺。之后，在寺前广场上建成藤牌操基地，用于训练和展示。平潭大开放大开发，为文化事业注入强劲动力。平潭藤牌操协会成立，蒋心华、黄水华、陈文英、张纬荣等扛起"传帮带"重任。传承触角延伸至军营、警所和中小学。各级各类媒体纷纷关注，通过央视国际频道、科教频道等，传遍五湖四海。

四

作为非物质文化遗产，平潭藤牌操发展历程传递着历史的悠远回声。其始创者戚继光，当年为儿郎命名：祚国，安国，昌国，报国，兴国。心心念念，全是国家社稷，黎民百姓。这也正是藤牌操的魂魄所系。平潭藤牌操承载着古往今来仁人志士不惧暴虐、英勇御敌的意志，护国佑民、维护和平的理想，是海坛儿女无比珍贵的精神财富。

夏夜，浩瀚银河，群星闪烁。"一年三百六十日，多是横戈马上行"的戚继光，"开辟荆榛逐荷夷，十年始克复先基"的郑成功，扼守东南重镇"外御盗贼，内护省会，下保兵民"的海坛水师……震古烁今，辉映历史长空。进入新时代，平潭综合实验区建设者正继往开来，把握千年一遇的契机，创造亘古未有的辉煌。

长篇历史小说《藤牌操传》(林为梁著)出版，我曾应约作序，谨附于文末，聊表笔者对于先贤、对于时俊的由衷敬意。

儿时上学路上，经过大路顶，只见一群健儿正左执盾牌，右挥短刀，腾挪劈杀，操练着藤牌操，那虎虎生威的架势，过目难忘。

藤牌操，穿越时空，联结着：

一位英杰，戚继光；

一片海疆，平潭岛；

一桩往事，平定倭患。

首届青运会，我受邀参与开闭幕式创意策划，提议植入藤牌操，各方人士无疑义地给予肯定。

藤牌操，俨然成为一方地域品牌，一个文化符号，一种精神象征。

在平潭藤牌操协会的策励下，林为梁倾注热情和才智，以藤牌操的形成、演化和推广为核心情节，以戚继光一众人等及其后裔为人物线索，串联起明清至当下的云卷云舒、潮起潮落，演绎人生悲欢离合、世态冷暖炎凉。其基轴，前有抗寇护民，后有抗日救国，绵延数百年。书中既闪烁刀光剑影，又洋溢侠骨柔肠，读来唇间遗香，耳畔回响。

还记得，21世纪伊始，夏秋间，首次赴山东。往蓬莱，于戚继光雕像前久久徘徊。"封侯非我意，但愿海波平。"一代英烈威严刚毅的眼神和身姿，让人肃然起敬。戚将军及其亲手培植的藤牌操，掠过历史长空，留下永不止歇的回声……

杨际岚，1949年生，福建平潭人。毕业于福建省广播电视大学。历任平潭县报道组干事，《福建文艺》《福建文学》编辑，《台港文学选刊》责任编辑、副主编、主编。中国作家协会会员，福建省作家协会副主席，福建省台湾香港澳门暨海外华文文学研究会会长，中国世界华文文学学会秘书长。著有杂文、随笔集《人世间》，发表杂文、随笔、评论等数百篇，选编作品集十余种等。

窗前的色彩

◎ 戎章榕

    走进平潭采风，邀请方非常用心，安排作家们下榻宇诚海景国际酒店。酒店窗户面对龙王头海滨浴场，临窗就是一幅画，蔚蓝的天空、深蓝的海水、银色的沙滩、绿色的护岸、红色的晨曦……色彩斑斓，动感十足。这幅画的色彩还随着一天不同时光呈现不同的变化，美轮美奂。不少作家在朋友圈秀图，见此我突发灵感，就写写窗前的色彩吧。

    众所周知，平潭2016年被定位为国际旅游岛发展战略。那么，什么才是平潭的地标呢？是石牌洋、仙人井，还是石头厝、一片瓦？前者固然是海蚀地貌全国独秀，后者也不乏平潭的特有风情，但我总觉得与滨海旅游联系得不够紧密。谈及滨海旅游，在常人眼里总离不开海水、沙滩、白帆、阳光、遮阳伞……因此，我认为，龙王头海滨浴场才是平潭国际旅游岛的一张靓丽名片。

    我国大陆海岸线总长3万多千米，拥有多少沙滩？拥有多少海滨浴场？龙王头浴场有胜人一筹的筹码吗？

    有！平潭人骄傲地回答。

蓝

伫立窗前，给我的视觉冲击是：蓝。

海天一色，蓝得纯粹，蓝得澄澈，这里不需要任何滤镜的，大自然就是最美的调色师……

在为期两天半的采风期间，我听到最多的一个词：平潭蓝。

在采风的所闻所见中，我感受最深也是一个词：平潭蓝。

我掐指回忆，有整整两年未来平潭，而 2018 年一年就来了 3 回，最后一次是随中国作家协会庆祝改革开放 40 周年主题采访活动抵岚。两年后重返，给我最大的惊喜是，"平潭蓝"如期而至、名不虚传！

我此行还听到一个美誉之词："东方圣托里尼。"

圣托里尼我曾慕名前往，将平潭与圣托里尼相比，以己蠡见有言过其实之嫌。

圣托里尼是希腊的一个岛屿，面积 96 平方千米，较之平潭 267 平方千米，圣托里尼难以比肩。不论从"千礁百屿"的海蚀地貌，还是 400 多千米蜿蜒银滩，平潭岛的旅游资源也远胜过圣托里尼。但是，圣托里尼是世界游客向往的"圣岛"，一年接待游客上千万人（我两次因为风大无法着陆而返航，第三次才登临），原因是多方面的，依我看来，很大程度上得益于"圣托里尼蓝"。

不仅天空蓝、海水蓝，而且整个岛屿的房子也主要呈现蓝白相间的色调，房屋建在嶙峋的火山岩上，屋墙全是白色，屋顶深蓝色，与天空、海洋混成一体，蓝与白的小镇一如希腊国旗。

蓝色，业已成为当下旅游业的一个卖点，对居住在都市里的人们而言弥足珍贵。不论是"地中海蓝"，还是马耳他的"三蓝"（蓝洞、蓝窗、蓝湖），都是世界游人趋之若鹜的"网红打卡地"。

因此，珍惜"平潭蓝"、呵护"平潭蓝"，是打造"国际旅游岛"的题中之意，也是晋升"国际范"不可或缺的条件之一。

平潭有蓝，与有荣焉，幸甚至哉。更何况，平潭还拥有美丽又浪漫的"蓝眼泪"，构成蓝色的梦幻意境，滋生蓝色的忧郁，足以让人向往，足以让人心动尖叫。

从这个角度来理解"东方圣托里尼"也未尝不可，这是寄望，更是期待！

绿

平潭蓝的出现，很大程度归功于绿。

伫立窗口，往下看去，是郁郁葱葱的绿色植物带。

绿色，不仅养眼，而且励志。

平潭虽有诸多优势，但也有软肋，风大。

因为风大，岛上曾经"光长石头不长草"；因为风大，留有"一夜沙埋十八村"的说法。

为此，平潭在开发之初，没少下功夫，每年至少植树1000万株，这是硬指标。种的是树，树立的则是理念。平潭的开发者始终牢记"优良的生态环境是平潭的真宝贝"的嘱托，几年来累计造林近 15 万亩，森林覆盖率从 29% 提高到 37.2%。

当然，我不只是站在酒店窗前观风景，还来到环岛东路上采访。环岛东路只是总长大约 100 千米的环岛公路的一段，窥斑见豹，环岛公路为平潭岛筑起了一圈绿色的屏障。

在绿化带上，栽种的树种与一般城市的景观大道不同，以防风固沙的树种为主（木麻黄、相思树等），还有塔松、小叶榕和棕榈等，显然，这是绿化工程的提升。

2018 年平潭启动实施"绿岛花城"3 年行动，打造融"山、海、岛、城"为一体的生态空间，选择、引进、试种包括台湾 8 个树种在内的抗逆性强的乔木、灌木、地被等 500 多种植物，实现从单一树种向多树种、多林种的转变，力争用 3 年时间让森林覆盖率超过 40%。

当地朋友还邀我前往海坛湾沿线景观护岸二期工程。工程已经完工，绿化景观设计更加精美，增加了休闲、锻炼功能的人性化设施。当双层观光巴士行驶在环岛东路上，平潭的最美海岸线已不枉虚名。

植树带来的不仅是荣誉——获批"国家森林城市"，入选中国最美文化生态旅游名区，还有实实在在的实惠——优质空气质量天数达到 99% 以上，空气质量综合指数优于全省 9 个设区市。

白

细软的白沙滩,与湛蓝的大海相匹配,相互映衬,相得益彰,白者愈白,蓝者更蓝。

当地人告诉我,龙王头沙滩的沙非同寻常,有三个特点:

沙细。沙质细腻洁白,平均颗粒 0.1—0.8 毫米,含硅量达 96%,是国家的标准沙,不论滩上还是水下,都没有淤泥,踩在上面柔软、舒适。

坡缓。沙滩延绵近 10 千米,平均坡度仅 2.2 度。

水净。海水清洁,透明度高,交换条件好,基本保持自然状态。由于平潭几乎没有工业,因此留下一方未被污染的净水。

这里有号称全国单体容量最大的沙滩之一,但同水平的沙滩有这样好的条件恐不多见。"十里金滩"不愧为阳光、海水、沙滩的 3S 休闲度假之胜地。

如此胜地是大自然的馈赠。因为距离城关近,龙王头是较早被认识和开发的平潭旅游资源之一。妻子早在 30 多前就来过平潭,对龙王头的沙迄今还记忆犹新、念念不忘。

30 多年后今天,平潭的观念随着开发的步伐而变化。让我感慨的,不是当地政府斥巨资在龙王头修建了海渔广场,而是当地管理部门愈加视沙为宝。

龙王头沙滩常年平均风力达 7—8 级,冬季尤甚。

每当冬天来临,寒风乍起,龙王头沙滩就要固沙,在沙滩上打下木桩，围上两层的防沙帐，保护沙子、珍视沙子，是"现代化＋原生态"理念的一个生动注脚。

没有沙子就没有沙滩，有了沙滩才有来年的盛事。

这些年来，平潭依托龙王头沙滩和环岛路，相继举行了跨海峡马拉松交流大赛、全国沙滩排球巡回赛、公开水域游泳锦标赛、世界风筝冲凉巡回赛、国际自行车赛、国家沙雕节等。至此，我恍然有悟，龙王头岂止是滨海浴场，更是展示平潭的一个平台。

在平潭设立综合实验区，是因为这是大陆离台湾最近的地方，平潭到台湾新竹最短距离68海里。在龙王头沙滩，同样留下了"两岸一家亲"的历史见证。沙滩上矗立一块石碑，上书"人类首次横渡台湾海峡登陆点"。这是怎么回事呢？

2014年8月18日12点30分，由"中国横渡第一人"张健领衔海峡两岸14位"泳士"，从台湾的新竹南寮渔港出发，历时5天4夜的接力泳渡，实际泳程为200多千米，成功横渡台湾海峡，于8月22日下午在平潭龙王头海滩成功登陆。

沙质细白的龙王头留下"泳士"登陆的足迹，也留下海峡两岸最短的历史纪录。

红

龙王头沙滩面朝东海台湾海峡，清晨第一缕阳光就照在这个沙滩上。因此，这里成为游客们来平潭观日出的最佳拍摄地。

温馨原来是这么富有

同行的作家中，有摄影界的崔大师，清晨4点多就邀3个美女赶到沙滩上，拍下了激动人心的一瞬间。

不是拿平潭与圣托里尼相提并论吗？那里是世界上观看落日最美的地方呢。

一个日出，一个日落；一个是孕育新的一天开始，一个是将宁静安详伴随夜幕降临；一个是内心躁动而屏息静气期待那波澜壮阔的景象出现，一个是在平和的脸上洋溢着微笑目送最后一抹余晖……同样的岛屿，不同的风情；同样是拍摄，不同是心情；同样是国际旅游岛，平潭距离圣托里尼有多远？

当我凭窗眺望喷薄的日出的那一刻，想到太阳每天都是新鲜的这句话，日出东方，波光粼粼，我期待"龙王头"抬头的那一天！

戎章榕，祖籍浙江慈溪，生于福建福州。当过工人、记者、编辑、公务员，现已退休。福建省炎黄文化研究会理事，福建省作家协会会员。出版个人作品集若干。

寻幽探奇南寨山

◎ 唐　颐

那日观赏航拍平潭岛的影像，突发奇想：盘古开天地之初，定是巨手抓起一把碎石，砸向蓝色东海，顷刻间形成一个麒麟状的海岛，大的石头成了诸如"海坛天神""石牌洋"等显著标志，细末尘埃便化为亮晶晶的环岛沙滩，而不大不小的石块，则堆起绵延起伏的山峦，南寨山就是其中一座。

庚子年夏至季节，我慕名游览南寨山，山利村护林员老林为我导游，半日游程，寻幽探奇，收获甚丰。

古榕石厝　和谐幽远

南寨山东麓有一个古村落，名曰山利，以古榕石厝闻名。有一棵榕树王，年龄已愈300岁，犹如一位历经沧桑、雄风不减的老将军，值守在南寨山风景区的路口，来来往往的游客，皆有仰望他的机会。榕树王的树身似乎是十多株树干合抱而成，树抱树，根连根，须缠须，分不清彼此。枝丫又像群龙腾飞，各自飞向苍天，气势雄伟，甚为壮观。当你走近他的身边，崇敬之情油然而生，此时脑海涌现出冰心老人《故乡的风采》一文中的赞语："其实最伟大的还是榕树，在巨大的树干之外，它的繁枝，一垂到地上，就入土生根。走到一棵大榕树下，就像进入一片凉爽的丛林……"

山利村百年树龄的老榕有十多棵，散落村中，掩映着石头古厝，让你又冒出一个问题："村庄先有榕树，还是先有石厝？"老林的回答不是很肯定，但推理符合逻辑："应该是先有榕树，因为平潭岛的榕树始祖在山利村，我们至今还向全岛提供榕树种苗呢。也许我们先祖就是看到南寨山下榕树成群，是一块防风却沙、宜居宜业的风水宝地，才择此而居。"

老林告诉我，凡有百年以上历史的石头厝，皆有个显著特征，即保留着高高的马鞍形风火墙和"M"字形或"人"字形的瓦顶，屋顶必用石头压瓦，以防台风掀顶；走进厝内，看看楼梯是否用石条搭建的，之后建的石厝，就少了这个特点。

登上南寨山，回望山利村，可欣赏到一幅独特的风景画：清一色的石头厝，灰中泛白，质朴无华；清一色的榕树，青翠如黛，稳重葱郁，背景是蓝天白云，阳光灿烂。

令人惊叹！古榕树与石头厝竟能如此和谐与默契，一定具有同样强大的韧性，经得起风雨也耐得住寂寞。

奇石聚会　动物王国

南寨山由"五峰一谷"组成，名称就颇有意思：仙女峰、鳄鱼峰、绵羊峰、神雕峰、青蛙峰及神龟谷，分明就是一名仙女赶着一群动物来聚会。按照老林的平潭岛方言形容，每一块石头都"也活"（即很活、活灵活现）。

在方圆不上1平方千米的丘陵中，遍布着球状风化花岗岩体，千姿百态。进山第一处石景就是"孙悟空迎宾"，那只孙猴子打上领结，彬彬有礼，让人想起沐冠而猴的成语。猴子旁边是"鸳鸯理翅"，自恋的鸳鸯认真梳理着自己的羽毛，也挤入迎宾队伍。站在前面的鹦鹉看到鸳鸯臭美，不服气地别过头去。憨厚的骆驼拉着大炮来了，炮口朝向东海，不知是迎宾礼炮还是有备无患的火箭炮？

山中有"百兽园"。你瞧，狡猾的狐狸、骄傲的小白兔、勤勉的老乌龟、笨拙的发财猪、张口大嘴狂啸的猛虎、仰天嚎叫的大灰狼等，皆形神兼备。最令人恐怖的是"巨蟒吞牛"，那条眼镜蛇张开血盆大口欲吞下整头水牛，水牛的半截身体已葬身蛇腹，狐狸吓得撒腿就跑，见过世面的猫头鹰仍然睁一只眼闭一只眼，一副满不在乎的神态。

山中还有"海底世界"。老鳄鱼正在教幼子捕猎小海龟，小海龟奋力逃遁，老海龟心急如焚，赶来救子，一场鳄龟大战就要爆发。旁边的海豚翘首以盼，一副坐山观虎斗的模样。

作为高级动物的人类，在动物王国里的一举一动格外引人注目。有一对情侣的活动就被追踪并定格为1号、2号、3号，演绎成连续剧：1号情侣石情景是，大石之上有两块小石，犹如男女两人头部，依偎一起，高大魁梧的男子伸手搂着纤弱美丽的女子，呢喃燕语，互诉衷情；2号石的姿态则完全不一样，先前的一对亲密情侣，现在不知为何吵架了，背靠背，低头不语，互相赌气；3号石的情状又让观众彻底放心了，情侣更加亲密无间，已达到"在天愿作比翼鸟，在地愿为连理枝"的境界。行走的沙僧一眼瞥见，驻足忘行，羡慕不已。

沙和尚偷窥情侣，孙悟空跑去迎宾，猪八戒在干吗呢？原来"八戒醉睡"，躲在树丛中面朝西方，偷睡懒觉。剩下孤独的唐僧，只好双手合十，敢问路在何方，留下"唐僧问路"的造型。

"阿凡提"是一块经典的海蚀风化石，孑然独立于一个山坡上，高达2米，长着一副幽默风趣的脸庞，高高的鼻子特别夸张，据说，游客摸摸他的鼻子，就会有好运气。如今，那鼻子已被摸得油光发亮。

据旅游界业内人士评判，平潭岛堪称"世界象形岩石之乡""世界奇岩之城"。那么，奇石聚会的南寨山，便是一座象形岩石荟萃之山。

一衣带水　两岸家乡

平潭岛是大陆距离台湾本岛最近的地方，伫立南寨山上，一眼便可望见那条"浅浅的海峡"。

山利村20世纪赴台的人较多，现居住台湾的约500人。饮水思源，许多年前，祖籍山利村的台胞，纷纷携妻将子回乡寻祖拜亲，共享团圆之乐，有的还参与家乡建设。

山顶有一座别致的凉亭，就是一位山利村籍台胞出资建立的，取名"如归"，既有盼望台湾早日归来，又有外商宾至如归之寓意。此亭是绝佳的瞭望台，可俯瞰山脚下的山利村与岚岛母亲湖——三十六脚湖，可远眺金井湾沙滩和波光粼粼的海峡。

老林见我游兴甚浓，便带我钻了几个已经荒废的"地堡"，原来南寨山峰脉相连，岩洞交错，曲径通幽，绿树成荫，许多大大小小的洞穴皆是天然的军事设施，当年略加改造，即成为炮台、枪位、岗哨、指挥所，隐蔽性极好，洞口油漆书写的"军事禁地"字迹犹在。我猫腰潜伏到一个狙击手的枪位，海岸线尽收眼底，一种神秘的感觉掠过心头，心想，何不开发成军事拓展旅游项目，集战争史、军事性、运动性、趣味性于一体，同时丰富南寨山的奇石之旅？

也应是"化干戈为玉帛"。

老林告诉我，有一位山利村籍的台商，对开发提升南寨山旅游景区情有独钟，聘请高人规划，拟将之打造成一个经典的世界象形岩石之山。

期盼着南寨山不仅能展现寻幽探奇的鬼斧神工，还可以体验浓郁绵长的两岸家乡情怀。

唐顾，1953 年生，福建古田人。1982 年毕业于福建师范大学中文系。历任教师、乡镇书记、组织部部长、县委书记等职。散文作品获全国报纸副刊作品年赛铜奖，华东报纸副刊好作品二等奖，福建新闻奖一等奖，福建省报纸副刊作品年赛一等奖等。

寻幽探奇南寨山

在猴研岛畅想

◎ 郭永仙

　　这些年，平潭没少去，曾经在小山东等轮渡跨海，等得人心焦；如今一桥飞架，全线长4976米的海峡大桥，将福清的小山东与平潭娘宫相连接，几分钟时间便上岛。而16.34千米的我国第一座公铁两用大桥通车后，从福州到平潭，30分钟左右到达。

　　在福建省众多岛屿中，只有两个岛县，东山与平潭，且都是离岛。而平潭更有意思，由126个岛屿组成，甚至一个岛屿就是一个乡镇。居民们取石造屋，成群的石头厝不意成了一种民居奇观。平潭无名岛礁更多，大大小小1000多个，说是千礁岛县一点不过分。

　　在平潭，猴研岛是许许多多小岛中的一个。在漫长的岁月中，始终是个无人岛。第一次听说猴研岛的时候，我便渴望，会像《西游记》描述的花果山一样，岛上有树林流泉瀑布，还有一群可爱的猕猴在树丛中上蹿下跳。回到现实中，实际上平潭岛也未见有过野生猴子。小岛更不可能有猴子了。我想既然叫猴研岛，那岛上必定有酷似猴子的礁石或有与猴有关的传说。每一个名

温馨原来是这么富有

字，都有它的由来，猴研岛也不能平白无故就叫猴研岛。

去猴研岛之前，我一直期盼岛上有人居住，有一座座石头厝，问了平潭朋友，才知小岛无人居住。从酒店到东澳猴研岛入口，大约半小时。

猴研岛属海坛片区澳前镇东澳村，面积约 18 平方千米，位于平潭东南部，由 3 个小岛组成，又叫"猴研三岛"。岛很小，原本与平潭本岛隔一道小海沟，现在为建成旅游岛，筑一道石堤，与平潭本岛东澳相连，从此上岛不必摇船。

7 月中，在福州最热的一个日子登上猴研岛，海风劲吹，无边凉爽，尽管火热的太阳当空，却无暑气，登岛看海观涛，心胸宽阔。

岛上数不清的岩礁，长年受海风海水侵袭，怪石嶙峋，错落有致，象形礁石隐藏着许多妙趣，趣不可言！这里与台湾新竹南寮渔港相距 68 海里，是祖国大陆距离台湾本岛最近的地方。曾有人作诗这样描写猴研三岛："天猴岩上东遥望，云破飞鸿新竹穿。两岸来回晨午事，却行六十八年船。"岛上建有一座标志性雕塑同心石与同心塔，还有一个如同一枚邮票一样的石造门框，门框里镶嵌有平潭与台湾相望的地图，右上方有 68 标志，游客来猴研岛观光，必在此留影。按照时髦说法，即"网红打卡点"。

猴研岛，一看此名字，便知是当代人起的学名，平潭本地人叫它"猴仔岛"，用平潭话说猴仔岛，与猴研岛谐音。

岛上千奇百怪的礁石，无矫饰，纯天趣。我想此岛既然叫猴研岛，就有与猴子相关的岩礁与传说。于是认真寻找，果然找到了几块像猴子的礁石！有的近看像猴子那样俏皮，脸部形象生动；有的要远看，如灵猴般洒脱。问了南澳村陪同的村干部，有无猴子相关的传说故事，他们说没听说过，倒是有一个母猪与小猪的传说，代代相传。故事说有一只母猪带着一只小猪前往台湾岛，在路途中遇到大风浪，母猪自己漂回了猴研山，而小猪则漂到了台湾新竹南寮渔港，后来，母猪就这样站在这离台湾最近的小山上隔海相望，思念小猪，渐渐化成了石头。这种母子相恋的故事很多，也隐藏着祈盼与深意……

我站在猴研岛上看南澳与猴研岛上的猴研山，山顶上果然一个极似猪的象形岩石，面海瞭望。有平潭乡亲去过新竹南寮渔港，说是看过一只像小猪的礁石在海边上……

满目奇石，令人遐想。进岛的第一处奇石景观——与佛结缘，是以前周边民众祈求出海平安的平安石。石头前面较为宽敞，形成天然祭拜场所。附近的渔民出海前都会来这里祈愿，祈求出海风调雨顺、满载而归。

猴研岛上的象形礁石比比皆是，像一个天然雕塑园，有几处特别像鸟、龟、鳄鱼、猴子、海狮等岩石，惟妙惟肖，生动可爱，填补了岛上的单调。这不，在前方看到一块自然凸起的石头，很像一只天狗在望月。同行的南澳村干部说当地人叫它"天狗望月"，据说每月十五晚上，能隐隐约约听到天狗吼月的声音——其实这个声音是受天文大潮拍打礁石形成的。还有一只望着天空的猴子，前面不远还有一个桃子。据说这只猴子是孙悟空派来在此地寻找天宫掉落的蟠桃，在此等待孙悟空来把他带回花果山，可惜孙悟空当时被压在五指山下，没法前来带他回去，他便和蟠桃一起化成了石头……

再往前，就到了"霸下驮子"。霸下为龙的九子之一，貌似龟而好负重，也是长寿和吉祥的象征，据说触摸它能给人带来福气。为象形的礁石编造一些传说故事，给游客增加一些乐趣，各地都是如此。这都是旅游的俗套，听就听了，一笑了之……

坐在猴研岛最前沿的礁石上看海，远方是无边的蓝，正是涨潮时候，海浪有序地冲击着岸礁石，掀起高低不一的浪柱，像雪花一样白，散落下就成飞雪。海总是这样日复一日不停运动着，在运动中净化自己，提升自己。在这里观海，壮怀激烈，有心静如水，有博大精深，有虚怀平和。这里的海水，湛蓝得无比纯净，与蓝天一样，感受到何为水天一色，直叫人心旷神怡。这里的礁石被海风时时吹拂，纤尘不染。岛上虽然不见草木，还是有一种叫槟榔的灌木，在礁石间披一树浓绿，淡水的补充全靠雨水，平日里就靠海雾滋养，何等坚忍的树！立足于盐碱砂石中，不惧烈日暴晒，台风猛烈，不高大，却能活命，活命与存在就是最大的成功。就因有了这样坚强的树，单调的岩礁世界，这生命的歌唱，让小岛不寂寞。

限山岛是猴研岛的主岛，为旅游开发，如今在这个无人居住的小岛上，取石为建材，与平潭石头厝风格相融，建造了一座公益图书馆，曰"海崖图书馆"。依岛礁而筑的图书馆，内设咖啡厅、图书阅览室、休闲娱乐区等。建成之后，来猴研岛旅游，在此可以歇脚休闲，借机读书，喝杯咖啡，待上半日。宽大的落地窗，可以看见外面的大海，图书馆外还有广场与观景区，放风筝无风也自扬，随着上升的风筝，放下繁杂的心绪，放飞心性……

快速的发展叫人目不暇接，特别是进入 21 世纪的 20 年，更是进入到快车道。曾经孤立的海岛，只能靠轮船与飞机抵达，随着平潭公铁大桥的建成，2020 年年底，作为京福铁路一个重要节点——福平铁路开通，平潭将成为我国第一个通动车的岛县。今后从福州到平潭，半个小时的车程！海岛与陆地的连接，让人们的出行生活多了一种选择。将来有一天，南澳——台湾新竹 68 海里的阻隔，只要一座跨海大桥相连，那时从北京到台北，可以朝发夕至。我想这不是梦……

郭永仙，1960 年生，福建永泰人。中国散文学会会员，福建省作家协会会员。著有散文诗《真情岁月》，散文、散文诗合集《心灵流泉》，作品入选《中国散文诗 90 年》《2004 中国年度散文诗》《2005 中国年度散文诗》等多种选本。

温馨原来是这么富有

闯入者

◎张 茜

要承认，我是被吓着了。

女友说你早已和自然融为一体，还会吓着？多少次上崖壁登顶峰，攀海礁立快艇，进入原始森林，都是褪去厚旧鳞甲的新生，都是回归自然的复活。这令人困惑。前生或许是一条蛇？蛇丢弃四肢，面孔破碎，以头颅的宽度匍匐前行，以腹部一张张鳞片磨蚀的疼痛代价，保全呈献给上帝的美丽斑纹和色彩。似乎明白，这惊吓是对我的鞭打。

从平潭岛"石牌洋"景区回到酒店，双臂至肩一直紧缩，两手交叉抱肩紧紧贴在胸前，心揪成一团。如果我是个孩子，立刻纵情大哭。孩子无所顾忌，孩子的心没有磨出茧子，孩子的瞳孔里长着童话。倏忽间想起乡间偶有人从野外回来，面目全非，哭泣不止，胡言乱语，报出自己是某个亡人，替那人说出一些话。乡人说被附体了，夜里便敲着小锣，点燃纸钱，一路喊着那个亡人的名字，将其送回和夜一样漆黑的坟墓。

我分明感到，自己做了一回闯入者，闯入了大海的一个私密地——石牌洋。

石牌洋是人类的说法，大海称它什么，无从知晓。岛民与海形成默契，严禁登上这个有如一艘扬着双帆海船的小岛屿。在这艘"帆船"周围黝黑的海床上，沉睡着一些宋元明清商船，破损、完好、遭枪炮打击……身世迥异，数量多到礁石都有了标志性名字——米礁、白糖礁、银珠礁、碗礁……20世纪70年代末，媒体报道沉船阿波丸上，装载着40吨黄金、12吨白金、3000吨锡锭、3000吨橡胶、数千吨大米、40箱左右的珠宝和文物，还有2800具人的骸骨。我曾目睹"碗礁一号"沉船出水盘碗，盐液泥藻侵蚀百年的食器上泊满蛎房。海蛎出生就是奔着修建一座袖珍教堂，它将搜集到的养骨钙质毫无保留地奉献出来，自我终身囚禁在淡蓝色羊水里。花觚、将军罐、尊、香炉、满腹杯、粉盒、笔筒、小瓶、小盏……近百种瓷器，造型、釉色、纹饰、图案精美绝伦。这片浅海暗礁众多，洋流变幻莫测，却是无法回避的繁荣了数百年的商船航道。大海是喘息着步行的巨兽，地壳深处一道指令，就足以令其犯魔似的掀翻背上一切，继而施以蹂躏和吞噬。冰冷绸缎般的深蓝水下，有神祇清寂的殿堂，宝物和人成为神秘的供奉品。我偏执地认定，海面下是无限的空腔，装得下世上所有爱恨情仇、贫富贵贱。

保尔·瓦莱里在《精神的危机》里有过精辟分析："我们听说过一些世界整个地消失，一些王国连同其人、其器械直沉海底；它们跌进深不可测的世纪之底，带着它们的神和法，它们的科学院和纯粹应用科学，它们的语法，它们的词典，它们的古典派、浪漫派和象征派，它们的批评和批评之批评。我们

温馨原来是这么富有

深知整个地表幅度由灰烬构成，而这灰烬是意味着某种东西的。我们透过历史的厚度瞥见一些幽灵般的古船，上面载满了财富和精神。"

隔着1000多米的海面遥望，仿佛有一艘双帆海轮犁海而行。其实那双帆是两尊高擎的长方形巨石，地质专家探明，远古那里是一座脱海而出的粗粒花岗岩山包。"木秀于林，风必摧之"，海风联手海浪，合力攻击这个阻挡它、高于它的物体，海侵蚀化1亿年，石山悲悯而生佛性，一味承受不还手，就剩下现今的两根核，而这核，终将也要失去。地火熬煮岩浆制成山体，时间又将其化为初始颗粒，演绎出万物轮回。

与之相对的海岸边，耸起一座同质地的石山，千万年的自然雕琢，使它变作一条海鱼的形象。尤其头面部分，两只圆圆眼睛，一张"O"形嘴，这三个器官与真鱼相比，无论从相似度还是面部的分布比例，都叫人惊讶地脱口称它为鱼。面对这条巨型"鱼"，被保护在左右各12根肋骨里的心脏，怦怦直跳，你疑惑这是谁的意图，是要说明什么。难道在海边，就风化海蚀出一条鱼？这庞大之鱼有如出游搁浅岸上，再也无法返回，变化成石。鱼，是大海膜拜的图腾。

和鱼背靠背，是一尊天然半浮雕弥勒和一面刻满走线天书的黄土色细腻砂岩。仔细辨认天书：太阳、月亮、人、鱼、猪、斧、田、水波纹……这些嵌进石肉里的刻线，与树皮、鹿皮上的玛雅象形文字，与古老的汉字字素有着千丝万缕的关联。天宇和大海，青苍一色，我站在这用最简洁元素构成的世界里，如同置身一处旋转磁场中心，虔诚与敬畏使我禁语，蓦然想起童话里失语的美人鱼。

海滩裸露出形色不一的海蚀礁，旗鼓剑戟、双龟亲吻、青蛙……这大海布置的石雕园景，传递着海洋深处食物链之间的战斗杀戮和传奇轶事。射水鱼口射箭羽准确击落树叶上的昆虫，乌贼喷出墨汁染浑海水隐身遁逃，螃蟹驾驶装甲车横冲直撞，硬骨鱼鳞盾护身体藏复仇利剑……

海滩上的沙子细如面粉，风吹起一团团金色烟雾，一浪推一浪，就有了规则的鱼鳞图案。赤足踩去，脚丫深陷，脚印大得像外星人来过。浪头将各种贝壳、死去的小鱼小虾，推上沙滩，如同人类清理出弃物和垃圾，大海也谙熟清洁之道。贝壳卸去承载物，大海卸去贝壳。贝壳以其精湛的设计艺术绝地重生，螺旋的星云图纹路，光芒放射似的线棱，闪着五光十色的珠母内里，引发俯拾者将局限思维伸向星座涡旋、飓风漏斗、指纹、宫宇殿堂。

一些白色软体团，漾在薄水里，那是水母。这海的精灵活在海水里时，被称为伞状体，钟状体，蘑菇状体，它行踪飘忽，面容模糊诡异，更像是白纸剪出的招魂幡。

水母是大海的舞者。大大小小，各种颜色，有的还会发光，它们为舞而生，永不停歇地舞蹈。手持华伞，拖曳蕾丝，曼妙飘旋，有种魔幻之美，让人想起埃及的旋转舞。黑暗里，水母提灯聚拢，让海洋有如一个充满萤火虫的童话之夜。

北戴河曾给过我体验，我游泳，水母白菊般浮游身边，却

温馨原来是这么富有

拖着一条条家禽肠子似的细长触手，有时轻轻触到我的脚腕或手指，令人厌嫌和胃里不舒服，倒是没有传说的蜇人。不过，我还是快速甩掉它们草草上岸。现在，它们已经失去生命体征，是大海的抛弃物。硬挺挺摊在那里，圆盘样，通体不匀称，厚薄不一，晶莹剔透，触手几乎弃光，幸存一根还拖得老长。作为刺胞动物，水母出现时间比恐龙还早，可追溯至 6.5 亿年前，形象却混沌得让人错觉为外星生物。

水母何尝不是钓鱼人？一根根触手就是一条条带着倒钩的渔线。如今死了，圆盘上还嵌着密密麻麻一片拇指大的小鱼，令人望而生畏，这是它们为自己准备的最后一顿食物，犹如临刑前的酒肉。我想了解它们此时的质地，抬脚趾尖轻触，硬而有弹性，就像餐盘里的海蜇头。舌尖利齿上的海蜇，爽脆有嚼头，带着海洋鲜气。我被水母倔强气质折服，离海丧生，盐巴腌制，刀切，调料拌，被嚼碎进入人胃囊前还发出海的精气神。

终于弄到船只。行驶十分钟，支出浮梯，在船工粗粝厚实的手掌牵引下，趔趄登上被大海严密保卫的石牌洋。

眺望的这艘远洋轮，眼前却是分成三截的大山遗骨——三座残山被海水隔离，一如出了事故的断船。不难想象这儿原是一座颇具规模的花岗石山体，大海指挥波浪以坚韧毅力摧毁了它。我暂时栖身船头部分。身旁两方巨石也就是远望的"双帆"冲天而立，相比之下我俨然是个寸长小矮人。如此零距离接触一处圣地，灵与肉似乎在渐渐分离。

巨石两米高处敞着一道现代锯伤，两竖钢锯齿痕狰狞排列。

据说贼人砌石建桥，企图窃去一块"神石"谋求吉利，却未得手。建桥人为何那般愚昧心虚、心狠手辣？那伤口如敞开的上衣拉链，只是再也无法弥合。

远处唯美景观，引发无限想象与美好；近处丝丝毫毫、斑驳显露，残酷而骨感。"石帆"保持着远祖山母的经线与纬线，以坚实强硬抗衡自然消磨，可风化海蚀二神分明在它身躯上画线打格，做出长远的粉碎设计。风咸湿，打着旋儿袭来，满头长发直立竖起，嘴唇咸腥苦涩，耳旁隐隐响起刻刀抠石、砂纸打磨、口吹石粉的声音。石帆基部远不是呈现给眺望人的那块平坦巨石，而是山崩石裂的微缩显现。我在粗粝尖锐的石块上蹦跶、弹跳，在阴凉的高石间攀爬、转悠，有如一只松鼠落在石滩上。

那些大海的触手——浪头，一波推拥着一波扑打上来。有的撞碎在礁石上，炸起一片白中泛蓝的礼花；有的冲过锋利石刃，变身一条条蛇芯子，或食蚁兽的细长舌，舔舐石缝，吸去极有限的碎石渣，抠剥石帆底部，掏出一颗颗沙子，进而挖掘出错综复杂的洞穴——洞连洞，洞套洞，曲曲折折，弯弯绕绕。一只小鼠，两寸长，悄然出现，点着尖尖小脑袋，旁若无人又蔑视般钻进洞穴。这头进那头出，横穿石帆。石帆静默屹立，浑然不知这已潜进要害部位的危险。这是一只普通老鼠，跟随渔船来到我绕一周仅需几分钟的孤岛，食物匮乏使其浓缩成微型版。老鼠视力微弱，借助触须导盲棒和弯曲到特殊程度的爪子，攀爬垂直物体如履平地；游泳后脚划水，前脚操控方向，尾巴掌舵，耐力惊人，潜入水下可闭气3分钟。这个最原始的哺乳啮齿类动物，紧随人类生活环境，智力可与我们匹敌，聪明、神秘、狡黠，如同巫师。

海鸟从石帆顶端盘旋而出，环绕石帆一圈圈飞翔，警示它的地域也不可侵犯。我倾仰脖颈视线才能抵达的高端，据说长着青草，蓄着淡水，鸟儿疾鸣做出印证，那里是它们的家园，有它们的孩子。鸟类轻盈敏捷，一双翅膀能带它们到任意想去的地方，它们在这令人眩晕的险境上交欢产子。

一条细小翠青蛇，从大石裂开的缝隙里冒出头来，兀自游走而去，我尖叫着后跳几步，东倒西歪地抓住一块石头的棱角，在这里，只有石头能给人安全与庇护。蛇以冰冷的血、沉寂的心，僧侣般地生活着。一条独居的蛇，终身也不会因为情欲而失态，身体瑜伽般盘卷，犹如一座微型藏经塔。这条和青草绿叶同色的蛇，与老鼠、海鸟弃仇结盟，变成石牌洋的主人，它们所要谋划的是怎样对付狂风和巨浪。

半片明月斜悬上空，轻盈如纸，虚幻、缥缈，处在太阳光里，表情模糊而忧郁。孤楚仙女，隐身清凉温柔里，手握魔法，能搅动遥远之外的海洋暴力。海水色变，油亮、黑蓝，波浪翻滚着呈缓梯形突起，汹涌而至我立足的小小残岛。

我和小岛被大海重重包围。

眼前的大海，就像蓝皮肤的兽王，抖动全身肌肉，发出无法预测的能量。它低声怒吼，指挥浪涛，前赴后继地冲来，大有吞没石帆、席卷我们而去的架势。海面出现猛虎条纹，又如摔跤手般左摇右晃。晕眩阵阵袭来，努力筑起的心理防线终于崩溃。惊恐，理亏，我明白侵犯了大海的领地。

慌忙逃离，不敢想象那时我的面部表情。

张茜，福建省作家协会会员，中国散文学会会员，福州市鼓楼区作协副主席，发表作品百万余字，著有散文集《那一方墨绿的海》《群星灿烂时》，曾获孙犁散文奖、冰心散文奖等多种奖项，《群星灿烂时》入选新闻出版署农家书屋重点出版物推荐目录。

温馨原来是这么富有

枕山拾翠，揽海临风

——平潭长江澳掠影

◎ 黄静芬

澳，海边弯曲可以停船的地方，港湾也。长江澳，望地名生义，想来有一弯碧幽海水浩浩汤汤，有一带洁净沙滩曲曲绕绕，有坚硬礁石屹立潮中，有暴烈海风吹拂波涛，有静默渔船或停泊或起航，有壮实渔民仰着被阳光晒黑的脸，笑出不羁灿烂……

来到平潭长江澳，正是一年酷热季，阳光从头顶直直砸下来，炽白光线铺天盖地。仰头看，天空蓝得无比纯粹；低头瞧，海水蓝得无比纯粹。极目望去，无比纯粹的深蓝浅蓝里，周遭安好，周遭安宁，周遭安详，让我忍不住，想屏住深一下浅一下的呼吸。

然而，慢悠悠下车，站在长江澳的风口，我的呼吸却不由分说急促起来——那么大的风，那么猛的风，恍如万马奔腾，瞬间里，以风弛电掣的速度裹挟我，让我的裙袂翻飞如旗，呼呼作响，让我的遮阳帽飞出老远，宛若被树枝弃之如履的一朵落花或一片枯叶，让我的长发扬起又扬起，像风过海面卷起乱糟糟的千尺浪……

我竭力站直，身姿却东倒西歪。我张嘴想说"风真大"，风灌入喉，音节哑在嘴里。

立刻，刘邦著名的《大风歌》"大风起兮云飞扬，威加海内兮归故乡，安得猛士兮守四方"诗句，一字一句，轰响在我的脑海里，音调粗犷、铿锵、有力。

长江澳，位于平潭北部，是平潭三大海滨沙滩之一，沙滩绵延 4.5 千米。这里，是与百慕大、好望角齐名的世界三大风口海域之一。昔日，东北季风无遮无挡，打着呼哨，长驱直入，以排山倒海之势，以惊涛骇浪之状，飞沙走石，折树掠村，让村人颤抖、房子颤抖、村庄颤抖。"一夜沙埋十八村""鬼风吹走十八寮"的恐怖故事，竟不是虚构传说，而是发生在清朝乾隆年间的凄惨事件！1922 年，黄履思主纂《平潭县志》曰："飓风至，鸡犬奔，牛马怖，大木拨，悬崖扑。"1946 年 9 月 25 日，台风、海啸袭击平潭，全县房屋倒塌 195 间，渔船损坏 438 艘，田园被淹没 2 万多亩。中华人民共和国成立初期，平潭时任县委书记坐吉普车下乡至此地，吉普车居然被肆虐翻卷的风沙掩埋，老百姓只好扛来锄头，一锄一锄，费力地将吉普车挖出……这些白纸黑字的真实记录，这些口口相传的民间轶事，确凿证实了平潭"风魔"的可怕、可憎、可恶、可恨。

生态恶劣，生活穷苦，生存艰难。"半潭岛，光长石头不长草，风沙满地跑，房子像碉堡……"世代传唱的古老民谣，诉说的是平潭"风狂雨暗舟人惧"的前世动荡，诉说的是长江澳风力猛、风速快、风的容积大，为平潭之最。而如今，"房子像碉堡"之言，还诉说着平潭岛上处处矗立的由花岗岩条形石块筑墙、屋顶呈"人"字形、上面铺瓦片、瓦片上压青石块的石头厝，它们以独特的坚实民居模样，让莅临的游客在目不转睛地打量中，在领略风情浓郁的美丽乡村建筑时，明白了石头厝是平潭人世世代代与风沙抗争的生存智慧结晶——石头厝的屋顶上压着青石块，是为了防止狂风吹走瓦片，石头厝的窗子小像碉堡，是为了减少风沙吹进屋内。

惧风如虎，谈风色变，色变则思变。每个人都知道，治理风沙的唯一办法是种树，种很多很多的树，以成排成片的树为绿色屏障，挡住强暴飓风和凶猛风沙。如今，平潭岛种了多少树，我说不清。我只知道，中华人民共和国成立后，平潭岛在长江澳打响了治理风沙的第一场战役。20世纪50年代，引进了木麻黄树种，移植了黑松等固沙防风强的树种。至20世纪90年代，平潭岛已初步建成具有防御风、沙、水、旱、潮五大灾害功能的海岛防护林体系。1995年3月，平潭岛被全国绿化委评为"全国造林绿化百强县"。如今，外地人问："平潭岛的风，还那么大吗？"平潭人就会笑着说："昔日的风，已止于巍峨的木麻黄绿色长城之前！"

风，既能成灾，也能成宝。风能，是大量空气流动所产生的动能，是一种可利用的能量，可以用风车把风的动能转化为电能。受台湾海峡的影响和长江澳烟堆山、虎头山山脉的影响，长江澳的风形成"二次狭管"的"弄堂风"，风场风况极佳，可与素有"世界风场"之称的美国加利福尼亚风场相媲美。20世纪90年代，平潭岛开始了利用风能的新征程。2000年10月

5 日，长江澳一期工程的 10 台 600 千瓦风力发电机组全部并网发电，开创了福建省风力发电商业化运行的历史。而二期项目中，自 2007 年 6 月第一台发电机发电算起，在 3 年间，已发电 5 亿度，创产值 2.9 亿多元，现有风力发电已不只满足平潭岛用电……如今，长江澳风车田，是东南沿海最大规模的风力发电田。

小小的纸风车，承载着我们童年的深刻记忆。小时候的我们，用一张彩纸一根木棍，做成一个纸风车，高高举起，迎着风跑，纸风车不停地转动，我们不停地大笑，那风车，那笑声，至今停留在我们最纯真的回望里。而大大的白色风车和超级大的白色风车，风轮直径分别为 40 多米和 90 多米，塔高分别为 40 多米和 60 多米，在长江澳，一架又一架，成片成片，成排成排，错落有致，或站在沙滩上，或立在树丛后，或矗在大路边，随风不停地转动。我的眼前，这蔚蓝天、洁白云、碧绿海、大风车组成的画面，是如此美好的视觉盛宴呢！

我不禁念起唐朝诗人白居易的诗："白浪茫茫与海连，平沙浩浩四无边。暮去朝来淘不住，遂令东海变桑田。"

是的，时移世易，沧海桑田。站在长江澳海滩上，看海天一色，无边无际，听风从四面来，无边无际。我的心，忽然沉静、沉稳。"去来固无迹，动息如有情。"我的眼前，无常暴躁的风被驯服、被驾驭，细小清洁的沙粒肩挨肩、身叠身静默安卧，蔚蓝无际的大海波光粼粼、潮起潮落，巨大高耸的风轮一圈一圈转动……我视野里的画面，美丽得像慢时光里的童年，让我忘了尘嚣，忘了荣辱，恍若置身于仙境般的童话世界。

离开海滩，烈阳之下，驱车往流水镇上岳顶村。形成于明代的上岳顶村，是由传统的宗族聚落发展演变而来，位于长江澳的斜背处，坐落于山海之间的半山上，因其海拔高、视野好，从村头到村尾，从村东往村西，都是俯瞰长江澳的极佳之地。这里，现存68幢石头厝，几乎一家一座，都是独立成院。

走进村子，一座一座石头厝，墙体全是由青黑色的火层岩砌成。这些高低错落的石头厝，坚硬而沧桑，粗粝而沉默，深藏着古老渔村的前尘往事，深藏着渔村人酸甜苦辣的人生况味。因地处山坡，石头厝院子前都有沿着山坡用乱石砌成的护墙，护墙颜色各异，有赭色、褐色、墨黑、青绿、赭黄……这些色彩斑斓的墙体，在阳光下，散发出好看的温润的色泽。

村子里的石头小道曲径通幽，道上的小石子被行人的步履磨得圆润，一堵马鞍墙上长满青青杂草，一扇窗户爬满娇嫩绿植，一棵苦楝树枝条遒劲，一大丛翠竹摇曳生姿……石头厝屋顶的拱形瓦片，拱形瓦片上压的青石块，在蓝天白云下，墨色深深，呈现粗犷质地，像一幅水墨画一样，让行走在村子里的我，如同行走在一次怀旧之旅中，如同行走在避世的桃花源里。

游览完古意悠远的村子，择一座石头厝外的一张石头凳坐下。暴烈阳光在头顶，凉爽山风在耳畔，身边是固若金汤的石头厝、葱葱郁郁的梯田、枝繁叶茂的树木、闲庭信步的鸡鸭和绿肥红瘦的野花野草，让我疑心，上岳顶村所处之山，许是白居易《长恨歌》诗云"忽闻海上有仙山，山在虚无缥缈间"之仙山，而我视线远方的海天相接处，犹如排兵布阵的风车矩阵、苍翠的木麻黄树林、银光闪闪的沙滩、碧波浩渺的大海，让我疑心，长江澳所拥之海，许是张若虚《春江花月夜》"春江潮水连海平，海上明月共潮生"之海。

枕山拾翠，揽海临风。我忍不住叹一句："那么美，美得平稳又宁静，美到无言且极致！"

2020 年 7 月 12 日

黄静芬，1963 年生。现为《厦门日报》主任编辑。著有《午夜的昙》《新男女关系》《中洲造园记》（合著）等，部分作品入选《2007 年中国诗歌年选》《2008 年中国诗歌年选》等选本。《好水好漂流》入选"2008 年中国散文排行榜提名作品"。

温馨原来是这么富有

我的眼睛藏着无数岛屿（外两首）

◎ 苏 素

你可曾到过岛屿

昼夜更迭，草木与雾气交缠

你可曾走进我的眼睛

那里藏着无数岛屿，云端有士兵

我期盼木棉花铺满街道

它们闯入瞳孔，热烈的红

孤独的万花筒

起舞，旋转，碎裂

每一个岛屿终将成为我的兄弟姐妹

模糊的视网膜

看不清来路或去路

你来过吗？真的来过吗

我的眼睛藏着无数岛屿

它们没有挣扎，如此平静

刚　好

如果今天能喝到苏门答腊
那就是刚刚好
短尾巴猫追逐着木棉花絮
春色渐远

我捡起这些白色团子
它们围堵所有路人的气孔
皮毛发痒，情绪躁动
不知所措的风显得无辜

如果今天你没有远行
那也是刚刚好
芒种时节，麦子低垂
二十四节气一直都很诚恳

我们闭口不谈任何事物
雨水与木棉花絮永远不知疲倦

温馨原来是这么富有

秋　雨

我是这场秋雨中的鱼
每个泡泡都是浅棕色

我是一颗水滴的拐杖
秋风起，在皱褶里步履蹒跚

我是鱼的耳朵，冥想天空
思念如此深沉

你住在蜿蜒的耳道尽头
一滴雨水入侵就会疼痛不已

苏素，"70后"诗人，水瓶座，古筝教师。作品入选多个选本。
著有个人诗集《素》。

来自宝岛的村干部

◎ 建 安

山积而高，泽积而长。

高山伟岸耸峙，江河浩荡绵长。凡被人赞叹者皆始于积累，积累，是一种坚持，虽经万千苦难不改其志。

当一个人选择了坚持，他生命的力量就会深沉无限。歌德曾说："向着终于要达到的那个终极目标还不够，还要把每一步骤看成目标，使它作为步骤而起作用。"一位来自宝岛台湾的村干部验证了这句话，他有信念，也坚持不懈。

朱倚谅，银丝长发，声音洪亮，台湾泰雅人头领，在平潭坚持了15年。他投身公益、音乐、文化、企业，现在已经是平潭北厝镇大厝基村的村干部。他用日夜不停息的坚持，书写了一位台湾同胞和祖国大陆的山高水长与温润情怀。

来得早更要留得住

平潭，天风起海涛，云水常茫茫，素有"千礁岛县"之称，是福建省第一大岛。宽阔的海域与外海大洋相连，众多的岛礁点缀其间，造就了平潭绚丽多彩的海域风光。

沿着平潭环岛路一路向南，可到位于北厝镇东部的大厝基村。该村下辖大厝基、己湖边、杨武楼等5个自然村，一条环岛公路从村东部穿过，交通十分便利。

一进村，首先映入眼帘的便是一面面彩绘墙：或鱼儿穿行于珊瑚礁，畅快游弋；或一池碧潭，青蛙跳跃其间；或植物葱绿，蘸着色彩爬上墙头……

一面贝壳墙更是引人注目：贝壳制作的平潭石牌洋和台湾101大厦隔海相望，一艘"海峡号"客轮穿梭其间，把平潭和台湾联系起来。

看着这些成果，朱倚谅不无骄傲地介绍："这是平潭民间文艺家协会主席詹立新的作品。春归两岸，情系一家。贝壳是平潭的特色元素，我们把它做成壁画，希望能展现'两岸一家亲'的情感。"

说起来，这些扮靓村庄的彩绘墙，是2018年11月刚刚举行过的一场活动留下来的艺术品。有来自台湾的50名画家和平潭义工协会成员们共数百人，携手进行了集体创作。

此次彩绘活动，以海洋环保为主题，所有人员分为6个小组现场作画，经过小组讨论、勾线上色、潜心创作，让原本空白枯燥的6面墙展现出艺术的魅力。

这，正是朱倚谅在大厝基村逐步实施的美丽乡村建设"六星村落"的一部分。在他的眼中，将来已来，美丽乡村如诗如画："我们打造'六星村落'，通过治安、环保、设施、景观、旅游、医疗六个方面的提升，给大家一个和谐美丽的村落。"

朱倚谅是致力于平潭交流的台湾村里长，2018 年 3 月份以来，他引进台湾社区管理经验，在大厝基村开展了拗九节关爱老人、环保宣导、眼科进乡村等活动，让大厝基村展现出不一样的风貌，同时也有力促进了两岸的基层交流。

抚今追昔，古今对比，更能显示一个村子的历史沧桑和厚重文化，更能体现如今生活的幸福和富足。朱倚谅深知其妙，提议建设"大厝基村今昔馆"，通过相片、影音、文物展等方式，介绍村子的古往今来。

离乡再久，故乡总时刻在召唤。从改变村容村貌开始，朱倚谅对未来充满信心，他努力让年轻人感受到家乡的变化。

为了让计划一步步落实，2018 年 10 月，大厝基村选派 15 个人前往台湾参观访问，了解台湾社区的志愿者服务、垃圾分类以及村落建设情况，并和这些社区缔结姐妹村，双方共建交流互访机制，共同推进乡村旅游发展。

出发前，他们有的说："我以前去台湾打过工。"也有的说："我去过台湾很多次了啦。"朱倚谅笑笑着说："那都不一样的，这次是去深造的哟。"

每到台湾的一个村落，通过当地解说员的介绍后，大厝基人对社区营造逐渐有了一定的概念和了解。返回平潭后，朱倚谅召开赴台心得座谈会，大家发言非常踊跃，对大厝基村该如何打造、建构一幅美丽的蓝图都有许多想法。

之后，朱倚谅举办了第一场活动——"环保宣导，垃圾不

温馨原来是这么富有

落地”，发动村民对全村进行清洁整治，计划在 11 月 6 日执行。没想到，消息一发布，大家提前把环境整治好了，杂草也拔完了，等到活动那天，发现居然没垃圾可捡、没工作可做……

平潭实验区借鉴了大厝基村的先进管理经验，进而在其他村推广两岸融合发展：请台湾里长指导并实施村容村貌改善建设，引进台湾社区治安巡守、医疗照护等方面的做法，进一步提升社区管理服务水平，促进两岸基层交流交往交融，完善社区整体发展规划。这样的做法，让岚台基层的交流变得更加频繁，也更加深入。台湾里长通过与平潭家园共建、一起生活，和村民紧紧联系在了一起。同时，这也搭建了一座沟通的桥梁，让更多的台湾同胞走进平潭、了解平潭。

一幅美丽图画已经描绘，从朱倚谅笃定的眼神中，我们看到了希望之光，正穿越海峡、飞架两岸。

那么，一个台湾人，为什么会来到平潭、驻足平潭、建设平潭呢？

说起来，是偶然，更是必然。

当朱倚谅第一次登上平潭岛的时候，岛上只有一个红绿灯，基础条件十分落后。可一个人的一句话，却让他对这个小岛产生了浓厚的兴趣，并最终决定留下来。

那是在一次接待会上，区台工部王家龙处长对朱倚谅说：“你们台胞到了平潭有什么需要尽管跟我们说，我们的一切就是为你们服务的。”这句话让朱倚谅十分感动，当即表态说：“我们不是什么集团企业，不是什么大人物，只是升斗小民，大陆都抱着这么诚挚的热情，我要留下来为平潭尽一分力。"

一份真诚打动热血儿郎，一个决定改变一生的道路！而朱倚谅与平潭的不解之缘，还要先从他的儿童时代说起。

记住妈妈的话　公益推动良心时代

孟子说："故天将降大任于斯人也，必先苦其心志，劳其筋骨，饿其体肤，空乏其身，行拂乱其所为，所以动心忍性，曾益其所不能。"

从小到大，朱倚谅有着坎坷的人生，可他顽强地抵御着生命被岁月磨钝的进程——包括无数的艰难和幸福、困惑与自信、希望与失望、温暖与孤独，从而获得更成熟、更丰富的感动与收获。在取得成就后，他不遗余力地回馈社会以爱心、善心，努力构建"良心慈善"。

许多年前，朱倚谅有缘结识星云大师，大师说过一句话："普天下的儿女，都是我的儿女。"这影响了朱倚谅的一生。现在，他做什么事都会想到缘分和感恩，他要像星云大师一样用所学来回馈社会。

朱倚谅毕业于美国西点军校，拥有英国格林尼治大学、美国南加州州立大学双博士及三个硕士学位，曾在台湾师大、辅仁大学教过宗教哲学，还在法鼓大学和法鼓研究所兼职。但他说高学历只是工具，他现在只做文化传承，想照顾更多人。他想把少数民族流失的文化传承下去，帮助弱势群体，认养失怙儿童，做些有意义的事情：台湾"八八风灾"后，他义无反顾地照顾五十多个孤苦无依的小朋友；他在中坜成立了一家育幼院，收容十几个小朋友及受家暴妇女；他还照顾八百多位老人及分布在全台湾的一千多位"夜光天使"……

只要朱倚谅有能力，就会去组织一些朋友、部落的孩子、年轻人一起去做公益回馈社会。钱不够用了，他就卖祖产来贴补，把一座座山都给卖了。他希望将这精神传承下去，不想做什么大事，只希望能把自己做的好事坚持下去，并带动大家一起做好事。

天下之事，虑之贵详，行之贵力。

朱倚谅是泰雅人的头领，其信念是"共享、共治、共罪"。他从小就听大人说："你会害怕就不要做，因为那一定是不对的事情。"他具有族人敬天、乐天、自然知足的本性，投注心力于族人对于爱与和平的向往。传承当地文化与感恩万物、保护协助下一代成长的美丽愿景。

2014 年 9 月 21 日，在台北市议会，由联合国 NGO 世界公民总会（AWC）、世界之爱和平总会（FOWPAL）及太极门气功养生学会（TJM）三个单位，共同举办了"良心觉醒 国际论坛 II"，朱倚谅在会上说，族人要做公益推动"良心时代运动"，其实很简单，那就是："把妈妈的话记住就好了，也就是'做好人'。"

十年前，朱倚谅就开始推动"月光天使活动"。他将宫庙、教堂、大小区等多出来用不到的空间加以运用。然后将当地儿童、身心障碍者、中低收入户以及单亲家庭的孩子送到这里，让志愿者教他们做功课，煮餐点给他们吃，安顿他们的身心。朱倚谅开玩笑说，家长没来接，志工就把小朋友带回家睡觉，因为他们希望能给小朋友晚上点一盏灯，他称这些小朋友为"月光天使"。

至于对年长者的安顿，他则是推动"大家一起来学呼吸"，这象征着一起学做伴，远离孤独。朱倚谅很幽默地说，其实老人最怕的就是孤独，能找到脾气相投的人一起做伴，远离独居的环境，才能安度晚年。一个爱说话，一个就爱听话；一个爱喝酒，一个不会喝酒的就帮他倒。

推动这些琐碎的工作异常辛苦，朱倚谅没有申请赞助或接受任何补助，都是协会自己在做。很感人的是，这里的年轻人都将其他地方跳舞赚的表演经费，回馈到协会，租游览车、买保险、买便当，让老人家也可以出去表演。

要推动"良心慈善"，就是"把妈妈的话记住就好了"，因为，泰雅人的妈妈都会讲"以后要当好人"，朱倚谅请大家记住这句话。

结缘平潭　打造文化平潭

朱倚谅之前游历于世界各地，心中总有一种不安定的漂泊感，就像飘飞的蓬草，不知道在哪落脚。时常，朱倚谅在内心问自己：我究竟应该去哪呢？

2000 年，朱倚谅在台北的"为大陆配偶争取权益"活动上，结识了几位来自平潭的台胞大陆配偶，当得知他们有不同的遭遇后，他便运用在台的社会关系一一帮助解决了。谁知，他从此便和平潭结下不解之缘。

2002 年，应台胞大陆配偶的感恩邀请，朱倚谅第一次踏上了平潭这块淳朴的土地。

那时，虽然各项设施都还十分落后，但平潭旖旎的自然风光、和台湾本土较为相似的环境、当地人的热情好客，都让他有些着迷。

在平潭期间，他认真地梳理自己的经历，沉下心来，静心思索，忽然间心门顿开：自己苦苦追寻多年，想找个能安定下来从事一项事业的地方，不正是平潭吗？

一念既起，他立刻行动起来。

朱倚谅发起成立了"台湾平潭同乡会"，由于起步艰难，朱倚谅便将台北市中心的办公室作为"台湾平潭同乡会"的会址及聚会场所，并号召部分员工无薪协助"台湾平潭同乡会"业务工作。

2016 年，他完成了老乡帮老乡的初衷，将台湾平潭同乡会秘书长的职位移交出去。他决定，要专心推广平潭文化，从打造"文化平潭"作为着力点，以文化做引领，用文化滋润民众。

现在，朱倚谅担任了平潭流行音乐协会副会长、平潭两岸旅游经济发展协会副秘书长、平潭红麒麟旅游发展公司董事长等职务，把所有精力致力于平潭的文化传承。

早些时候，平潭的制衣要经过 24 道染色工序才能制成，都是黑色或蓝色；裤子没有皮带，有很大的裤腰，这样在落海的时候，浸湿可以浮起来，就像救生圈。但是这些，现在的年轻人都看不见了，所以朱倚谅专门做展示，让年轻人认识它们。

驻留平潭的日子久了，他发现古闽越族和泰雅人在出土文物的图腾、风俗习惯、用膳器皿、祭祀等方面有相似之处，觉得这是"文化平潭"的一个突破口，打算在平潭建一个文史馆，把蕴涵历史的东西找回来，同时展示台湾文化，让当地人能"在平潭看到台湾"。

在他的构想中，文史馆将把古文化与现代科技相结合，在食、衣、住、行、乐等方面，做不同程度的展示。通过这样的故事叙述，不仅可以让平潭居民了解平潭历史，还可以让游客知道平潭是个有文化底蕴和历史背景的岛。

2016 年 10 月，两岸网友《诗经》咏诵会在海坛古城举行。朱倚谅登台，满腔热情地为观众诵读《小雅·出车》，他说："平潭就是我的家，今天受邀来朗诵《诗经》，再次感受到中华文字之美、文化之深远。"

一脉相承的文化，将两岸同胞的心紧紧联系在一起。

2016 年 3 月，朱倚谅在平潭设立了注册资本达 1 亿元的公司，主要服务于平潭旅游基础建设。在公司经营的过程中，是走在台湾经营的老路子还是有所改变，这个困扰已久的问题在共同家园论坛上得到了解答。

2016 年第五届共同家园论坛已落幕，但产生的效应还在持

温馨原来是这么富有

续发酵。"这场论坛，让我对平潭的未来深具信心！"朱倚谅这样慨叹。在他看来，这场论坛无异于一场"头脑风暴"，让他受益匪浅。

"这个论坛让我获得了很多新的信息，也让我对公司发展做出了深思和修正。要想发展好，就不能走以前的老路子，而是要把台湾的技术引进到平潭，融合当地文化、艺术、人文等，才会发展出成功的项目！"朱倚谅说，专家们的发言让他对自己的投资更具信心，希望以后能多举办类似活动，让企业家随时掌握前沿脉动，以便及时修正经营方向。

2018年，朱倚谅首次在平潭过春节，他说，这不仅是为了接地气，也是为了感受别样的过节气息。

受区挂职办陆永建主任的邀请，朱倚谅身着台湾少数民族的传统服饰，担任"挂职干部文艺汇演"的主持人。面对坐在台下拼搏奉献三年而马上要离开平潭回原单位的几百位挂职干部，朱倚谅深情地道出自己的心声："这是最美的时代，是属于我们每一个奋进者和搏击者的时代；这是最好的时代，是属于我们实现梦想的时代。共聚平潭，是人生美丽的缘分；建设家园，是生命无悔的选择……"

大厝基村就是我的家

2017年12月，在一场由省政协副主席、平潭党工委书记张兆民主持的民主生活会上，众多台胞聚在一起谈心得，朱倚谅说："我在台湾，可能什么也不是；在平潭，我成了小红人。所以，我希望把在平潭的待遇告诉越来越多的台湾人，让他们跟我一样加入平潭的建设中，建设我们的共同家园。"

2018年3月，张兆民书记特地邀请朱倚谅担任平潭北厝镇大厝基村的执行村主任，让他能把提出的各种建言献策付诸实践。

朱倚谅就任至今，每月都想出办法举办活动，迅速凝聚了村民的力量。随着活动的深入，从一开始不到20人参与，到现在一办活动就数百人热情参加；由最早的不理解，到现在全力支持配合工作。

5月13日是母亲节，朱倚谅组织村民设计了几个环节，有一个比赛叫"大声对妈妈说爱"，用分贝测量，谁的声音最大谁就是冠军。

李德华老支记慢悠悠出场，朱倚谅拿着分贝机，请他大声喊"妈妈我爱你"。只见老书记深吸一口气，大声喊："我爱你妈妈。"

朱倚谅脸上笑容瞬间凝固道："不行，不行，再喊一次。"老书记以为是声音不够大，扎好马步，用尽全身力气，大声喊："我爱你妈妈。"喊完，他望着朱倚谅，以为稳拿冠军。

朱倚谅依然摇摇头："不行啦，再喊一次。"老书记说："我喉咙喊痛了，你喊给我听。"只见朱倚谅深吸一口气，对着分贝机喊："我爱你妹，我爱你大爷啦！"霎时，全场的村民哄堂大笑，德华书记这才反应过来，连声道歉。

6 月 18 日，平潭北厝镇大厝基村举办端午节活动，邀请两岸同胞一同包粽子、做香包，以中华民族传统方式欢度佳节。

蒋燕凤 2016 年来到平潭，和丈夫一起经营着一家台湾小吃店。在活动现场，她耐心教大家包粽子，并把一颗颗粽子挂在绳子上。

"平潭和台湾的端午节气氛并没有太大的区别，大家都包粽子、做香包，一起度过这个传统的节日。"蒋燕凤说。

问及为何要将粽子一颗颗挂在绳子上，她说："粽子绑在一起方便携带和储存呀，还有粽子的'粽'和'重'谐音，挂起来就有沉甸甸的感觉。"

当天虽然下起了雨，但大家热情不减，许多平潭当地的年轻人也回到村里参加活动。

"现在年轻人也越来越关心自己家乡的发展，他们平时都住在城区，听到村里有这个活动就回来帮忙。"朱倚谅说，他邀请了一些擅长包粽子的台胞来到村里和大家一起搞活动，借着这种方式拉近两岸人民彼此的距离，并将中华传统的习俗在这里传承开来。

李德华支书更是激动地握着他的手说："这是大厝基村解放后最热闹的一天。"

如今，在大厝基村，朱倚谅时常带领一帮人参观、调研、考察，他正用自己的满腔热情投入平潭开放开发的建设浪潮。从最初与村民的生疏，到如今，朱倚谅已完全融入村里的生活，他的到来也给这个朴素的村落带去许多新想法。

"我想用自己这么多年的经历为平潭做点什么，一来成就自己，二来回报平潭。"为了跟更多的台湾人讲述他所在的平潭，朱倚谅除了查阅政府对台优惠政策以外，还恶补了平潭当地的地理和人文风情。己湖边村，是他担任村里长后去交流的大厝基村的第一个自然村。

他还记得在第一次跟村民们的见面会上，他们对眼前这位奇装异服的"外来人"相当错愕。"凭什么你一个外人，就能把我们的村发展好呢？"见面会上，不少村民对这位新来的"村干部"似乎没有什么"好感"，觉得外人根本不了解村里的实际情况，更别说带领他们"发家致富"了。但朱倚谅只用了一个故事，就让不少村民对他心服口服。

朱倚谅说，曾经有一群中原人为了躲避战火，翻过凶险的闽道，渡海来到了平潭，在一处风景宜人的湖边扎根繁衍，为了纪念老家的名字汜水，将这片新居所取名为汜湖边，后来因为生僻字和户籍登记的问题，汜成了己。"这就是我所了解的我们村子名字的由来。"

朱倚谅说出的故事，震惊了不少村民，很多在此生活了几十年的村民，都不知道村名的来历，而这个"外人"却如此熟悉。不仅如此，每个自然村有哪些特色，有哪些产业，朱倚谅也全都了然于胸。他说，村民想法很简单，就是引进的台湾村里长能否让他们生活变得更好。对于他这样的空降外人，质疑是正常的。

"求木之长者必固其根本，欲流之远者必浚其泉源。"朱

温馨原来是这么富有

倚谅说，在台湾，社区营造是"由上而下"，政府制定大政策补助计划，村里依具体状况看是否有能力执行。而大陆是"由下而上"，村里先规划执行小方向的亮点工作，引起政府重视，再给予相关补助，所以，如果村干部没有想法，村子就很难进步。

朱倚谅参与的大厝基村"一村一品"项目，他计划给每个自然村打造一个属于自己的品牌，同时学习西塘、乌镇等地的运营经验，让大厝基村的几个自然村发挥出各自的资源优势，形成特色各异的旅游村居集群。

"通过提升村子品味，让村民参与到景区运营中来，创造出工作岗位，就能让村民享受到实实在在的红利。"朱倚谅眼中充满了憧憬。

因大厝基村五个自然村的实际居住人口不足百人，朱倚谅引入平潭义工协会、平潭爱心公益协会、平潭环保志愿者协会、蓝天救援队等北厝镇政府支援者计千人，协助村里活动。

2018年4月4日下午，大厝基村举行"清明防火义工环保活动"，大厝基村志愿者工作队、区妇联成员以及平潭台商协会总计50余人身体力行宣讲环保的重要性。

他们以大厝基村村委会为出发地，共走访了五个自然村。朱倚谅说，期望活动能提高两岸同胞对生活环境的重视。此次做的是社区的环保清洁，接下来，还会进一步开展垃圾分类、厨房分类、独居老人家庭环境清洁等活动，他期待着，大厝基村能够成为和谐美好的社区，成为美丽的家园，成为大家的生命共同体！

来自宝岛的村干部

李德华支书说："这次活动，主要呼吁村民们提高环保意识，在清明期间不烧纸、不烧山，共同爱护我们的家园；其次，是希望能拉近村民们与台胞的距离，一同经营和宣传有意义的事情，加强彼此的交流。"

在村里连办几场活动后，朱倚谅感受到村民对他的认可和接纳。走在平潭城关的路上，会忽然有陌生人过来向他微笑，并说："您是我村主任哦，我也是大厝基人，谢谢您建设我的家乡。"

有时他在城里等红绿灯，也会听到旁边的孩子拉着妈妈的手偷偷地说："妈妈，那个就是我们村的村主任。"

朱倚谅感到很欣慰，他付出的努力，远在城关的村民都知道了。

两岸一家亲，当前，平潭综合实验区为台湾同胞在平潭学习、创业、就业、生活提供与大陆同胞同等的待遇上不断探索。面对众多的惠台政策，朱倚谅信心满满。这位来自宝岛的村干部，深情地写下这样的文字："天地之大，本来就是供人俯仰的，在平潭，有着廓大澄明与血脉相连，我是大厝基村里的主人，又是山水的稚子。天地之大，本来就是供人去丈量的，我从台湾走出来，走到广阔的海峡对岸来。我的生命在与村民的相互眷恋中不断丰富，这多么好……"

2018 年 12 月 12 日

建安，中国作家协会会员。

阳光澳前

◎ 唐诚焜

有时，搭着同事的便车，行驶在薄雾弥漫的疏港大道上，开始崭新一天的工作，也是极好的一种状态。手肘可以轻靠在车窗沿上，嗅着清晨微润的海风，其中还夹杂着淡淡的腥味，许是海边长大的孩子都甚为熟悉而亲切的味道。转个弯，爬个坡，在一个长长的下坡中冲破薄雾，澳前著名的台湾小镇就矗立在不远处。早晨初升的太阳，大剌剌地洒着光和热，把整个台湾小镇的琉璃瓦，映照得一片辉煌。

一年前，在学校工作的我，向往着突破一成不变的"程序化"生活，也响应省组织部"支援平潭，建设平潭，奉献平潭"的号召，来到了这个形似麒麟的海岛上。到的那天清晨，也是一样阳光充沛，也是一样充满期待，只是那风啊，吹啊吹啊吹得我们觉得台风就要来了。我所任职的澳前项目建设指挥部，那时候还叫澳前片区管理局，和善的郭友恩处长将我们引见给同样脸上挂着阳光般笑容的李平副局长。实在、高效、干练是我对李副局长的第一印象。澳前片区作为平潭综合实验区的对台窗口和物流中心，有着大量的基础设施建设工作。下辖的澳前和潭城两镇，一个是渔港中心，一个是人口大镇，有着各自不同的工作重心，但是在基建方面都有非常繁重的任务要开展。李副局长作为分管项目建设的责任领导，肩上的担子如此沉重，可是在他身上，让一个在外地打拼的年轻人感受到的，却是一份游刃有余，一份张弛有道，一份开朗阳光和一份温暖亲切。

管理局的大门对着海，海边常常有渔民在劳作。早晨清新的空气中，常常会传来一声汽笛，我便会暂时放下手中繁忙的工作，伸伸懒腰，惬意地踱到走廊，享受眼前的一片湛蓝。出海捕鱼的船只，船顶被阳光照得耀眼，渔夫喊着高亢的号子，挥洒着晶莹的汗珠，目光所及之处尽是满仓的鱼虾和丰收的笑脸。不远处，"海峡号"正在靠岸。澳前作为对台门户，有着平潭目前唯一的客运码头。每天数千的台湾同胞，通过这个口岸来平潭旅游、工作、生活。熙熙攘攘的人流，带来的是希望和期待，带回的是快乐和留恋，有多少新的希冀在这片沃土上生根、萌芽、茁壮、盛放，又有多少幸福在这片阳光下蔓延，繁华、闪耀、辉煌。

午后的阳光也是极好的，透过海岸线上绿色的裙边，洒下斑驳的树影。鸟儿不像慵懒的猫儿，总在此时雀跃不止，叽叽喳喳地弹奏着错落的曲调。工地上的工人结束了一天的劳作，进入了甜美的梦乡。每天，他们都在寥落的晨星中，迎接第一缕的朝阳，伴随着一滴滴的汗水，把平潭的矮房土路改造成高楼大道。正是这一双双布满老茧的大手，把平潭阳光的未来砌进砖里，铺进地里，揉进人们的心里。

温馨原来是这么富有

傍晚，随着夕阳归家，一片暮色之中，不时有海鸥飞过。总说"夕阳无限好，只是近黄昏"，实则不然，这只是阳光的小憩，因为明天，这光芒所赋予的明亮、奋进、希望和收获依然会随着朝阳再次升起，倍加璀璨。

唐诚焜，曾在平潭综合实验区挂职。

漫步海坛沙滩

◎ 吴茂生

漫步，随心而走，什么都不想，亦可想想未来。与公园、江滨等处相比，我更喜欢在滨海沙滩上漫步，踏着软软的沙滩，吹着咸咸的海风，那感觉清清爽爽、舒舒服服。

滨海沙滩是海岸上的特有风景，平潭拥有丰富的滨海沙滩资源，滩面宽阔，沙质细白，海水清澈湛蓝，背后有葱郁的防护林带，别具韵味。当你漫步海滩，面对阳光、沙滩、浪花、礁石以及凉爽的海风、纯净的空气，你可自由畅快呼吸，深切感受平潭之美，让你的情怀宁静淡泊。不同的海滩，不同的景致，不同的感受。

坛南湾远垱澳沙滩，圣洁。坛南湾，有着"白金海岸"之美誉，绵长的海岸线林带护卫，丘陵环抱，湾内海域辽阔，港澳众多，岛现礁隐，细腻的沙滩平缓而整洁。远垱澳位于坛南湾最南端，是一个待开发的"处女地"，滩面平缓，格外开阔，细沙如银，有"银滩"之称，更有随时随地的"天然席梦思"供躺卧。赤脚踩着细沙前行，向后看，留下的足迹不深不浅，清晰可辨；向前看，碧波荡漾，海面如同宝蓝色的镜子，已经分不清哪里

温馨原来是这么富有

是蓝天，哪里是大海，都融为一体了。兴起时，回到童年的乐趣，用手指随意在沙滩上涂鸦，或捧起细沙，然后缓缓地撒下，就会形成一个美丽的沙瀑。休息时，枕着柔软的沙子躺在木麻黄下，阵阵凉风拂过面颊，眼望隐约可见的将军山，看着蓝天碧海绿树自然地融合成一幅画面，极为壮观，不禁会怀疑自己是否身处世外桃源，远离城市的喧嚣与炎热。退潮后的沙滩上，留有层层沙浪，低洼处漾着水，或像缩微的梯田，或像云朵的浮雕，韵律感很强，十分别致。如上天眷顾你，夜幕降临，在长达1.5千米的优质天然海滩上，随着海浪阵阵拍打，不断地会出现荧光色的蓝点，若隐若现，美其名曰"蓝眼泪"，它们时常依偎在沙滩上。用手触摸，软软的，黏黏的，不忍伤害，放归大海，让它们随潮水而去。

海坛天神海滩，宁静。海坛天神位于南海乡塘屿。只见"天神"头枕沙滩，足伸南海，体形健壮匀称，下身斜翘一柱状风化岩体，如男性第一性征，栩栩如生，令人叫绝。相传周边渔妇只要触摸此物，即可生个大胖小子——搏击风浪太需要男子汉！这个勇士千百年来默默守护着这一方百姓，渔民敬仰他，称他为"天神"。他守护着这片美丽辽阔的海洋，显得那么逍遥那么自在，仿佛在聆听海浪拍击礁石的美妙乐曲，又似乎在等待大海对面台湾宝岛上人们的到来。一切似乎都显得那么祥和平静，只听见哗哗的海浪声和人们在大海中嬉戏的欢笑声，远离城市的喧嚣，没有世俗的纷争，没有烦恼，没有压力。宁静的海面上，偶尔看到渔民的身影，在阳光照耀下显得那么幽静。这儿的海水，宁静辽阔，一望无际，海风带着淡淡的海腥味，轻抚着人们的脸庞，海浪舒缓地拍打着沙滩，轻柔地舔着脚丫，不时有顽皮的鱼儿，在浅水中嬉戏，从脚面游过。退潮时，岸边岩礁低洼处有积水，有很多的小海螺在活动，小螃蟹也不甘寂寞，在水中大摇大摆横冲直撞，或躲在石头缝里，翻动石头则四处逃窜，"快来，快来，这有好多螃蟹……"你可以喊着追着它们跑，这就是人们常说的返璞归真吧！

龙凤头滨海沙滩，热闹。龙凤头位于平潭岛东隅，县城边上，步行可到。沙滩上刻画着风雨的印痕，漫步其上，徐徐的海风迎面吹来，灼热的心情，顿感清心舒爽，一种平静的心情油然而生。面对一望无垠的大海，看着活泼的浪花如音符般跳跃，惬意地站在海滩上，尽情地享受着大自然的馈赠。平静之余，可见热闹场面，将自身融入平潭特有的海洋文化。落日的余晖洒在海平面上，泛着柔和的金色光芒，看那传统的"拉山网"，两排渔民慢慢地将大网拉向岸边，喊着来自远古船工们高亢的号子，仿佛一曲真正的"渔歌唱晚"。千百年来靠一叶扁舟向大海讨生活的先辈们，在他们的生命里承载不了太多的浪漫风情，风浪过早就在他们的脸上刻下斑驳而坚毅的印记，但始终洋溢着欣悦的微笑。看那采挖海贝的人们，身上背着鱼篓，双手紧握木柄，将贝耙在沙子底下拖过，在沙滩上画出一道道弧线，时而弯下腰查看是否有收获，犹如跳动的音符。看那水上运动，风筝冲浪在海面上起起落落、随风摇荡；水上摩托艇在海面上快速地画出美丽的曲线，欢叫声在其后飘扬。看海鸟在

温馨原来是这么富有

沙滩上快速地奔跑，像是神秘的精灵，一旦你靠近，它们迅速离你而去。还有那美丽的海鸥，时而低飞，可听见它拍打翅膀的声音，时而高飞，在金色的阳光下，就像银色的梭子。

平潭岛景色优美，蓝天、白云、细沙、绿树，更是看海的好去处。沙滩柔软，你只要光着脚丫走，就觉得脚下痒痒的、软软的，仿佛自己踩在一条金色的绸带上，感觉柔软无比。置身这有如海上圣坛的平潭，才发现这个坐拥阔海、神奇壮美的海坛岛，原来就是自己心里的那一道风景。这里少有烦嚣，少有狭隘，少有劳顿，少有悲怆，只有一份泰然和恬淡；以致那久在樊笼里的心弦，被深深地感染与震撼。

大海无垠，但海岸却无意中泄露了海的秘密：蜿蜒的海滩，是一首没有终章的乐谱，欢快的人们，构成了乐谱上跃动的音符。大海的深蓝和广阔，带给人无尽的想象；徘徊的海风，带走无边的烦恼。此时此刻，你会感觉人变渺小了，而心胸却变开阔了。

吴茂生，曾在平潭综合实验区挂职。

岚岛饮食记

◎ 高 宇

一地一饮食，各有各风味。

说到岚城特色饮食，当年还有轮渡的时候，在路边小摊看到售卖海鲜面，兴冲冲地到店里一看，没地方坐就算了，大家都端着一碗黑乎乎的面——连汤也是黑的，如墨汁那般的黑——吸溜地吃着。一眼瞥见他们的那腥黑的牙齿和瓷碗，后来一问，原来就是墨鱼面。当然不是闻名于世的意大利墨鱼面，意式的墨鱼面是将墨鱼汁挤出加入面条里，或者是将新鲜墨鱼汁与面条翻炒，那样不仅不会染到牙齿，而且保留了墨鱼的独特鲜美。相比之下，平潭的墨鱼面来得更加爽快干脆，省去了些步骤，直接将墨鱼与面条一起煮了，食客不必斯文优雅正襟危坐，端了个碗，尽管麻利地品尝新鲜汤汁，那种一头热汗吃完牙黑人爽的感觉，也是另有一番的风味，然而这终究还是文人的遐想。偶有一次，与来自海边的友人谈起这道食物，她笑说，哪会有特别的味道？肯定是清洗墨鱼比较麻烦，为了不浪费而且省工才会一锅煮的。被她这么一说，我顿时诗意全无。但细细一想，这难道不正是真实的生活面目吗？毕竟那赤裸着胳膊袒露着胸

温馨原来是这么富有

膛的渔夫，日日在风里浪里卖力打拼冲撞，哪来的闲情和时间慢慢折腾一道食物？必须先填饱了肚子，才能撑起明天的风帆。

平潭当然还有各色各样的海鲜，临海的地方，这是最丰盛的馈赠了。而在海鲜里，岚城人最常见也最为得意的就是海蛎。说起海蛎，平潭人真是如观掌纹，每个都俨如专家。这里的海蛎有很多种类，可以分成轮胎海蛎、竹竿海蛎、野生海蛎等。野生海蛎这个名称很明白，轮胎和竹竿有什么区别就让人费解了。平潭渔夫说这是因为海蛎有不同的"种"法，一种是将轮胎系在海里，让海蛎附在其上，由于整天不出水面，所以成长较快，但肉质较差。而那些种在竹竿上的，因为潮起潮落，海蛎不会一直长，所以个子较小，但口感更好。至于野生，要去小岛上的岩壁上才能挖到，每天收获很少，个头更小，纯天然的当然也就更好吃了。

岚城还有不少风味小吃，如"时来运到"，如"金玉满堂"，如"八珍炒糕"，形式虽然不同，但几乎都与地瓜粉有关，不熟悉的人可能觉得有些单调。其实是因为他们不能理解这其中的缘由。毕竟平潭早期只是一个海上小岛，资源匮乏、环境恶劣、生活困顿，种植不易且渔猎艰苦，当地百姓的生活是比较贫穷的。当地除了地瓜之外，实在很难种植其他农作物。因此，在无奈的情况下，硬是将地瓜粉变出了许多花样，或蒸煮或油炸，这已经是十分聪明而善变的了。

近年来，在实验区和自贸试验区双区叠加的优惠政策下，岚城迈开了开放开发的崭新步伐，城市基础设施建设日益完善，周边产业发展逐渐兴盛，居民生活水平有了显著的提高。人们的饮食也随之丰富了起来，再也不局限于"地瓜"味，还有各色各样的风情美食如重口味川菜、精致日韩料理、优雅西餐等。但如今遍地的烤鱼、水煮活鱼、烤肉麻辣烫，虽然丰富了人们的味蕾，却也把原来天然纯粹的海的"鲜"味逐渐掩盖。在追求新鲜刺激、另类重口的当下，其实已经很少有人能真正体会那种鲜嫩多汁的海蛎在舌尖翻滚的甜美滋润，很少有人能完全明白那种爽滑Q弹的墨鱼面在唇齿缠绵的爽口甘美，这恐怕也是越来越快节奏的生活带给人们的遗憾。希望终有一天，平潭人会重拾这些细腻而精致的感觉，让那些美好而真诚的岚城滋味，永远留在心间。

高宇，曾在平潭综合实验区挂职。

温馨原来是这么富有

蓝眼泪

◎ 南 帆

　　"老夫聊发少年狂"，周末驱车近百公里，到平潭岛看"蓝眼泪"。岛上的友人告知，天气闷热的夜晚，海里的一种微生物会浮出海面呼吸。浪涛翻卷，这些微生物发出幽蓝的微光勾出了海浪的摇荡和起伏波纹。"蓝眼泪"来自哪一位诗人的命名吗？不得而知。传统想象之中，那些快乐的"小精灵"多半是蓝色的，它们担任的是轻喜剧之中调皮的角色。"蓝眼泪"仿佛隐含了忧郁和悲伤。大海的哭泣。网络流传一些"蓝眼泪"的相片，隐藏于浪涛弧线之中变幻多端的幽蓝荧光犹如无所不能的电脑工程师在屏幕上合成的一样。当然，汹涌的大海不接受程序、软件和鼠标、键盘的指令。"蓝眼泪"可遇不可求。这种幽蓝的微光踏浪而来，倏忽而逝。

　　平潭是一个大岛，300多平方公里。空中俯视，摊在海面的岛屿状如麒麟。平潭岛位居台湾海峡入口，相距台湾的新竹仅68海里。岛上有一个小县城，县城街道上那些贴着马赛克的公寓楼房已经陈旧。乡村许多石块垒出的小楼，四四方方的，低矮而坚固，错杂地趴在山坡上，集聚成一个个小村落，绿色的藤蔓或者粉红的三角梅不时从石块小楼的墙角闪出。这些石块小楼扛得住呼啸而来的海风。海风从宽阔的东海涌入窄窄的台湾海峡，争先恐后地夺路而行。平潭岛是一个挺身而出的哨位，不动不摇。平潭岛每年刮风的日子超过 200 天，海风又硬又尖，地面上刮得动的东西都吹走了。

　　进入平潭岛的一座跨海大桥刚刚通车 10 年左右。高速公路翻越过一座小山，葱绿的山坡底下豁然展开海浪翻卷的海峡。这儿是一个风口，几排乳白的风力发电风车悠然转动。这儿架设一座跨海大桥，凶猛而厚重的海风甚至比湍急的海流更难对付。每一年的夏季，总有几个来自太平洋的台风威严地路过，3500 多米的桥梁仿佛在风中颤抖。台风来临的时候必定要封桥。一个熟人有急事抢在封桥之前入岛。乱云疾驰，大风的先头部队已经抵达。他担心驾驶的小轿车会像一片树叶被吹到海里去，只得雇一辆装满货物的大集装箱卡车轰隆隆地过桥，他的小轿车战战兢兢地躲在集装箱卡车一侧的阴影里跟了过去。

　　呼啸的海风将这个岛上许多人的性格吹得像石头一样坚硬。一批又一批的青壮年渡过海峡，离开平潭岛四处打工。他们躯体刚硬，肤色黝黑，勇于吃苦，接得下许许多多的重活。不知什么缘故，平潭岛的人显示出开凿山间隧道的天赋。大山如同一群巨兽傲然挺立，一群来自海岛的人钻入它们肥大的躯体疏通经络，亦是一奇。乘坐火车或者汽车穿过幽暗的隧道，我时常猜测是不是平潭岛那些人的作品。一个又一个隧道工程完成，平潭岛的一些人渐渐成了公司的老总，脖子变粗了，肚子也慢慢腆起来。然而，不管身家多少个亿，黝黑的皮肤依然不变。没有这一副皮肤，岛上的海风会认不出他们。

　　我的一个乒乓球友来自平潭岛，是哲学教授。由于漫长的哲学生涯，他的皮肤渐渐褪去了风沙的痕迹，但是，平潭岛的脾气依然火爆，丝毫没有哲学的慢条斯理。哲学教授开车贼快，时常飙车一般冲回岛上的老家，拎来几个纸箱的螃蟹，顺手送一箱给我。如果我伪装客气，假惺惺地推辞，他会像训斥坏学生一样恶语相向。哲学教授邀请我和几个球友到他的学校打乒乓球。到了球馆，几位本校的师生已经占住了球台。哲学教授静静地旁观了几分钟，突然大声吆喝：客人已经到了，你们为什么还装着没有看见？那些本校的师生灰溜溜地走开了，剩下我们这几个反客为主的家伙尴尬地站在那里，进退两难。

　　这个周末我是从另一座新建的跨海大桥入岛。新建的大桥在平潭岛的北端，长16公里，中途借用几个浮出海面的小岛支撑，整座大桥如同一个漂亮的三级跳。这儿是另一个风口，刮风的日子可以在海面掀起10米高的巨浪。这一座跨海大桥分上下两层：上层为六车道的高速公路，下层为时速200公里的高速铁路。那些居住在石块小楼的人们只要出门走几步，即可坐到乳白色列车的空调车厢里。崭新的柏油公路四通八达，地平线上错落起伏的玻璃幕墙高楼，还有大片大片密集的防风林，例如木麻黄、南洋杉、相思树。这一次我穿过六车道的跨海大桥入岛，寻访一种细如沙粒的微生物。它们被海水托举到浪尖，发出幽蓝的微光，然后跟随海浪哗地扑到沙滩上，100

秒之后熄灭，死去。

驾车在岛上起伏盘旋，灼亮的骄阳烤得车顶发烫。轿车呼地冲上山巅，突然看到山坡下面数十台乳白的风力发电风车列成方阵直接安装于海里，仿佛是生长于碧绿海水之中某种奇怪的植物；轿车下山的时候，对面一面山坡屏风一般打开，山坡上层层叠叠地排列着石块小楼；一台风力发电风车的巨大风轮缓缓地从山坡背后升起，风轮的直径几乎与山坡一样宽，巨大的叶片轻轻地转动，带有几分魔幻的意味。这时我听到一个同行的伙伴说，风轮转一圈带来的利润是10元钱。是不是可以将这些风车视为看守岛屿的白色巨人？他们气定神闲，悠然转动的风轮仿佛在与天外的宇宙通话。

打开车窗，热烘烘的海风涌入窗口。轿车穿行于潮湿的燠热之中，驶向一个约会般的浪漫夜晚。可是，过分的燠热和湿度意外地造就了一场猝不及防的大雷雨。闪电炸裂天空，轰隆隆的惊雷劈头抢下，片刻之间，车窗上水流模糊了视线，雨刷急骤地开始摆动。雷雨持续的时间不到一个小时，雨后的空气沁人心脾，可是，岛上的友人立即觉得不妙。天清气爽，海里那些微生物或许会早早地睡去而不再到海面逛来逛去。傍晚的湿漉漉海滩正在等待涨潮，一个同行的伙伴回忆说，上回就在这儿等到了"蓝眼泪"。走过沙滩的时候，每一个陷下去的脚印都发出了蓝光，甚至暴露在空气中的一条胳膊也蓝光闪闪。我们羡慕地听着，但是，我清晰地意识到，今晚"蓝眼泪"大概不会来赴约了。

温馨原来是这么富有

平潭岛上竟然可以用手机下载到一个报告"蓝眼泪"动向的软件，微信群里随时有人通知哪一片海域冒出了"蓝眼泪"。晚餐的时候手机突然传来消息，不远的地方开始有动静。匆匆驱车赶到，那儿是公路旁边的一个小港口，几艘渔轮和渔船静静地停泊在黑暗中。港口的石栏附近陆续出现一些闻讯前来的人，"蓝眼泪"寻访者开始在昏暗的街道汇聚。一个人端来一盆水哗地泼到港口的河道里，一圈微蓝的水花跳动起来，周围一阵轻微的欢呼。另一个人站到河道码头的台阶上，挥舞手中的竹竿在水里搅起几道微蓝的波纹，岸边是屏气敛息地期待。然而，事情到此为止，竹竿搅起的微蓝也渐渐隐没了。街道上一个保安模样的人踱过来，他内行地说，此时风向已变，那些幽蓝的精灵不再聚集在岸边，而是回到了大海的深处。如若执意要见一见，只能乘大船出海。

　　当然，这种建议只能一笑置之。我们没有考虑留宿岛上，而是在临近午夜的时候返回。再度路过 16 公里的跨海大桥，黑暗中已经无法看到海水。桥下是否有"蓝眼泪"随波荡漾？这个疑问一闪而过，答案似乎不重要。那些微生物待在愿意待的地方，轻松自在，一切安好。桥面寂静无人，一盏一盏的路灯衔接为遥远的一串。心满意足，没有任何失落之感。平潭岛已经落在身后，但是，这个岛屿始终屹立于摇荡的海流之中，沙滩平坦，海风咸湿，礁石嶙峋，拍上礁石的浪涛轰然作响，夜深人静的时候还会听到潮水的悠长叹息。任何时候都可以再来，不论能否遇得到"蓝眼泪"。

南帆，著名学者，散文家。福建社会科学院院长、研究员，福建师范大学特聘教授，博士生导师，福建省文联主席，中国作家协会全委会委员。已出版学术著作多种。《关于我父母的一切》获第三届华语文学传媒大奖散文家奖，散文集《辛亥年的枪声》获第四届鲁迅文学奖散文奖，学术著作《五种形象》获第五届鲁迅文学奖理论批评奖。

温馨原来是这么富有

紫云英（外四章）

◎ 郭永仙

看见紫云英的时候，天空下着雨。细如牛毛的雨丝，像一把把柔软的刷子，仔细清洗叶片与花朵，让冬天的旷野不寂寥。

这是很多年后又看到紫云英，岁月其实已经走得很远。记忆中的那个女老师，扎着两把小辫子，欢快的脚步交叉着蜻蜓点水般，跳跃在窄窄的田埂上；她是那样清纯，小心踩入开满紫云英的冬田，摘了一大把紫色的花。

那天夜里星星在窗外眨着眼，她高兴地吹起了口琴，紫云英在玻璃瓶里侧耳倾听。灯非常昏暗，老师吹出的音乐点亮了夜空，她是我们大家的初恋。

紫云英是一群可爱的孩童，清早霜白了高高低低的瓦片，街上行人很少，偶有行走的人，戴着白色的棉口罩，拱着肩袖着手。紫云英在田野上开心乱跑，每一朵花都是好朋友，没有嫉妒没有忧烦。

早些时候牛蹄子在田里留下深浅不一的印迹，在有霜的早晨结了薄冰，女老师带领我们掰了冰，用麦秸秆吹出一个个洞，以稻草串在一起，提在手里叮叮当当，那是我们自制的玩具，快乐了我们的童年。

白玉兰

今年的秋风不寒冷，它总是跟阳光结伴同行。天暗了下来，风吹过，还有丝丝缕缕暖意在，高大的白玉兰，一树绿叶还在歌唱。

香融在空气里，花瓣以天女散花的姿势，沿街游行，太多了，队伍就走散，香魂与秋天握手。

记得初夏的夜晚，你把花朵夹在耳旁，香风撩得人心不安，深深浅浅的脚步，成了暗夜里的音符在飘荡。

最后的白玉兰，没有伤感，风来了她们就走，像蝴蝶舞蹁跹，落在树下，心已经回家。

似菊非菊

冬日进山，徒步登了一座千米高山，气不喘，汗没出。阳光在密密的树林里散步，那脚印像虎的斑纹迷离。

出了树林，就看到了几枝瘦瘦的枝干，非常随意地开着几朵花，像村姑随便哼出一两句民谣，在风中摇出一些韵味。

淡黄的花，清纯如村庄里的小姑娘，有点像菊花却不是。现在菊展的菊已失节了，这似菊的花铁骨凌霄，叶全回归，花却精神着，黄出没有心机的笑靥。也只有在山野荒郊，你的歌

温馨原来是这么富有

声随心所欲。

文学是一种病毒

许多年前，我们坐在苦楝树下，那时不懂喝茶。脚下是一瓶瓶味美思，这是一种很甜的酒，流行城乡有些年。

月亮只有一半，月光丰满而温柔，浮在酒杯上，闪着诱惑的柔光。我们都举杯，连同月光一起喝下。其实那个时候我们集体中毒了。苦楝果在树上幸灾乐祸地哈哈笑。

从此后，文学就一直跟着我们，阴魂不散。曾让我们吃了苦头，我们却不后悔。在情感贫困的年代，文学的美丽充实了我们的青春。

时光流逝了30多年，很多朋友不再玩文学，为生计奔波在酸甜苦辣的道路上。多少文字都不懂得写了，这病毒还藏在心底，夜深人静的时候会发作。想把它给删除了，这病毒想不到很难缠。

有一天夜里，我的朋友半夜爬起，点上一支烟，找不到纸张就打开了电脑。没想到文字像一只只绿色的虫子，从他的大脑顺着手指爬上了电脑，手指一直发颤，文字排着长队，越来起长，多年的人生感悟，失败成功，都码在了电脑上。

这些年的病毒虽越来越厉害，但都有杀毒软件对付得了，只有文学这种病毒，任何杀毒软件都奈何不了它。

我知道，这些年你不写，可你还是受不了，在 QQ 空间里

紫云英（外四章）

露出了尾巴。不要强忍着，学一句流行的话：有了感觉你就喊！

亲爱的朋友，别跟这病毒过不去，发作了就由它去，谁叫我们当年不知好歹，沾染上了这病毒？我是中毒很深就随它去，哪天你的毒瘾犯了，别忘了带上酒来找我，烤了明月来下酒。

20 年时光没有老

——给牧心雪 20 年前因散文诗与牧君相识，时日虽短，却相记于心。就算 20 年音信全无，心彼此相牵。再逢时，已是 20 年后的秋天。特写散文诗一章纪念。

——题记据说泉州老君岩是天下最大的老子雕像。以一整块大青石，把老子留在青源山下。谁能知道当年弘一法师路过此处，是怎么想的？后来就在山上留下了"悲欣交集"，让后人去咀嚼……

20 年前，书生一样的你，带我游览了青源山。那时候你像一竿修竹，诗情却已像雨后春笋勃发。那时你真瘦呢！

以后呵，就不见了你。面对大海，我找不到你。

你就像大海里的一条鱼，我想你应该是鱼，你的生命始于有海的那个地方呵。

20 年后，会以一种意想不到的方式相遇。在无垠的博客世界里，竟然碰上了。仿佛大海退潮了，只把我们留在了岸上，相视而笑，击节而歌。随后，在博客上一次次交会，而我一次次醉倒在你的诗意里。

温馨原来是这么富有

那天见到你，你已不再是修竹一棵，20 年岁月积淀，你已变成一棵巨树，厚重的体态里装载的都是诗情。

真情还在，酒量还在。茶意很浓。

时光可以流逝，不该相忘的人总会再见。

（原载《散文诗世界》2008 年）

郭永仙，1960 年生，福建永泰人。中国散文学会会员，福建省作家协会会员。著有散文诗《真情岁月》，散文、散文诗合集《心灵流泉》，作品入选《中国散文诗 90 年》《2004 中国年度散文诗》《2005 中国年度散文诗》等多种选本。

紫云英（外四章）

梧桐尾街旧事

郭永仙

梧桐自古以来都是商埠。旧街不长，开店铺的，摆摊点的，肩挑货郎担的，让梧桐街洋溢着浓郁的人间烟火气息。夏日的夜晚，评话师傅在街边摆放一张桌子，前面便会围了一圈又一圈的人群。那时生活简单，娱乐生活也单一，快乐却不少，人更容易满足。

20世纪70年代之前，梧桐老街清一色溪卵石路面，取之大溪与小溪边的稍大点的卵石，颜色米黄或淡白，经一代代人脚板打磨，色泽清亮，特别是雨后，那种干净贼亮贼亮的，却是赏心悦目。

梧桐街上的人，称北面的大樟溪为大溪，西边青龙溪为小溪，大樟溪与青龙溪都是官名，梧桐街上的人，祖祖辈辈都是大溪小溪这么叫。夏天找不到小孩，大人们肯定会说又去大溪或小溪洗澡了！我是到工作之后才知大溪就是大樟溪，小溪却称青龙溪。说实在话，梧桐街的人到现在也还是称这两溪为大溪与小溪，有些习惯是很难改变的。积习难改就是这样吧？

大约是20世纪70年代初，梧桐街的路面铺上采自埔埕铁

温馨原来是这么富有

券山的麻黄色的山石，有一段是建桥边角料，取自大溪桥下大堤窟的青石，方形与长条形，走起路来就平整得多了。

梧桐老街俗称旧街，溪对面的称坂中街，街上人通常叫坂中街为对面街。旧街从街头到街尾呈直线，长度大约 100 米，分布着密密的店铺，店铺都是闼板式，一般为 12 块或 16 块门板，白天卸下，摞在墙角，傍晚打烊后上在门槛的槽里。街头有一家客栈，因呈三角形，大家都叫它三角店，女老板金菊，莆田人，故三角店的客人多为莆仙小商贩，莆田来的挑货郎担的都住在那。小时候我常去那玩，看货郎担挑来琳琅满目的货物，过过眼瘾。

过去客栈很少有单人房，几乎都是通铺。大的通铺可睡五六人，那时梧桐街住宿好一点的就是位于街中部的书官旅社。除了通铺，还有单间，单间通常有三至四个铺位，记得有一位德化卖瓷器的小商贩常年住在这里，那些瓢羹、碗碟等瓷器就摆在旅社门口，地上铺了一层稻草。隔壁就是我的同学忠兴家的鼎边糊店，忠兴的母亲与奶奶经营此店。

那时梧桐街从街头到街尾，基本上家家经商，都不想浪费沿街的店面。大的店都集中在中部，大多是公家的商店。主要有供销社的布店、食杂店、饮食店、百货店、农资门市部、合作商店、理发店等等。梧桐旧街中部，是当年最繁华的地方。

梧桐尾街旧事

275

梧街四师

在梧桐街上，有不少手艺人，能被人称师的，必有一技之长，还与众不同。我想先说说四俤师，那是个一身都是本事的人。他的照相馆开在街的中部，忠兴家隔壁，而对面是理发店。四俤师是县城人，来梧桐谋生活，就此在梧桐落户。照相只是他诸多行当中的一行。四俤师的店楼上照相，宽大明亮，有一面很大的背景幕布墙，画面上画着八角亭，亭边有拱形的石桥、杨柳等，每年春节前后，街上许多人家都会到他的店拍全家福，我家就保存有一张拍摄于 1963 年的全家福。那段时间店里生意特别好。楼下则修理钟表、手电筒、钢笔等，手电筒是当时使用频率最高的电器。手表在那时是金贵之物，拥有者不多。这时你见到的四俤师，戴着一个单孔放大镜，手里拿着小镊子，埋头在玻璃罩里修理手表。他属于多能型师傅，除了上面说到的，他还会打制金银首饰，整条旧街，只有他一家能打制金银首饰。而到了春节前，他也会抽出时间打制肉燕皮供应春节市场。

现在说说仁泉师吧。

街尾紧临大溪边有一家铁器社，里面有好几炉打铁炉，师傅有 5 位，以仁泉师最有名。仁泉师家住街尾，住宅与兴安会馆隔着一条水沟，跟我也是邻居，那时我家租在街尾。他家有店面，因处街尾，并不经商。他在后面盖了一座三层楼土木结构的房子，一家人便住在那。20 世纪 70 年代初，他的父亲黄国安先生还健在，老先生瘦瘦的，中等身材，在我的记忆中，常年穿着一袭纯棉长布衫，仙风道骨，只有他一人住在店里。

仁泉师铁器打制得好，他还心灵手巧。在梧桐街许多打铁铺里，他最早不用手拉风箱，改用鼓风机，这是一种创新与解放。妻子与他帮锤，有时大儿子胜白也帮忙。

20世纪60年代至70年代，国家凡有大事，举国上下都要组织上街游行，比如当时两弹一星研制成功，卫星上天，导弹、氢弹在大漠上升起蘑菇云……都要游行。队伍浩浩荡荡，十分壮观。主要有公社机关单位、各生产大队、梧桐街道大队等组成方阵。每次都是街道大队方阵最引人注目。每个方阵前导都是四人扛着大幅毛主席画像，队伍后面是红旗、语录牌、标语牌等。一路上锣鼓喧天，人人头攒动，激情飞扬。同样是毛主席像，街道大队的却是别出心裁，他们抬的那个大牌匾上的毛主席像四周会闪射出光芒，这在当时，是非常了不得的事情！许多小孩子跑前跑后跟着看，不亚于当今的追星族。

这是仁泉师的手艺。工艺其实不复杂，但要懂电机等原理。快50年了！现在想起来还有些印象。在仁泉师家二楼的楼梯头上就放了一尊小型的毛主席闪金光像。仁泉师二儿子中坚是我的玩伴，我们一伙半大小孩常到他家玩，最爱看的就是这个毛主席闪金光。通上电源后，毛主席头像四周就闪出道道金色光芒，显得庄严神圣。整个构造是这样的：手巧的仁泉师，先把一个洋铁片剪成圆形，然后将其镂空成一道道长条状、上宽下窄的光线，安装在毛主席像的后面，中间有个轴，通电时便转动。毛主席像的后面贴着锡箔纸或金色箔纸，镂空的圆铁片背后装有一个小型马达，开启开关后，那个镂空的圆铁片就转动起来，形成光影效果，毛主席像的四周便闪射出一道道光芒。

仁泉师现还健在，已是耄耋之年，近年迷上了写旧体诗，永泰电视台曾做过一期有关仁泉师写诗的专题节目。有一日在街上碰见他，说起当年的事，他哈哈一笑：你还记得？

天炎师是我最常接触的人。梧桐卫生院中药房的药剂师，街上人都叫他天炎师。我的母亲就是跟他学抓中药的。

天炎师是闽侯南屿人，在梧桐卫生院干到退休。人长得儒雅，一生浸染在中药里，对中药之熟，每一个装中药的小抽屉闭眼都能摸着，他抓中药，不用厘称，一抓分厘不差。这眼神与手感是长期在中药房里修炼出来的。他爱吃光饼，时不时买回光饼藏在中药屉中。他藏光饼不是乱藏，不会放在药味浓重的屉中，一般藏在装红枣的抽屉，气味好，老鼠也咬不到。记得一到放学后，我们兄妹几个便会跑到中药房找母亲，天炎师会打开抽屉拿出光饼给我们吃。后来我们会乘着天炎师不在时，自己偷偷拿着吃。天炎师发觉后，也不说，只是换了抽屉，或放在金樱子、山楂、枸杞等抽屉，我们常在中药房窜，知道这些中药都是能吃的。天炎师像跟我们捉迷藏一样，不断变换抽屉，我们都能找到。后来我们认识了很多能吃的中药，在那个少零食的年代，那些中药成了我们的零食……

天炎师看过去是高贵的。听说中华人民共和国成立前他可是开药店的老板。他对吃极其讲究，都是吃好东西。梧桐街有

温馨原来是这么富有

卖鲁鳗（花鳗鲡）、老蛇鱼（胡子鲶）、甲鱼等，他是必买。一身贵族气的天炎师，却有一个农民朋友，就是街头放鸭姆的人称鸭姆焰。那里有个西林村小溪人，被人叫作高哥的捕鱼人，有捕到好鱼，拿去梧桐街卖，肯定要经过鸭姆焰家门前，鸭姆焰就会把人叫带到卫生院找天炎师，天炎见看到好鱼，那是两眼放光。如果是小一点的鱼，他一个人买了，大的，就叫上我父亲以及陈医生等人合伙买，每人切一段。

天炎师是个好人，一个有趣的人……

现在也要说说阿九师。阿九师不是手艺人，但很多人怕他。特别是西林村的疯婆子阿鲁老婆。一看到她刚出街头，一群小孩便会隔着十来米远的地方欢叫："阿鲁老婆！阿鲁老婆……"这时这疯婆子就会大骂，还会追赶小孩。在缺少娱乐年代，一个疯婆子的出现，也会给小孩带来一些快乐，虽然怕她，却又会去招惹她。有时她也会自言自语唱诗，听起来也朗朗上口。她疯劲没发作也顶正常，小孩一惹她，用小石子扔她，她急了，会一路追打小孩，这时只要谁喊一嗓：阿九师来啦！阿九师来啦……她一听，撒腿就往小溪方向狂跑！

她为什么那么怕阿九师呢？阿九师是公社的公安特派员，按现在说法，就是派出所的。他经常身背驳壳枪，四处走动，那个年代，公安人员是可以随身携带枪支的。阿九师一脸络腮胡子，如果是刚刮的，硬喳喳的，看到我，就抱着往我脸上扎，可痒了……阿九师也是个可爱的人……

梧园医话

　　林云章先生跟梧桐有缘，抗日战争前，与友人亲戚一起在梧桐尾街开设"梧园·广林春诊所"。先生素来喜清静，不耐尘嚣，后返鲤洋老家行医。为纪念旅梧事迹，将故居楼堂命名：梧园。

　　隐于乡间，行医、读古人中医典籍，闲来撰写医学心得、旧体诗词，过一段悠哉游哉日子。

　　现在提起云章先生，知道的人恐怕不是太多。作为福建省近代名老中医，当年名噪一时，求诊者趋之若鹜。岁月掩埋了许多人和事，却与老辈人谈起云章先生，梧桐坂中街的人都还记得。

　　林云章先生生于清光绪十八年（1892），1979 年 11 月 21 日（农历十月初二）去世。先生仙游县游洋乡鲤洋村人，早年毕业于荔城进群中学，曾获保送上海圣约翰大学深造，以家贫母老，弃学从医，中年曾执教于鲤城培原学校。1950 年后，先后受聘于梧桐保健院、永泰中医研究所、福建省中医研究所。与当时省内中医界名流胡友梅、俞长荣、俞慎荣、孙松樵、林竹筼等名老中医欢聚榕城编修，唱酬至乐。云章先生除精通中医经典书籍外，国学基础深厚，所作诗文，清雅拔俗，脍炙人口，现录一首七律于此。

新居所见

圳南北邻坂街东，石涧西萦陇路通。

树影静临田水碧，花容娇映草庐红。

乍惊云气吞山岳，倏讶雷声震昊穹。

鸡犬相闻村陌里，阴晴万变暮春中。

这首诗写于 20 世纪 70 年代客居坂中街的所见所感。

我在少年时曾见过云章先生。梧桐街的人都尊称他为老先生。那时他在坂中街尾租一屋坐诊。在我的印象中，他长年穿着一身黑布长衫，给人感觉是民国时代的人。为人和气耐心，声音不大，说着一口浓重的仙游口音。普通话带有明显的莆仙腔。客居榕城期间，因水土不服，生活失调，患上高血压病，致半身不遂，自感不便长期留省中医研究所工作，后到梧桐卫生院半休半养上班，由外孙女毓英陪侍左右。毓英后来也成一名中医师。

云章先生勤于著书立说，著有《伤寒论新释》《金匮要略新释》《难进篇》《濒湖蠡测》《简明中医学》等十多部，被推认为福建近代名医。

云章先生的长孙仲珹先生与我交好，幼随祖父学医习文，在医术诗书等方面深有造诣。仲珹先生性格率真旷达，喜爱田园生活，常饮酒赋诗，颇有陶渊明之风。为纪念先祖，将盖在椿阳村的住宅命名为"梧园"。

仲珹先生命运坎坷，曾陷囹圄 7 年。1975 年出狱，1979

年得以平反昭雪，回归仙游县游洋卫生院工作。为能照顾年老的云章先生，调梧桐卫生院工作并任院长。那些年，我在葛岭、盘谷、赤锡等卫生院工作，每次回梧桐，都会去看望仲瑊先生，喜欢与他聊天，特别是他退休之后，在家享受天伦之乐。每次去他家，少不了要喝酒，那时常喝的酒是"小角楼""小糊涂仙""厦门高粱"等，酒不算好酒，却货真价实。与他对饮，酣畅淋漓。

他的中医深得云章先生真传，擅长中医内科妇科。退休在家，求诊者每天都有，这些求诊者除了梧桐本地，莆田仙游的也很多。就算年老多病也坚定坐诊，从不推辞，从祖父身上不仅仅得到医术，更有仁慈的医风医德。

仲瑊先生长着一张国字脸，有一对酒窝，笑起来很迷人，让人感受到真诚与率真。他会说梧桐话，但还是带有一些莆仙腔。他的身上有一股古代侠士的气质，侠气与儒雅兼有。与他在一起喝酒是一种痛快的过程，聊起曾经的牢狱日子，风轻云淡般如说别人的故事。人一旦想开了那些事就不是事，享受当下才是正道。仲瑊先生除了喝酒之好，还有书法诗词二好。他的书法秀雅之中藏有狂傲，傲藏在笔意之中。他的旧体诗俊秀洒脱，一首《题梧园秋月》，似乎就看到仲瑊先生在秋夜自家院子里把盏独酌的情形。现不妨录于此让大家品鉴：

结茅娱蔗境，朝夕足烟霞。

山色梧桥晚，溪声竹径斜。

夜凉秋似水，月好客归家。

温馨原来是这么富有

共此花前盏，团坐露华。

仲珹先生走了有些年了，每每忆及与他喝酒的情景，历历在目，那张国字脸上的酒窝，叫人难以忘怀……

写作是为了抵抗遗忘，在写作过程中从时光隧道里找回过去。梧桐旧街装载着我少时的许多往事，都是生命中的感动。今天重走梧桐旧街，过去熟悉的闷板房全翻盖成钢筋水泥房，不变的是老街的位置。能找到记忆的，就是街头的那幢未被拆除重盖的两屋木构服务社，小时候常在那捉迷藏，还有清银家的老房子，那时他家门口常摆着溪鱼卖。

站在街头过去卫生院门口，就望见街尾的水龙宫（现称水晶宫）。从街头走到街尾就5分钟左右，而认识的人越来越少了……

怀念曾经并不富裕甚至是清贫的日子，在精神上有温暖，有难忘……

这也许就是时下所说的乡愁吧？

郭永仙，1960年生，福建永泰人。中国散文学会会员，福建省作家协会会员。著有散文诗《真情岁月》，散文、散文诗合集《心灵流泉》，作品入选《中国散文诗90年》《2004中国年度散文诗》《2005中国年度散文诗》等多种选本。

梧桐尾街旧事